百年印潮涌西泠

陈博君 著

中国出版集团 现代出版社

图书在版编目（CIP）数据

百年印潮涌西泠 / 陈博君著. -- 北京 : 现代出版社, 2018.3
ISBN 978-7-5143-6834-5

Ⅰ. ①百… Ⅱ. ①陈… Ⅲ. ①纪实文学－中国－当代 Ⅳ. ①I25

中国版本图书馆CIP数据核字(2018)第019811号

百年印潮涌西泠

作　　者 陈博君
责任编辑 杨学庆
出版发行 现代出版社
地　　址 北京市安定门外安华里504号
邮政编码 100011
电　　话 010-64267325　　010-64245264（兼传真）
网　　址 www.1980xd.com
电子邮箱 xiandai@vip.sina.com
印　　刷 成都市兴雅致印务有限责任公司
开　　本 710mm×1000mm　1/16
印　　张 19
字　　数 236千
版　　次 2018年3月第1版　2020年1月第2次印刷
书　　号 ISBN 978-7-5143-6834-5
定　　价 65.00元

引子

YIN ZI

钱塘之胜在西湖，西湖之奇在孤山。在碧波荡漾的西子湖北岸，静卧着碧玉般青翠而优雅的孤山。这里自古以来就是一片饱含灵气的风雅之地，白居易、苏东坡、林和靖、俞樾等历代名人都与这里结下不解之缘，大批文人雅士更是在此演绎了一段段流芳千古的佳话。

如果说孤山是戴在西湖之上的一顶美丽凤冠，那么，在这顶凤冠上还镶嵌着一颗格外耀眼的明珠，那就是被列为全国重点文物保护单位的“西泠印社”。这是一组掩映在孤山西南麓满目苍翠林木间极为精巧的园林景观，泛舟湖上极目远眺，隐约可见半山腰上亭台楼阁相望，塔桥泉洞错落，摩崖碑匾林立，曲径婉转通幽，让人禁不住生出无限的向往。

在垂柳依依的白堤弃舟登岸，迎面便可见西泠印社那标志性的月洞圆门，小巧而精致，门楣上配着沙孟海苍劲雄秀的"西泠印社"4个大字，独特中更显魅力。

踏进印社前门，仿佛穿越了时光的长廊，目不暇接的人文景观，带着人们走进了历史的遐想。古柏掩映下的柏堂大气端庄，与堂前的莲池相得益彰，堂内陈设着西泠先贤图文，展示了印社的历史文化，是西泠印社的会客厅兼社史陈列馆；柏堂左首，古色古香的竹阁倚靠着印人印廊亭亭而立，这亦是印社最有渊源的建筑。白居易在杭任刺史时，每出游湖山，都要在此休憩；苏东坡也曾题诗："柏堂南畔竹如云，此阁何人是主人。但遣先生披鹤氅，不须更画乐天真。"印人印廊与印人书廊各居印社前院的两侧，一边墙上陈列着的是文彭、何震、丁敬、吴让之、赵之谦等40位印坛大家的篆刻作品；另一边则是丁敬、赵之琛、徐三庚、吴昌硕等著名印人的17件书法作品，两道作品展示长廊，成了印社独具一格的两道院墙。

从柏堂后沿石径拾级而上，经过一道前山石坊，可见径旁崖壁上刻有"渐入佳境"摩崖石刻。不知不觉中便步入了西泠印社的第二层园林空间。这里，有粉墙黛瓦的仰贤亭，敬奉着浙派篆刻鼻祖丁敬及金农、郑板桥、巴慰祖等28位印人的画像碑，是印社每年祭祀先祖的固定场所；有雅正大气的山川雨露图书室，纳山川之灵气、吸雨露之精华，为印社诸子把酒高吟、论印集游之处；有飞临于竹阁之上的六角木亭石交亭，寓意"结交金石"，象征着印社社员性情好古而又交谊坚如磐石；有古朴雅致的宝印山房，通过一段小曲廊道与仰贤亭巧妙连接，可谓合分得宜、布局巧妙，深得东方园林建筑之韵味；还有古色古香的凉堂和四照阁，居印社核心位置，可远眺湖光，近倚林泉……

再从凉堂边的小径穿行而上，行至印社中心平台，顿时豁然开朗，但见四周，各色景致依次呈现，这便是印社的第三层园林空间：原本平淡无奇的山石上，因历代文人的雕凿题刻，而烙上了浓郁的人文气息，小龙泓洞的题记刻画、缶亭的筑龛藏像、摩崖上的诸多刻石，还有崖壁前的闲泉和文泉，以及两泉之上那座中国桥梁史上最短的石桥，无不让人回味万千；林木扶苏的观乐楼、依山修筑的题襟馆和鹤庐、小巧灵秀的剔藓亭、珍藏着"浙东第一碑"的汉三老石室以及矗立于印社之巅的华严经塔，把这片孤山之巅的小小空间装点得分外迷人。

再往西去，还有一处名为"小盘谷"的静幽之境，是整个印社摩崖石刻最多的地方，四周则被遁庵、还朴精庐、鉴亭以及潜泉、印泉等人文景致包围着，可谓别有幽境。

知道吗？如此精致的人文园林景观，是经过了百余年历史的沉淀，才逐渐构筑起来的。而最初的创始人，竟是4位热爱金石艺术的热血文人。1904年，正当国力疲弱、西学渐进，篆刻艺术走向衰落之际，丁仁、王禔、叶铭、吴隐四人发起建社倡议，在大批文人雅士和社会贤达的应和下，他们捐地、捐钱、捐物，于孤山南麓迈开了一场跨越百年的振兴国粹之路。

"保存金石，研究印学，兼及书画"，这样的立社宗旨，使西泠印社站在了一个所有民间社团无法企及的高度，并且焕发出了一股强劲的精神力量。这股精神力量由"爱"发端，呈现出无比开放的时代特质，并且凝聚成了一个完整的精神体系——西泠精神。所有的西泠印社中人，以及关心和支持这个团体的社会人士，都有着非常坚定而执着的共同理想，那就是要振兴和弘扬篆刻这一国粹艺术；都有着强烈而浓郁的民族情怀，关键时刻都能挺身而出勇于担当；都有着为了印社发展无私奉献的精神，以实际行动践行着对印社的大爱。概言之，就是对艺术的热爱、对祖国的热爱和对印社的热爱。

百余年来，经过无数印人前赴后继的不懈努力，西泠印社终于登上了中国乃至全世界金石篆刻艺术的最高地，成为“天下第一名社”。2009年，由西泠印社领衔申报的“中国篆刻艺术”成功入选联合国教科文组织“人类非物质文化遗产”名录，西泠印社的金字招牌变得更加熠熠夺目。

文人结社，是中国人文史上一个特殊而有趣的现象，一群志同道合的文人士子，因为共同的兴趣而自愿集结在一起，通过有组织的活动，不仅满足了主观上的精神追求，而且在客观上有效地推动了传统文化精粹的传承与发展。因而在现今大力弘扬中华优秀传统文化，实现中华民族复兴“中国梦”的伟大实践中，文人社团仍然发挥着不可低估的积极作用。

西泠印社，就是这样一个在弘扬和传承中华传统艺术领域中起着重要作用的文人社团，这个社团创立至今，历任的7位社长吴昌硕、马衡、张宗祥、沙孟海、赵朴初、启功、饶宗颐，无一不是泰斗级的艺术大师。西泠印社的数百名社员，也是遍布中国各省（市）自治区，香港、澳门特别行政区，台湾地区，以及日本、韩国、新加坡、马来西亚、法国、捷克、加拿大等国家，影响力可谓遍及全球。

作为我国现存历史最悠久的文人社团，同时也是海内外成立最早、成就最高、影响最广的金石篆刻专业学术团体，西泠印社已经走过了114年的漫长历程。今天，我们将以一部全景式的文学作品，带领大家再次走进西泠印社跌宕起伏、波澜壮阔的百年历史。

目录

MU LU

第一章

热血文人忧国粹　相聚动议结印社

江南的夏季历来都是湿热而又静谧的，1904年的夏天也不例外。

正午的烈日，肆无忌惮地炙烤着明镜般的湖面，一种慵懒的气氛在杭州西湖的上空壅塞蔓延。湖上一丝微风也没有，只有看不见的水汽，从水面上袅袅升起，且无声地漫向岸边蝉声四起的林间，将空气蒸得闷热难当。

湖北岸，葱茏的宝石山似一道翠色屏障，安详地静卧着。长长的碎石小道蜿蜒在树荫斑驳的梧桐和垂柳林间。

这里离城有些远了，此时又正是人迹罕至时分，四下自然一片宁静，唯有金蝉在树梢上卖力地鼓噪着，仿佛随时将要轰然冲开那闷热的压抑，将这夏日江南安详的静谧彻底撕破。

忽然，小道上传来一阵节奏明快的脚步声，“嗒嗒，嗒嗒”，匆忙而有力，传向不远处寂静的山麓间，蓦然惊出一串飞鸟。知了在树丛中叫得更起劲了。

湖畔小道上走来一位面容俊秀、气质儒雅的年轻人，身上的青色长衫朴素而又洒脱，衫裾随着匆忙的步伐微微向后飘逸着。他就是名满杭城的青年印石才俊王福庵。不过此时，他的首要身份还不是印学家，而是钱塘县学堂的一位技术课任教老师。

钱塘县学堂就坐落在西湖北岸的跨虹桥西，其前身是始建于明朝万历年间的崇文书院，由明朝巡盐御史叶永盛创建。学院以别具一格的荡舟“舫课”教学方式而闻名，成为“杭州四十二景”中的一景。清朝康熙帝南巡时，不仅亲临书院，还专门题写了“崇文”匾额，使得书院名噪一时，一举跻身于“浙江四大书院”之一。1902年，崇文书院被改建成新式学堂，更名为“钱塘县学堂”。王福庵因曾习数学兼土木工程，这在当时是比较稀缺的人才，故年过弱冠即被学堂聘为讲师，专司教授技术课程。

其时的杭州城里，许多文化人其实都知晓，更能够展示这位年轻人独特才华的，并非他的数学和土木专长，而是他在金石篆刻方面的过人天赋。在王福庵的血液里，流淌着一种与生俱来的艺术气质，这种气质源自先祖，发自家庭，更成自他个人的兴趣与禀赋。

追根溯源起来，王福庵还是“书圣”王羲之的后人。王羲之祖籍山东琅琊，后客居浙江绍兴，故王福庵在其自用印中，屡以“琅琊”或“右军后人”自勉。当然，对他影响最深的，还是父亲王同伯。王同伯是一位才华横溢的雅士，虽先后中举和及第进士，却无意仕途而钟情于学术，他历任杭州各书院山长，在金石、考据、文字、诗文、书法等诸方面均有颇深的造诣，尤其是他的篆隶书法，清新娴雅，自成一格，素有“同伯体”之称。

王福庵自幼就随父在紫阳书院学习，耳濡目染之下，小小年纪便谙熟金石书画的门道，继承了父亲的书法精髓。他从12岁起，就开始操刀治印，父亲担心儿子因此荒疏学业，便经常责备福庵，然而，这小小少年早已沉迷于金石世界难以自拔。父亲不支持，无法公开拜师求艺，他就自己潜心钻研学习，而且还四处搜求名人的篆刻作品，年纪轻轻就拥有了数百方篆刻名家的印作，并专门拓编成十六卷的《福庵藏印》。

正所谓“物以类聚，人以群分”。王福庵在金石印学方面的成就，不仅让他名扬杭城，更令他结交到了丁辅之、叶为铭、吴石潜、唐醉石等一批志同道合的挚友，他们经常聚会在一起，交流藏品、切磋技艺，自得其乐。

当时的西湖孤山脚下广化寺旁，有一座蒋公祠，是由清末杭州著名士绅丁申、丁丙兄弟出资，为纪念清代护杭名将蒋果敏而建的。在这座公祠前院的右侧，有一幢占地面积不大的二层小楼，名曰“人倚楼”。最初，这里是公祠的会客室，却因了特殊的地理位置，从建楼伊始，就吸引了一帮晚清的钱塘雅士在这里常聚。他们在小楼里谈古论今、纵情诗画，俨然将这座外表朴素的小楼当成文化聚会的场所。到了民国初年，丁立诚、丁立中、丁辅之等丁氏后人和叶为铭、唐醉石、胡宗成等杭城一些热衷金石印拓的文人名士又常聚在这里交流收藏、鉴赏古印、拓印碑刻、制作印谱，于是人倚楼又成了金石印学的研究室。

作为杭城小有名气的金石才俊，又恰巧就在近于咫尺的钱塘学堂教学，王福庵自然就成了人倚楼的常客。

这天下午，学堂里正好没有他的技术课，于是吃罢午饭，王福庵就匆匆步出学堂，沿着西湖北岸的石径赶往孤山。他知道，这闷热的时节，几位志趣相投的印友们肯定又聚在人倚楼拓碑赏印、避暑消夏了，这样的聚会自己怎能不去凑个热闹呢！

翻过西泠桥，往左一拐，便是枕山襟湖的孤山了。彼时的孤山，还是一座远离闹市的荒凉小山，除了沿湖的蒋公祠等建筑由清政府直接管理，其余靠近西泠桥这边的大部分山地均为私人所有，山上的房舍也颇为零星萧瑟，仅存数峰阁等屈指可数的几处建筑。这些私地及房产的主人包括李鸿章的幕僚、洋务运动的核心人物之一盛宣怀，三任杭嘉湖道台李辅耀以及杭州名门丁氏兄弟的后人丁立诚、丁立中等。而蒋公祠内的人倚楼，算是当时这一带最具人气的地方了。

沿着湖堤稍许前行百步，便来到了蒋公祠门前。王福庵撩起长衫，刚刚抬脚跨进祠院，便闻得阵阵熟悉的人声从那人倚楼的二楼隐约传来，听语气，却是充满了沉重的氛围。

“听说东洋人偷袭了旅顺，日俄又在东北打起来了，这么一来，东北的父老乡亲又要遭殃了！”

“是啊，不光东北，前些日子英军也在西藏挑起事端，借口大举入侵，真是生灵涂炭、民不聊生啊！”

“唉，我堂堂千年的中华文明古国哪，都快被这些个贪婪的强盗给糟蹋得不成样子了！”

是为铭兄和辅之兄的声音，两位仁兄似乎正在探讨着当下的局势。虽只稍稍听到了几句，王福庵心头还是不免一沉，上楼的脚步也不由得又紧了几步。

听到脚步声，楼上的几个人停下议论，都把目光转向了楼梯口。见王福庵拾级上楼，一位年龄与其相仿的年轻人首先站起身来，拊掌道：“只听这脚步声，就知道是福庵贤弟来也！”这位便是蒋公祠的创建人丁氏兄弟的后人丁辅之，他只比王福庵略长数月，却留得一腮细密的长须，显得颇为少年老成。丁辅之自幼深受家庭的熏陶，热衷于集藏清代名人及浙中印人，尤其是“西泠八家”的作品，加以编印注释并刊行，因此，也是年纪轻轻就颇负美名。

“贤弟来啦？今日下午学堂不用授课？”正坐在案几前拓制碑板的一位面容清癯的男子也热情地招呼起来，看年纪似乎要比福庵、辅之二人年长不少。叶为铭，这位钱塘闻名的碑刻和拓印高手，论年纪的确要比王福庵、丁辅之整整年长一轮还多，但几人相互间的那种契合神情，却又分明没有任何年龄的隔阂。

边上还有一位身形略微孱瘦，正在辅助叶为铭拓制碑板的年轻人，倒是并未停下手中的活计，他只是抬头朝王福庵微微笑了一下，便低头继续做着手中的活计。他叫吴小冈，绍兴人氏，虽性情胆怯内敛，人多即讷于言语，但因其书法、篆刻和鉴赏皆能，故常在人倚楼帮着一起拓印制谱。

与几位老友招呼过后，王福庵续上了话茬儿："诸兄今日怎未谈印论篆，倒是慷慨激昂，忧国忧民，议论起时局来了？"

"唉，我等虽为文人，但国家兴亡，匹夫有责啊！"丁辅之微微皱眉，慨然道，"况且皮之不存，毛将焉附？如今时局越来越乱，国难越来越深，谁还会来关注金石篆刻呢？"

"是啊，自西学东渐以来，国力疲弱，国学日危，尤其是金石印学，古风不存，媚俗成灾，如此下去，金石印学必将湮没也！"叶为铭捋着长须，亦是忧心忡忡。

众人你一言我一语，竟是越说越感觉心情沉重。一时间，突然不知再说什么才好。往日里一捧上手就让人立马如痴如醉的几枚古印，此时竟都被静静地冷落在桌上无暇赏玩。

"既如此，我等何不效仿先贤，创建一个印社，以保存金石、研讨印学为己任，为传承和弘扬金石篆刻艺术贡献一点绵薄之力？"沉默中，不知谁忽然提了这样一个建议，顿时如一道明亮的闪电，在众人的心头划亮，刹那间，引来了强烈的共鸣。

"好，好，这个建议实在太好了！"一声情不自禁的轻呼，竟是出自平时沉默寡言至极的吴小冈之口。看到众人错愕地望向自己，这个腼腆的年轻人微红着脸又变得拘谨起来。

"哈哈，连小冈都开口说好了，想必这个结社的主意实在是太合众心了！”善解人意的叶为铭首先打破尴尬，使气氛重又变得热烈起来。

“对对对，结建印社，确是极有意义。”王福庵也热切附和道，“想我西湖乃人文荟萃之地，自乾隆以来，先有吟社，会聚了杭世骏、厉鹗、丁敬、释明中、汪启淑诸公，琴棋书画、会必有诗，由此开创了‘浙派’诗文之先河；后又有解社，集结了钱松、李节贻、杨见山、僧莲衣、僧达受、范守和等文士，研习汉隶、交流金石收藏，将浙派篆刻发扬光大。而如今，金石之艺岌岌可危，我等若能仿效南屏二社，也成立一个社团，必能将篆刻艺术重新振兴起来！”

“是啊，吟社虽以诗会友，但社中不乏印人，对篆刻一艺也是多有研讨，尤其是助丁敬树立了‘浙派’篆刻的门楣；想那解社，虽发端汉隶，后却致力于金石，尤其钱松秉承了丁敬的艺术风格，更是弘扬了‘浙派’篆刻的声名。”丁辅之对南屏二社的历史显然也是相当谙熟，附和之后，却又喟然长叹，“可惜南屏解社光景不长啊，社内的中坚人物，皆因乱世而未得善终，浙派篆刻也因此后继无人啊！”

“正因如此，我们才更应该有所作为！”

“正是！先贤已为我们树立榜样，我辈更当发扬光大！”

众人你一言我一语，情绪甚是高昂。结建印社，成了人倚楼里几位热血文人的一致共识。

“结社需要有一个固定的活动场所，我这就回去禀告父亲和兄长，争取将数峰阁西面的土地捐献出来，为印社开疆拓土！”丁辅之满是激情的表态，顿时引来由衷的掌声。

“贤弟的意愿甚好，这孤山西泠之地，依山面湖，风景绝佳，确是我等研习金石的最佳之处。”叶为铭又捋了一把长须，沉吟道，“不过这结社是大事，须得众人拾柴火焰高。我看，是否再征求一下吴石潜、唐醉石等诸友的意见，以便争取更多的支持？”

“好！好！这么好的提议，我想他们一定都会击节赞成的！”丁辅之开怀鼓掌，众人也是一片笑声。

于是，这个关于成立印社的提议，很快就通过宗亲、师门、父子、兄弟、姻亲、翁婿等各种特殊的关系，在杭州的文人圈内传开，并且受到了大家的称道与支持。

正如丁辅之当日的表态那样，其父丁立诚、其叔丁立中、其兄丁上左对印社的建立都给予了不遗余力的支持。丁氏家族不仅将孤山之上数峰阁以西的大片土地捐献出来，供志同道合的印友们聚资营建印社，还捐出银圆资助印社成立。

年仅18岁的唐醉石也对建社表现出了满腔的热情。这位天资聪颖的年轻人，就是三任杭嘉湖道台李辅耀的外孙，他从13岁起就随外祖父宦游杭州，小小年纪便致力于金石碑帖、治印鉴谱，因此，也是人倚楼的常客，与丁辅之、王福庵等引为知己。唐醉石热衷于印学，积极参与筹建印社，毫无疑问都得到了外祖父李辅耀的鼎力支持，这为后来西泠印社社址的进一步扩大奠定了基础。

李庸、丁宜之、叶希明、胡宗成、王毓岱、王云、汪厚昌、张惟懋、戴书龄……支持立社的队伍不断壮大，印社尚未建立，便凝聚了一大批文士印友。至于印社的名称，大家的认识也非常一致：人以印集、社以地名，既然是结社于孤山南麓的西泠桥畔，那取名为“西泠印社”自然是最为合适了。

创办印社的设想不仅在杭城圈中人士间迅速传开，还第一时间传到了上海老闸桥北归仁里5号。这里，是能文能商的刻碑高手吴石潜的创业之所。

说起吴石潜，他可是印社的又一重要人物。祖籍绍兴的吴石潜幼年丧父，家境贫困，全靠自身刻苦，才学得一手刻碑的高超技艺。吴石潜不仅身怀绝艺，而且善于结交社会贤达，有着以文经商的特殊天分。他于1893年闯荡上海，开办了雕版作坊和书店，生意做得红红火火。

吴石潜与叶为铭同庚，年少时，曾同在名家戴用柏门下学艺，故情同手足，过从甚密。他经常利用闲暇之际，从上海赶来杭州，与叶为铭、丁辅之、王福庵等聚会在人倚楼，雕刻碑板、拓制印谱、鉴赏金石，不亦乐乎。此番收到叶为铭从杭州差人送来的信函后，得知众友有创办印社的想法，更是欣喜万分，当即命仆役简单收拾行囊，便又匆匆赶来杭州，当面向叶为铭等诸友表明了全力支持的态度："成立西泠印社，这将是一个意义重大的举措，对于保存金石、研究印学必然大有益处！我虽身在上海，一定会尽力发挥我的所能为印社出力！"

吴石潜是一个低调而又务实的人，他知道自己平时不在杭州，可能无法直接参与印社筹建的一些具体工作，但他在上海经营书店和印坊，从事着图录谱籍的编辑与出版工作，且与众多上海书画金石名家交往频繁，尤其是一代大师吴昌硕，更是与他以宗亲相礼。因此，吴石潜觉得自己完全可以在上海以"西泠印社"为名拓展商业经营业务，一来可为印社的建设筹集更多的资金，二来可以西泠印社聚集众英，来为商店张目树帜。

1904年的暑气尚未消尽，怀着满腔抱负，已经胸有成竹的吴石潜便告别西子湖畔的诸位好友，风尘仆仆地回到了上海。仅仅过了数月，一家专营字画、旧书及辑刊印谱的"西泠印社"书肆就在上海宁波路渭水坊2号开门迎客了。与此同时，一种书画专用印泥也在上海"西泠印社"开售，这种色泽鲜明、质量超绝的纯手工印泥，竟是吴石潜偕继室孙织云亲自研制而成的。

西泠印社上海书肆开业后，业务蒸蒸日上，不仅为杭州孤山的印社建设筹集到了大批资金，而且当年就先后刊行了印社编辑的《吴让之印存》10册和《二金蝶堂印存》前后各4编共8册。其中，《吴让之印存》收录篆刻大师吴让之印作199方、边款86帧；《二金蝶堂印存》则收录篆刻大家赵之谦的代表印作109方。这些重要印谱的刊行，都为西泠印社日后的学术研究起到了积极的推动作用。

就这样，一群忧国忧民的年轻热血文人，在西子湖畔的西泠桥边，怀着对我国传统文化艺术的满腔热爱，为了追求共同的艺术理想，提出建立“西泠印社”的伟大设想，以及“保存金石，研究印学”的建社宗旨，从而开启了一段百年社团的神奇历程。

第二章

聚力复建仰贤亭　呈文官府获庇佑

钱塘自古不乏各类民间艺术社团，但大多数命运多舛，经不起岁月的变迁和时局的变幻。稍有风吹草动，这些曾经风光一时的社团就都瞬间瓦解，湮没在时代的烟云之中。究其原因，其中最重要的就是“盖有社之名，无社之地也”。

西泠印社成立之初，亦是上无片瓦，下无寸土。但与历史上其他社团不同的是，印社初创者们显然看到了前车之鉴，他们清醒地认识到，要使印社不断壮大，有一个光明的发展前景，必须首先解决“立足之地”的问题。

丁辅之及其家族率先捐出自家在孤山之上数峰阁以西的土地，使印社在草创之初便有了一份与众不同的脚踏实地。不过，那时的孤山南麓，满目皆是荒丘，荆棘遍地的山坡上，杂草丛生，景象荒芜，几乎见不到什么像样的树木，淹没在荒草之中的旧泉和残垣，也都积满了厚厚的尘土和枯枝败叶。

但就是在这样一座荒芜的山丘之上，却留存着众多唐宋以来的文化建筑遗迹，这些蕴含着深厚人文背景的历史遗存，宛若星辰般散落在肆意疯长的茅草与荆棘丛中，安详地见证着历史上的一段段人文雅事，默默地等待着人们去关注和挖掘它们的特殊价值。

循着历史的足迹和文字的记载，将这些印记着钱塘自古多才俊的历史遗迹一一被发掘出来，使之重新发扬光大，便成了西泠印社在谋求立足之地的时候，必须花大力去践行的一份特殊使命。然而，遗迹众多，该先行恢复重建哪一历史建筑呢？

“在下以为，西泠之地遗存众多，但应以复建仰贤亭为第一要务。”相对年长的叶为铭首先提出了自己的观点。他认为，印社要担负起俯拾散落史海的金石遗珍，重振金石艺术雄风的责任，就必须继承和弘扬前贤们的功业。因此，需要有一处专门可供同道中人敬仰先贤、追踪往哲的场所。而叶为铭通过细致的考证，发现早在明代天顺年间，孤山南麓之巅曾有过一座“仰贤亭”，就在历史建筑四照阁所处的位置，为杭州知府胡浚所建。

“这仰贤亭所在之地，与数峰阁、人倚楼皆近在咫尺，既可朝夕张望，又能尽揽湖景，实乃风水宝地啊！”叶为铭激情四射地说，“恢复此亭旧观，我等便可在此敬摹先哲遗像，永资敬仰，不知各位意下如何？”

见叶为铭说得有理有据、头头是道，丁辅之、王福庵等人自然非常支持。于是众人又纷纷解囊，开始筹集建亭所需之资。

这可是西泠印社第一处重建的历史文化建筑！这么重要的事，当然要让上海的吴石潜尽快知晓。他可谓印社的一大“财神爷”，在上海以“西泠印社”之名开办的门市部，生意正蒸蒸日上呢，复建仰贤亭，他肯定会好好出把力。

1905年的早春二月，从南方吹来的风中还透着尚未退去的寒意，但是坐在上海宁波路渭水坊西泠印社门市部大堂内的吴石潜，心中却翻滚着浓浓的暖意。手中握着为铭兄从杭州托人捎来的快信，这位敦厚汉子的脸上溢满了喜悦的神情。他情不自禁地展开手中的书信，又从头到尾细细地阅读了一遍，这才小心翼翼地折叠起来，重新放回信封之中。

“有何好事，让先生如此欣喜啊？”正在一旁的书桌前提笔作画的孙织云，忍不住放下手中的画笔，迈着碎步来到了吴石潜的跟前。

“为铭兄来函商议，欲在孤山之巅重建仰贤亭。此亭若成，印社同人今后便可在此祭祀印坛先人，以明传承中华篆刻文化的立社之志了！”

孙织云闻言，亦是喜上眉梢，“这确是一件极大的好事，先生可要鼎力资助才是！”

“那是自然！”吴石潜开怀道，“为印社出资出力，我当在所不辞！”

地有了，资金也筹齐了，仰贤亭很快就开始动工兴建。仅仅用了3个多月的时间，一座玲珑精巧、古色古香的四角亭台，就耸立在芳草葳蕤的孤山南麓。让人惊喜不已的是，那飞檐斗拱之间，竟有飞燕衔来春泥，筑起了吉祥的鸟巢。

在渐渐暖起的仲夏微风中，印社的一众同道相聚在新落成的仰贤亭中，众人一致推举叶为铭为亭题额。

叶为铭倒也不忸怩推脱，他提起饱蘸浓墨的大笔，未假思索道：“爰书原额以志鸿爪。”便凝神造意，扼腕运笔，书下了“仰贤”两个硕大的篆字。

仰贤亭既成，亭内又该供奉哪些印坛先人呢？

“自康熙至咸丰百多年间，虽有徽派篆刻盛行，然西泠丁敬突起，开创浙派先河，又夺印坛盟主之位。后钱塘印人效法丁敬传承不息，渐成‘西泠八家’，对我等后人影响更大。毫无疑问，仰贤亭供奉对象，自当首推浙派鼻祖丁敬了！”丁辅之的提议，立即得到了众人的一片附和。

丁敬虽然并非杭州士绅丁氏家族的先祖，但他对浙派篆刻乃至中华篆刻文化的贡献，却是举世公认的，因而，深受丁丙、丁申兄弟的推崇。当年，丁辅之的叔公丁丙受命筹划浙江官书局，曾自出资金辑成过《西泠八家印谱》，足见其对以丁敬为代表的西泠名家的偏爱。家传有道的丁辅之，自然对丁敬也是推崇备至。

丁辅之力荐丁敬入主仰贤亭的另一个原因，是一个半世纪之前，浙派篆刻先祖丁敬确实来到过西泠孤山仰贤亭所在的位置。那时候的仰贤亭名为“四照阁”，丁敬与友人登亭之后泛舟西湖，回望矗立在孤山之巅的四照阁，那番奇丽的景象令这位旷世奇才诗意大发，油然题下了“平湖百顷展风漪，眺向危亭远更奇。杨柳花烟春正晓，桃花得露鸟先知”的美好诗句。如果在仰贤亭内供奉丁敬画像，便可睹物思人，遥想当年。这与叶为铭提议复建仰贤亭，并沿用“仰贤”之原名的用意，正好不谋而合。

然而，令人头疼的是，众人查遍了资料，竟都没有找到丁敬的画像，除了有些零星的文字对其外貌做了一点非常简要的描述之外，根本就无从得知这位浙派篆刻先祖究竟长什么样子。

这说来也不奇怪。丁敬是个生性孤傲的人，他有着不少常人无法理解的怪癖，比如说，但凡有些成就的人，一般都喜欢有人为其摹形画像、树碑立传，而丁敬偏偏就是个异类，他生前最排斥别人为其作像，曾反复告诫家人：即便死后也不许“画像出殡”。结果这位鼻祖在后世心中便只闻其声不见其人，显得更加神秘了。

就在众人一筹莫展之际，丁辅之的父亲丁立诚某天忽然把他叫到屋里，带着神秘的微笑取出一幅画卷，交到儿子手里。丁辅之满腹狐疑地展开画卷，只见画中一位敞额高鼻的长衫老者，正双手倚杖，目光炯炯地坐在一片墨石之上，引颈眺望远方。而在画像的右上方，竟赫然题注着“丁敬身先生像”六个铁线篆字！

原来是丁敬的画像！丁辅之不禁大喜过望。他捧起画卷，就迫不及待地跑去人倚楼，向正在那里小住的叶为铭、吴石潜报喜去了。

说起这幅珍贵的画像，来历还颇为曲折呢！

清乾隆年间，正逢太平盛世，各种门类的艺术犹如百花般在江南一带盛开，其中浙派篆刻和“扬州八怪”的绘画都颇负盛名，两大艺术门派的代表人物也多有交集。其中，浙派篆刻鼻祖丁敬与“扬州八怪”之首金农感情尤为深厚。而同为“扬州八怪”之一的罗聘，凭着金农弟子的特殊身份，与丁敬也经常往来，并且甚为投缘。后罗聘携棕鞋专程来杭探望丁敬，出于对前辈的敬仰，提出要为丁敬画像。丁敬推辞再三，终抵不过罗聘的一片诚意，竟破例答应了罗聘的画像要求，唯一的条件就是“秘诸箧衍”，即用方竹箱珍藏起来，不准公之于世。

然而时光变迁，世事难料。百余年后，罗聘的这幅丁敬先生画像，最终还是流出了他在扬州弥陀巷的故居，为江苏一书商所收得。这位书商在一堆字画中发现了这幅画像，以为是杭州名绅丁丙、丁申的先辈之像，心想这回可以卖个好价钱了。为此，他带上画像前去拜访江苏布政使濮止潜，想请他先帮助鉴定一下。濮止潜也是钱塘人，对杭州的人文历史非常熟悉。经过鉴定，他认为此像并非杭城丁氏家族的先人，但考虑到画像的作者是“扬州八怪”之一的罗聘，而且又与钱塘文化相关，就出资将画像买了下来。

而丁立诚早年数度进京赶考，却屡试不中，于是留京就学，一边读书，一边四处访求四库著录之书，沿途还不断收罗图籍，以丰富家藏八千卷楼。途经金陵的时候，濮止潜就把不久前刚刚购得的丁敬画像赠送给了丁立诚。于是，这幅由罗聘创作而成的丁敬像便又辗转回到了杭州，藏入了丁家的八千卷楼之中。

听说丁敬的画像终于有了着落，叶为铭和吴石潜都十分高兴。

叶为铭感叹："丁敬先生高尚士也，隐于市，不求闻达。初居候潮门外，距钱江咫尺，得江山雄伟之气，故学问渊博，芒无津涯，而印学更独辟蹊径，洵为吾浙鼻祖。"

"是啊。"吴石潜当即自告奋勇，"我愿摹勒先祖遗像于孤山之阳，藉前贤遗范，指后学迷津。"

于是，吴石潜就以罗聘所画的丁敬像为摹本，精心刻制成一块石碑。同时，他还将丁敬赠给罗聘的两首诗也镌刻在丁敬像的上方，使诗画合一，交相辉映。

石碑刻成后，被镶嵌在仰贤亭正中的白壁上，供印社同道春秋祭拜，永久敬仰。

此时的印社同道，虽大多出自浙派，但却个个胸襟大度，并未受地域和门派的困囿，大家一致认为，仰贤亭既处苏白余韵之地，又以传承中国印学为宗旨，那就应该海纳百川，广泛收集并敬奉各派的印坛名流，供后人慕古仰贤。于是，一年又一年，印社的各位同道不断访求各路印学前辈的遗像：先是从东乡翟氏家谱中找到了"西泠八家"中紧随丁敬之后的蒋仁遗像；随后，又在硖石的蒋氏家藏中发现了另一位"西泠八家"奚冈的坐像；不久，在汪氏东轩吟社图中，又发现了陈鸿寿和张廷济的画像。陈鸿寿与蒋仁、奚冈一样，同为浙派篆刻的代表人物，而张廷济虽为金石学家，却并非浙派篆刻代表人物，将他的遗像也请入仰贤亭供奉起来，标志着西泠印社在"保存金石，研究印学"的基础上，开始突破金石篆刻的范畴，向着"兼及书画"、主动吸收和融入其他多种艺术形式的方向迈出了重要的一步。

有了这种开放的指导思想，西泠印社的格局顿时宽阔了，被收入仰贤亭的各派印学先人也不断增多，如"扬州八怪"之首的金农，有“清隶第一人”之誉的桂馥，有前清的著名金石学家汪启淑、邓石如、包世臣等。历经十载，共有28位著名印学先人的画像被陆续收集，按照年次进行编排之后，这些先人的画像以及他们的事迹都被摹刻在了仰贤亭两边的壁上，供大家传承和赞慕。

自此，每年的清明时节，西泠印社的社员都要在仰贤亭举行祭祀先贤的活动，以明光大篆刻艺术之志。

仰贤亭的建成，对于西泠印社来说无疑是具有特殊重要意义的，它标志着印社从此有了真正属于自己的建筑，也预示着创办印社的提议终于真正落到了实处。

然而，时局变幻，人心飘摇。就在仰贤亭建成之时，由孙中山领导的中国留日学生组织同盟会在东京悄然成立，而晚清朝廷则忙于废止延续了1300余年的科举制度，兴办新式学堂。面对着动荡不定的时局，印社的创始人又开始为今后的发展担忧起来。

“眼下的上海，一股反美的情绪十分高涨，为了抵制美国华工禁约，上海商务会已联络各埠正在抵制美货。”在上海滩见了世面的吴石潜，对时局有着天然的敏感，更何况他在商言商，自然对商界动态更为清楚，“浙江绅商也在上海集会抵制美商修建铁路，决议自造浙江铁路。那美商又岂会善罢甘休？也未知局势会如何走向？但愿不要天下大乱，殃及西泠啊！”

“石潜兄所言极是，想那咸丰年间，太平军两番入杭，孤山虽地处偏僻，亦难逃兵乱之灾，真是名山巨刹，毁废殆尽哪！如今天下并未太平，我等西泠同人，果如潜兄所言，尚需未雨绸缪啊！”听了吴石潜的一番话，丁辅之、王福庵和叶为铭都忧心忡忡起来。

是啊，一旦时局混乱，首先遭殃的往往便是无法搬动的人文景致。怎样才能有效地保护印社，即便遭遇乱世也能保住印社不受破坏呢？众人经过一番商议，终于想到了一个“万全之策”，那就是主动争取官府的支持，通过申报官府批复的方式，以求得官方的认可与庇护。

1905年11月，一封文采飞扬的特殊呈文，同时被报送到了钱塘县和杭州府。呈文这样写道：

具禀士绅丁仁、吴隐、张惟楙、汪厚昌、王寿祺、叶铭、唐源邺、戴书龄等，为组织西泠印社，创建屋宇，呈请树案事。伏以江山清丽，为胜迹所留遗；诗酒流连，固文人之结习。是以永和修禊，遂有兰亭；支遁联吟，爰开莲社。而况浙水人才，夙称渊薮；西湖名胜，原甲寰区。在昔乾嘉时代，则有丁龙泓、杭堇浦、厉樊榭诸人，结吟社于先，钱叔盖、杨见山、范稚禾诸人，立解社于后。揆厥由来，大氐远溯六书，旁稽三古，或则摩挲钟鼎，或则剞刻碑铭。铁画银钩，夫岂锥刀之竞利；赤文绿字，聿开金石之先声。即觉道同，斯成类聚。盖当时裙屐之风流，盍簪之胜事，正不独亭名飞泳，月启六斋，友约春秋，诗编八社已也。仁等才惭扪虱，伎陋雕虫，鸟篆蝌文，莫参心画，皋羊犬伏，自笑指柔。然而尚论古人，未坠景行之志，盱衡当世，弥殷攻错之求。爰结同人于西湖蒋果敏公祠右、竹阁之北，拓地数弓，筑屋四舍：中缘四照之亭，东傍数峰之阁，北枕梅屿，南襟柏堂，颜曰：西泠印社。其资则为社员所筹集，其事则为国粹之保存，虽云集会自由，要亦吟坛变相，事关公益，体属私团。用敢声叙缘由，仰肯宪恩，准予立案。除禀呈邑尊、府宪外，伏乞公祖大人钧鉴。光绪三十一年十一月　日。

在这封由丁辅之等人联名上书官府的呈文中，详细说明了他们集资在孤山南麓购买荒地、建造房舍、结建“西泠印社”的缘由和经过，并且特别强调这些建筑都属于私人团体，希望官府能够准予他们结社，并对这些建筑加以保护。

这样一份报告，在晚清动荡的时局中，竟然同时得到了两级官府的批文认可。

来自钱塘县的批复称：

据禀已悉。该绅等为保存国粹、研究学问起见，拟在西湖蒋果敏公祠右，辟地建屋，创设西泠印社。事属公益，应准立案。既据并禀府宪，仍候批示，祗遵可也。此批。

而几乎在同时，杭州府也及时下达了批文：

据禀已悉。西湖为人文之地，该绅等慕苏白余韵，仰先觉遗徽，拟于蒋果敏公祠右，柏堂、竹阁之北，数峰阁之西，开辟隙地，集资建造西泠印社屋宇数间。为保存国粹、研求学问起见，事关公益，准予立案。仰候照会经管董事可也。此批。

文人结社首次得到了官府的认可！这在历史上可谓独一无二的创举。寻求官方对社址的保护，无疑是印社创始者们远见卓识的举措，对西泠印社存在百年不倒起到了关键的作用。而官府重视国粹保护，支持西泠印社创建的及时批复，也被传为美谈。

第三章

东瀛雅士慕名来　道台归乡捐私地

得到了官府的正式批文，西泠印社这一中国历史上的首个印人组织等于就获得了官方的认可与庇佑。此事在坊间迅速成为美谈，越来越多的人开始关注和仰慕西泠印社，印社的知名度也由此大为提升。

与此同时，由吴石潜在上海创办的西泠印社书肆也发展顺利，先后编辑和出版了《钱吴两家印集》《西泠八家印选》《福庵藏印》《二金蜨堂印谱》《求是斋印存》《遯盦集古印存》《赵次闲印存》《十六金符斋印存》等一大批印谱图册。加上吴石潜在上海交游甚广，吸引和团结了一批上海的金石书画名家，也进一步扩大了西泠印社的影响力。

正是因为与吴石潜有着特别深厚的交情，一代大师吴昌硕也逐渐成了西泠印社的座上宾。

当然，吴昌硕本来就与杭州尤其是孤山有着难以割舍的渊源。这位出生在浙江安吉鄣吴村的艺坛巨匠，曾两度来到杭州拜师学艺。

1869年，颇负文才的吴昌硕在经过战乱的数度颠沛流离之后，辗转来到杭州孤山脚下的诂经精舍，师从名满天下的朴学大师俞樾进习小学及辞章。这一年，吴昌硕已经26岁。隔了4年后，而立之年的他又故地重游，再度在诂经精舍拜师学习辞章及文字训诂。

学成之后，吴昌硕先后客居苏州、扬州和上海等地，艺事日臻成熟，直至名扬天下。他的艺术风格可谓独辟蹊径、富于创造：其绘画多为写意花卉，笔力老辣、纵横恣肆，虚实相生、墨气淋漓；其书法以篆文为主，尤以势如破竹、雄健挺拔的石鼓文最为著名；而他的金石之印，更是钝刀硬入，体貌厚重，气势雄强，古意苍茫。凭着这精绝的“三艺”，吴昌硕被公推为艺坛泰斗，成为“清末海派四大家”之一、“后海派”艺术的开山代表，乃至近代中国艺坛承前启后的一代巨匠。

吴石潜在上海经营书肆和雕版作坊后，因共同的爱好与吴昌硕相识相知，并结下深厚的友谊，成为莫逆之交。对于吴石潜与杭州的叶为铭、丁辅之、王福庵等共同创办的西泠印社，吴昌硕自然是极为赞赏和支持。

仰贤亭落成之后的西泠印社，初步实现了“创社有名，立社有地”的目标。官府的正式认可，更使印社生机勃发，创社伊始便名扬四海，甚至引得东瀛的同好雅士漂洋过海，慕名前来观瞻。而这其中的因缘人物，也离不开吴昌硕大师。

1906年的初春，当江南的雨水又开始淅淅沥沥下个不停的时候，一位面色清癯，架着一副黑框圆镜的东瀛雅士，踏着湿漉漉的苏堤来到孤山人倚楼，正式成为了西泠印社最早的外籍社员。

他叫河井仙郎，日本西京人氏，擅长鉴别金石碑版，对篆隶之书、仓史之学尤为精通。当时的吴昌硕先生早已蜚声海外，尤其是在日本，更是被推崇为“前无古人，后无来者”的诗书画印四项全能艺术大师。而远在日本的河井仙郎，正是吴昌硕的一位忠实拥趸，他因仰慕吴昌硕的高雅精绝，便于1897年修书一封，呈寄吴昌硕投石问路，竟得到了昌硕先生的回函鼓励，备受鼓舞的河井仙郎于是开始积攒盘缠，立志赴华求艺。

1900年，一苇自东瀛而至。刚刚三十而立的河井仙郎在友人的陪同下，终于远涉重洋来到上海，正式拜至吴昌硕门下。通过昌硕先生的牵线搭桥，河井仙郎与吴石潜、叶为铭、王福庵、丁辅之等早在西泠印社成立之前便得以相识相知、切磋印学且收获良多。

这位为了追求艺术理想而不惜背井离乡的东瀛雅士，靠刻印暂充舟车之费、靠勤工俭学聊以度日，终于实现了艺术上的富足和精神上的满足。

在那个春暖花开、细雨连绵的美好时光里，刚刚入社的河井仙郎在杭州流连忘返。他与西泠诸友或泛舟湖上，游览名胜；或摩挲金石、品鉴印痕；或品茗清谈、把酒欢歌，全然没有语言上的障碍。

这种快乐的时光，无疑是一段最美好的记忆，深深地烙在了东瀛来客的心底，并且焕发出无限的灵感，汩汩地流淌在了笔端。于是河井仙郎提笔挥毫，写下了西泠百年史上的第一篇《西泠印社记》。他在该记中饱含真情地写道：

明治乙巳之夏，客有自杭州返东瀛者，极言吴遯盦、叶叶舟、丁鹤庐、王福庵诸君创印社于西泠之盛，余闻而神往久之，未暇往观也。今年春，薄游吴下，道出武林，乃得与吴、叶、丁、王诸君把晤于印社，以抒情愫。评论印学，迨无虚日，又各出藏印，命余鉴赏。其中，苍劲古秀，典雅工整，人不一家，篆不一体，博而且精，目不暇给。自汪启淑（号讱荠）《飞鸿堂》后，未见有如此大观也。诸君为余言：印学自赵悲庵后，薪火将绝矣，近人能此者，惟湖州吴苦铁一人而已。缘集同志立斯社，以期保存印学。夫以今日之势论之，甲兵训于野，商业竞于市，清国朝野上下，岌岌以讲求富强为急务。而诸君子独高尚其志，研兹美术，不得不为诸君记。诸君又能椎搴精拓，编辑印谱，不肯自秘以提倡后学。即余身处海外，亦得一苇而至，见所未见，是不特余之幸，亦为后世刻印者之幸。谨识盛举，以告方来。岁丙午浴佛日，扶桑河井仙郎记于西泠印社。

东瀛友人为西泠印社谱下第一篇社记，为印社增添了一份极为珍贵的历史文献资料。

成为印社同道中人之后，河井仙郎与印社诸友间的友谊更进一步，彼此间的作品交流乃至馈赠更是唱酬不断。

那一日，丁辅之将一方印章交于河井仙郎，请他篆刻一名章。河井仙郎慨然应允。不几日，他便将那方印章交还于丁辅之手中，“先生嘱作，吾已成之，望不吝赐教！”

丁辅之接过印石，迫不及待地拓上朱砂印泥，钤盖于白宣之上观赏。只见一方半朱半白，极为醒目的印作跃然纸上。细看那印面，右为一枚鲜艳的朱文“丁”字，左为上下“仁友”白文二字，可谓匠心独具、别出心裁。

丁辅之原名丁仁友，因此河井仙郎以“丁仁友”3个字入印，采用朱白兼文的形式，使印面呈现对比强烈的分朱布白，如此设计，令人回味无穷。

手握此印，丁辅之一边频频颔首，一边又转手翻看镌于石侧的边款。但见“辅之先生嘱作，日本河井仙郎”12个字落款貌似平常无奇，却看得丁辅之面露欣喜，连声叫绝。为何？原来，河井仙郎将落款最后的“仙”“郎”二字合并成了一个似是而非的字，这个字直观极像“馆”字，于是“河井仙郎”又可理解为“河井馆”，亦可作斋馆之名，意即河井氏之居也。读之仍为“仙郎”，却可寻觅出多重意味，当然是耐人寻味的巧思了，难怪丁辅之叫好不绝了。

有意思的是，河井仙郎来西泠印社造访，以及他在印社见到的印人同道雅集之盛况，又恰好被另一份由当时的杭嘉湖道台李辅耀所记录的同样珍贵的历史文献资料记载了下来。

这是一份“西泠印社同志录”，在这份印社最早的成员名录上，依次记录着13位社员的名单，分别是丁辅之、王维季、叶品三、吴待秋、吴石潜、吴小冈、王定珠、汪吉门、钟越生、陈静山、季瀛山、唐醉石，而最后一位，赫然就是东瀛来客——河井仙郎！

为什么堂堂的一位道台大人，竟会有这等闲情逸致，来为一个印社笔录社员名单呢？

原来，这李大人虽人在官府，管辖一方，但他的内心却十分向往清雅高洁的文人世界。他博学多才、工诗善画，且为人低调厚道，善结同好。1876年，年仅28岁的李辅耀就被朝廷派往浙江，出任杭嘉湖道台。他到杭州就职不久，便与丁立诚、许增等创立了“清樽雅集”诗社，吸引了杭州不少志同道合的朋友。

李辅耀是湖南湘阴人，其父李桓曾任江西粮道、江西布政使等高职，因屡遭曾国藩算计被贬后，对仕途心灰意冷。1877年，他跟随儿子李辅耀来杭修养身心，看中了孤山南麓六一泉上的一片空地。这里远可眺湖光山色，近可傍林泉峋石，可谓饱纳山川之气、尽纳日月精华，是一块养精蓄锐的福地。于是，李辅耀便将此地购买下来，命人营建别墅，供父亲在此休养。

李桓非常仰慕唐代文学家韩愈，对其“盘谷”出尘之慨更是感同身受，于是将这片“世外桃源”命名为“小盘谷”，并请匠人将自己手书的这3个大字镌刻在了岩壁之上，以寄托栖隐之志。而李辅耀为父亲营建的这幢小别墅，就取名为“西泠寓斋”。

可惜好景不长，李桓在小盘谷仅仅超凡脱俗地逍遥了5年光景，便因眼疾不断严重，不得不回到老家湖南养病去了。于是，小盘谷内的西泠寓斋便成了李辅耀在繁忙的公务之余放松身心，与王同伯、丁立诚、丁立中、叶为铭、吴石潜等杭州文化名流聚会交流的场所。

人倚楼与西泠寓斋近在咫尺，闲暇之余，李辅耀除了在西泠寓斋会友品茗、舞文弄墨，自然也少不得去人倚楼参加那边的欢聚。受了他的影响，其子李庸和外孙唐醉石也都成了人倚楼的常客。因此，当叶为铭、丁辅之、王福庵等在人倚楼发起成立西泠印社的倡议之后，李辅耀可谓发自内心地表示赞成。但是考虑到自己的特殊身份，行事一向低调谨慎的李辅耀并没有抛头露面冲在前面，而是通过鼎力支持外孙唐醉石积极参与发起向官府呈报成立印社申请等方式，表明自己的态度。

收到申请成立印社呈文的杭州府和钱塘县政要们，自然不会忽略掉这个细节：杭嘉湖道台李辅耀的亲外孙也参与起草这个呈文。再加上成立印社本身又是一件事关公益、弘扬国粹的大好事，当然要一路亮起绿灯了。

当西泠印社顺利成立后，李辅耀不仅在百忙之中积极参加印社的各种活动，而且还亲笔录写了《西泠印社同志录》。耐人寻味的是，李辅耀在这份名录中特别注录了他那位尚未至弱冠之年的宝贝外孙唐醉石的大名，却并没有写上自己的名字。事实上，正因李辅耀对西泠印社的创立给予许多精神和道义上的支持帮助，印社的历次作传都把他列为最早期的社员之一。

1911年，李辅耀卸任回归故里，起程前，他特意把儿子李庸叫到跟前，嘱咐道："这次我归去湖南故乡后，你就以'生父既归里，以道远营辑感不便'为由，替我将小盘谷捐予西泠印社吧！"

李庸是明白人，他听出了父亲内心的真正用意。父亲是惦念着西泠印社，想在临走之前再为印社做点贡献。

不久，李庸便遵从父亲的嘱托，将小盘谷捐赠给了西泠印社。

小盘谷成为西泠印社摩崖石刻最集中的地方，先后刻有俞樾手书篆书“芋禅”二字及六行隶书跋语；李黼堂的遗篆“留云”二字及两行楷书款识；吴圣俞隶书“人间何处有此境”及三行横列楷书款识，以及无名氏书写的楷书石刻“小盘谷”、隶书“昆弟六人共买山地，建初六年造此冢地，直三万钱”及“大吉”等。

而就在李辅耀告老还乡，西泠印社的社址范围因此扩展到小盘谷的这一年，印社还意外地得到了一泓名泉。而这泓名泉，又与另一位东瀛雅士——长尾甲结下了不解之缘。

1911年是个雨水特别充沛的年头。这年的雨季刚刚来到，天空就像被撕裂了的伤口，怎么也愈合不了。当时的印社，在仰贤亭后的鸿雪径旁有一道界墙。倾盆大雨毫无节制地下了几天，这道墙便有些顶不住了，在一个雷雨交加的夜晚，终于轰然倒塌。

雨过天晴，人们带着几分惋惜的心情开始掘地清理残墙断壁，没想到挖着挖着，地下竟汩汩冒出一汪清泉。大家的心情顿时如当时的天气一般，云开雾散，转雨为晴。

“天赐此泉与我印社，当以印名之！”这样一个富有意义的泉名，自然是众望所归的。

经过疏浚深挖和整修之后，印泉不仅修篁掩映、冷冽清幽，而且在泉北的崖壁上，赫然出现了巨大的石刻“印泉”二字。这两个汉隶大字结体宽博，取势横扁，透着浑厚古朴的汉碑神韵。

这位摩崖大字“印泉”的书者长尾甲，是日本缵岐高松人。他与河井仙郎一样，也是西泠印社最早期的海外社员。长尾甲早年毕业于日本帝国大学，任职于东京高等师范学校，他学问渊博，秉性豪爽，对政治、经济、经学、文学、书画、金石、篆刻、诗歌、古董，乃至天文、历算、园艺、饮食等均有所研究。1902年，他因不服一场官司的判决结果而突然辞去教职，并于次年举家移居上海，受聘于商务印书馆任编译室主任，参加了中国小学教科书的编写。

在上海期间，经友人引荐，长尾甲拜识了比自己年长20岁的吴昌硕，并与吴昌硕结为诗友。两人望衡而居，日夕过从，谈艺论文，诗画往来，成为交谊坚固的忘年交。

沪杭之间相距不远，且交通也还算便利，在吴昌硕的介绍下，长尾甲参加西泠印社，并为印社题下了“印泉”摩崖大字。印社同人因他来自东瀛，且所学精深，因此，多称他为“扶桑人士”。杭人王毓岱为此还专门写下了一篇《印泉记》，记述了这位东瀛雅士与西泠印社的这段妙缘：

是泉也，曾浚于癸丑之岁，其上刻日本长尾所题“印泉”二字，盍转请再记之以示不忘？予谓：扶桑名士，远历重洋，渡东瀛而客西泠，既题字而留纪念，又以此泉归美于印人。抑此泉非印莫名者，惟社外人莫能争是泉，而诸社友即可鉴泉，以订白水之盟。同人于摩挲金石之余，因得以沦茗品泉，共涤烦襟，心心相印。尝泉味之清冽，淄渑无可相混，其所嗜亦不致派别流分。泉产于浙，有合于印学之称浙派乎。昔范伯年自言所居之地有廉泉，今社中人均高尚其志，不以纷华物欲扰其思虑，则印泉可作廉泉观点。湖上有三潭映月，旧名月光映潭。社以印泉环之，漱涤万物，牢笼白态。每当圆轮皎洁，倒浸波心一颗明珠，印泉又可作印月观点。

第四章

敬奉烈士保印社　开疆辟地筑家园

就在西泠印社以稳健的步伐逐渐发展壮大的时候，一场巨大的社会变革轰轰烈烈地开始了。

1911年10月10日，一声起义的枪响在长江重镇武昌的上空骤然炸开，为中国长达2000年之久的君主专制制度画上句号的辛亥革命由此爆发，中国资产阶级民主革命的序幕从此正式拉开。

自1840年鸦片战争以来，随着各帝国主义国家侵略步伐的加快，中国逐渐沦入半殖民地半封建社会。西方列强同中华民族的矛盾日益加剧，而腐朽的清朝统治者却对外妥协投降，对内横征暴敛，促使阶级矛盾进一步激化。各地群众奋起反抗，斗争风起云涌，许多民间力量高举着反洋的旗帜，奋力抗击外来侵略者。但是这些斗争都是自发的，因缺少科学的组织和领导，最后都以失败告终。

然而，革命的火种不仅没有因暂时的失败而熄灭，反而如星星之火，愈发猛烈地燃烧起来。光复会、兴中会、华兴会、共进会、同盟会……各种革命组织先后诞生，并且展开了坚持不懈的革命斗争。这些组织都有一个明确的政治主张，那就是“推翻清朝统治，建立共和体制”。以孙中山为首的资产阶级革命派通过宣传革命理论、组织革命政党，先后发动过十次武装起义，虽然也都遭到了失败，但每次起义都起到了宣传革命、振奋人心的作用。

划时代的重要时刻，终于定格在1911年的10月10日。这一天，策划已久的武昌革命军人在形势突变的情况下，毅然决定再一次发动武装起义。这一次起义，一扫之前的种种劣势，经过两天两夜的艰苦激战，革命军全面占领了汉阳、汉口和武昌，武汉三镇完全光复。

湖北军政府随即成立，宣布废除清朝“宣统”年号，成立中华民国，并颁布了《中华民国鄂州约法》，规定主权属于人民。资产阶级共和国的理想，在中国第一次以法律的形式确定下来。与此同时，军政府还发布各种文告，号召各省响应与宣布起义。

消息传开，世界为之震动。而在中国大地上，革命步伐也正如火如荼地迈进，湖南、陕西、山西、云南、江西等相继宣布独立，腐朽不堪的清皇朝在滚滚前进的历史洪流中轰然倒塌。1912年1月1日，孙中山先生在南京宣誓就任中华民国临时大总统，宣告中华民国正式成立；1912年2月12日，清朝末代皇帝溥仪宣布退位。

辛亥革命的枪声也惊醒了偏居江南的文人雅士的清梦。新缔造的民国政府开始颁布政令，将全面收回原属于清政府的土地公产。也许是因为当时印社的主要活动场所人倚楼位于归属清政府直接管辖的蒋公祠范围之内，“西泠印社”的名字也赫然列在了即将被民国新政府收回的地产名单中！

这对辛辛苦苦努力了七八年，终于把西泠印社从无到有，发展至逐渐有些模样的创社元老们来说，不啻一个晴天霹雳！

乱世之中，要坚守一份艺术的追求，坚守一块艺术的乐土可真非易事啊！正是因为早就有了这种忧患意识，印社的同人们早在创社的第二年，就向当时的官府呈交了成立印社的申请，满以为获得了官方的认可之后，从此就可以过上太平无忧的日子，可以一门心思地搞金石研究了。没想到这世道一变，本来以为吃下了定心丸的印社，转眼间又面临着社址地产将被充公的局面。

西泠印社可是一个"人以印集，社以地名"的民间团体，正所谓"皮之不存，毛将焉附？"如果连印社的房产地产统统被收回了，那印社也就不得不解散了！

那段日子，人倚楼里全没了往日的欢声笑语，大家聚在一起，忧心忡忡地商讨着印社的出路，却是众说纷纭，莫衷一是。

正是盛夏七月，平常充耳不闻的蛙鸣蝉吟之声，此时竟都显得异常聒噪。浓荫遮蔽的蒋公祠人倚楼内，丁辅之紧蹙着眉头，手中的折扇被他摇得哗哗作响。

"清王朝腐败无能，革命军将之推翻，缔造一个中华民国，这对我等中华儿女自是一大幸事，当然是拥戴不尽的。可是我却怎么也想不明白，这革命也会革到我们的印社头上来。"

"是啊，这人倚楼乃至整座蒋公祠，都是辅之兄的祖辈私产置办起来的。印社的数弓之地、仰贤之亭，也均社员私资筹集而成，怎么转眼之间都成公产，要收归国有啦？！"王福庵也是忍不住连声长叹。

"诸位莫要烦乱。既来之则安之，总有办法应对的。"关键时刻，年长的叶为铭总是表现得比较沉稳，他捋一把胡须，面色凝重地说，"为今之计，是要先思出一个对策，怎样向新政府的管事部门说明原委，争取保全印社。"

"对，对，我们印社是事关保存国粹的公益之事，既然旧政府都能支持，想必这开明的新政府更应该会支持了！”叶为铭的一番话说得大家心里又燃起了希望的火焰，于是人倚楼里的气氛逐渐宽松些许。

可是，该如何向新政府呈文呢？印社宗旨虽为保存金石，但这金石之艺显然是历史传统文化，而新政府由革命军掌控，他们倡导的似乎都是革命、革新，这弘扬传统之事，会支持吗？众人如此一分析，不免又心头一沉，感觉若以原来呈递旧官府的同样理由向新政府呈文，成功的把握实在不大。

就在印社同人苦思对策之时，一位印人从南京带来一个消息：西泠印社社员底奇峰于数月前在南京不幸坠马去世。

说起这位底奇峰，他可不是一般的印社社员，他的另一身份，是同盟会的革命志士。辛亥革命爆发之前，底奇峰从家乡江苏盐城来到上海，在望平街上的《申报》馆附近开办了一家名为“新世界”的刻字铺，专售东洋牙印，因此与叶为铭、吴石潜等相识，并且成为志同道合的朋友，还加入了西泠印社。

底奇峰秉性率真，在上海接触到了同盟会的政治主张之后，毅然决定投身革命队伍。于是，他的刻字铺表面上还是以刻字售印营生，实际上却成了同盟会在上海的一个秘密集会据点。在与革命党人的秘密交往中，底奇峰结识了同盟会元老、青帮代表人物陈其美等一大批近代民主革命志士。因为底奇峰有一手治印之长，又是西泠印社的社员，因此，在辛亥革命期间，他还为上海同盟会镌刻了一枚巨印，专门用于革命文告的钤印。

1911年11月，陈其美在上海领导武装起义，攻占江南制造总局，直至光复上海。被推选为沪军都督后，陈其美又组织联军攻占南京，并通电独立各省，筹建临时政府。而在进攻上海江南制造总局的过程中，底奇峰就一直追随在陈其美的左右。他慷慨杀敌，表现英勇，被众人一致评价为“有烈士之风”。

孙中山出任临时大总统后，底奇峰曾在南京总统府的大本营工作。当时总统府草创伊始，人才缺乏，府中的各种机关公务如会计、庶务、交通、卫生等，均由地方武装力量商团的团员分别任职，作为镌刻业商团负责人的底奇峰，在陈其美等人的一致推荐下，先是担任孙中山先生的秘书，之后又凭着过人的胆识和治印之长，被任命为南京总统府印铸局局长。

1912年3月9日，底奇峰沐着春光乘兴骑马外出郊游，却不想就此走上了一条不归路。就在他郊游归来快要回到住地的时候，胯下的马儿突然一个趔趄扑倒在地，毫无防备的底奇峰刹那间坠落在地，一头撞在了路边的一块巨石之上，顿时血流如注，不治身亡。

底奇峰不幸去世后，孙中山感念其功绩，特赠1000块银圆，并且派出卫队，专程将其灵柩护送回到上海。而上海的革命志士听说了底奇峰的不幸遭遇后，又纷纷商讨准备上书给沪军都督陈其美，希望能拨给抚恤金。在众人的推荐下，最后由底奇峰的好友汪厚昌起草了一份陈请报告，并且获得了陈其美的批复许可，又追加了500块银圆的抚恤金，并为其举办了烈士追悼会。

听了底奇峰的这番遭遇后，作为老友的叶为铭难过得流下了热泪，而吴石潜、王福庵、丁辅之等人也免不了又是一番唏嘘叹息。

“我这次自沪上来，曾闻底君弟子杨遂生言，其师本系西泠印社社员，故希望能将君之遗像供奉社中。”专程从上海赶来与大家一起商讨印社出路的吴石潜，忽然提出了这样一个建议，“在下以为，这倒不妨作为护社一策。底君乃革命仁人志士，此番既遭不幸，我等何不将其遗像供奉于蒋公祠内，既可表明印社拥护革命、拥护新政府的态度，又能悼念印社的已故同人？”

是啊！在蒋公祠中祭祀这样一位新生政权的功臣，不正是情在理中，恰到好处吗？如果以这个理由向新政府提出保留印社的申请，想必应该会得到支持吧？这个提议一出，立即得到社员们的一致赞同。

于是，吴石潜立即赶回上海，与杨遂生以及曾经代表上海革命志士上书沪军都督陈其美的汪厚昌取得了联系，想通过他们寻访底奇峰的影照遗像。

汪厚昌不仅是底奇峰生前交往颇多的朋友，也是西泠印社的早期比较活跃的骨干社员之一，无论是在创社之初杭州士绅为组织西泠印社而向官府递交的呈文上，还是在杭嘉湖道台李辅耀记录的“西泠印社同志录”中，都能见到他的名字。汪厚昌本是杭州人，不仅在金石篆刻方面有所建树，且文采过人，多才多艺，在其他多个领域都有不俗成就。他常年居住上海，曾应上海影戏公司的邀请，在《杨贵妃》《还金记》《太真外传》等多部影片中出演角色，并且以“汪切肤”的笔名，经常为一些报刊撰写书法评论文章，上海《金刚钻报》就曾连载过他的文章《西泠印社之创始于现在》。

吴石潜以为，汪、杨均与底奇峰稔熟，应该有办法搞到底君的遗像，没想到二人搜寻许久，竟也找不到一张烈士的遗照。于是，他们就另想他法，花3元2角银圆，请人画了一幅底奇峰的铅笔像，然后又花了1元5分银圆，为这幅画像配上了相框。

擅长舞文弄墨的汪厚昌再度执笔，专门为底奇峰撰写了一篇小传，恭恭敬敬地抄写在了底奇峰的画像之首。汪厚昌在小传中这样写道：

民国元年三月九日，南京总统府印铸局长底君坠马死。孙大总统以千金赙之。越日，灵榇走上海，同人复请于都督陈英士君，更以五百金恤其家属。即葬于日晖港清真寺坟山，是日开会追悼。到者凡数百人，呜呼！底君以一布衣奔走国事，虽不得其死，而荣哀之礼，亦云旷矣。君讳云，字奇峰，世居盐城，转徙至沪。幼孤，赖母夫人习女红以生，性至孝。中年母病废，医药累载，家贫益甚。

庚戌大徐，病几殆，君至割股以尽，其愚盖不可及也。辛亥九月十三日，上海制造局之战，君与诸党人执枪前驱，慷慨杀敌，有烈士风。今即赍志以殁，犹足令后人之廪廪叹尚焉。君膂力过人，尤工于金石刻画之学，晶章玉质，运刀如泥。即葬，其弟子杨遂生等谓，君本西泠印社社员，乃商诸同人，以君遗像供奉社中，同人韪之，并记其概略如右。

写完之后，底奇峰的画像就被送到杭州。

拿到烈士之像后，吴石潜、叶为铭、王福庵等立即把在杭的印社同人召集起来，将这幅来之不易的遗像供奉在了蒋公祠内，并且举行了简捷的祭悼仪式。然后，大家又群策群力，着手起草上报给政府的呈文。当然，这一次有别于以往，呈交的对象是新的民国地方政府。

不久，一封饱含着西泠印社全体社员热切希望的呈文终于递交到地方知事的案头。

其实，民国成立后的第一任杭县知事汪曼峰也是一位博学嗜古、工诗善书之士，对西泠印社本就呵护有加。只是迫于大局，他也只能暗中斡旋，设法保护。如今，印社既然请来了底奇峰烈士这块“政治庇护牌”，汪知事自然就可以顺水推舟，正大光明地回复表示支持了：西泠印社“于研求美术之中”又蕴含着“敬礼先贤之意”，实在令人感佩！那么，就准许你们在蒋公祠中祭祀底奇峰局长。至于经营蒋公祠的费用，也由你们印社一并承担吧。

从此，包括人倚楼在内的蒋公祠等再未被提及充公之事，印社的栖生之地终于化险为夷，得到了切实的保全。

然而，经过这番折腾，印社的同人们开始深切地认识到，作为一个研求金石美术的专门组织，必须拥有自己的大本营，才能真正立住脚跟，才能发展壮大。于是，他们就把眼光瞄向了蒋公祠边上的一片空地。这片隙地荒废已久，野竹成林，杂草丛生，不如开辟出来营建一些建筑，供印社发展之用。

认识很快得到了统一，社员们捐资捐物，群策群力，开始了西泠印社历史上的第一次大规模建设。

雅正大气的山川雨露图书室，在孤山南麓的半山腰拔地而起，这里纳山川之灵气、吸雨露之精华，湖胜潇湘，楼若烟雨，成为印社诸子把酒高吟，论印集游之处。

山川雨露图书室的前面，一座六角木亭翼然耸立，飞临于竹阁之上。亭虽木制，却名为“石交”，由叶为铭倡议构建，寓意“结交金石”，象征着印社社员性情好古而又交谊坚如磐石。

仰贤亭一侧，精巧典雅的宝印山房也随即落成，一段小曲廊道将之与仰贤亭巧妙连接，可谓合分得宜、布局巧妙，深得东方园林建筑之韵味。

在宝印山房的左侧，又一座古朴而简雅的福连精舍悄然诞生，社内置书5橱，专收两浙图经志乘、乡帮掌故、先贤著述及一切考论金石古器书画等书，成为印社专门的藏书之所。

此外，还有心心室、斯文奥等特色建筑，也相继在附近建成。

就这样，一处又一处的建筑，犹如朵朵灿烂的鲜花，伴随着中华民国诞生的脚步，盛开在西子湖畔孤山南麓的湖光山色之中。西泠印社的早期社员们，用他们的无私捐助和勤劳双手，在这片充满神奇而又美不胜收的地方播撒着理想的种子。他们在孤山上开疆辟地、营造建筑，放开手脚构筑着他们心目中的艺术家园。

第五章

误入私地惹官司　投桃报李成佳话

真是一波未平一波又起。就在印社同人们为有惊无险地度过了没收公产之虞而额手相庆，满以为从此可以在荒废已久的山丘上放心大胆地扩建社址的时候，一纸控告西泠印社侵占私地的诉状，却始料未及地呈递到官府手中。诉状称：有人在杭州孤山南麓的大片私有山地上，未经地产主人同意擅自修建大量建筑，此乃公然侵占私有财产之行为，要求官府判令拆除建筑、归还私地。

虽然诉状上并未道明这侵占私地的行为属谁所为，但是熟悉孤山一带的人不难判断出来，诉状所指的侵权者，无疑是指西泠印社！

杭县知事汪曼峰获悉此讯，大为吃惊。他对西泠印社向来呵护有加，想那印社中人，皆为热心公益、醉心艺术的贤雅之士，怎会干出侵占他人私产的行为？

不可能！这绝不可能！汪曼峰瞪大眼睛，连连摇头。但是诉状白纸黑字，写得清清楚楚，也不敢是凭空捏造的吧？在那孤山南麓上，除了宝印山房、山川雨露图书室等一批由印社兴建的亭廊房舍，也没有其他新造的建筑啊！这究竟是怎么回事呢？于是他赶紧把消息通报给丁辅之、叶为铭等人。

得知印社突然成了被告，丁辅之、叶为铭、王福庵、唐醉石等几位骨干都觉得十分意外。因为孤山南麓仰贤亭西侧的这片山地，都已经荒芜几十年了，大家一直以为这是无主的荒丘呢！试想，谁会这么财大气粗，放任这么大片地理位置优越的湖景山地荒芜几十年？倘若知道这是有主之地，向来循规蹈矩、遵纪守法的印社同人们，也断不会在此营建社屋啊！

当时正值民国初期，房地产的管理十分混乱，正是考虑到印社只有拥有固定的文化交流场所，才可能潜心学问、传承文脉，印社同人们才想到了开荒筑屋之举，为此还专门向官府呈文申请，要求在孤山南麓的荒丘隙地上兴建房舍，并且得到了批复许可的。现如今，怎么又突然冒出个地主，要求收回土地了呢？

原来，这仰贤亭以西的孤山荒丘，并非真正的无主之地。这片山地不仅有主，而且其主人还是一位财大气粗的显赫人物，他就是清末著名的政治家、企业家和慈善家，被誉为“中国实业之父”和“中国商父”的洋务派代表人物盛宣怀。

盛宣怀祖籍江阴，出生于江苏武进的官僚地主家庭，青年时代就展现出过人的处事禀赋。后因父亲盛康的关系，得到朝廷重臣李鸿章的赏识，协助其办洋务，并被晚清朝廷所重用，官至清廷邮传部尚书，成为洋务运动中第一代官僚资产阶级的带头人。他先后创办过中国电报总局、中国通商银行、中国红十字会等11项“中国第一”的经营机构，可谓是晚清半个多世纪的经济风云人物。盛宣怀的一生亦官亦商、跌宕传奇，慈禧太后视其为朝廷“不可少之人”；李鸿章称之“志在匡时，坚韧任事，才识敏瞻，堪资大用”；张之洞赞其“可联南北，可联中外，可联官商”。

身居要职又善于经营的盛宣怀，自然是家产丰盈。他在北京、上海、南京、苏州、杭州、武汉、常州等地均置有不计其数的地产别墅、私家园林，杭州孤山南麓的这片荒凉山丘，便是盛宣怀遍布全国的私产之一。他之所以会买下这么一片荒芜已久的野林山地，是因为看中了这里青山绿水的独特地理环境，打算在此修建一座“盛氏公祠”。当然，他的这个打算西泠印社的同人们是无从知晓的，因而，也就不知道这片荒芜已久的山林竟然已经成了名花有主的私家地产。

倘若盛家早就在此实施兴建祠堂的计划，那么印社同人们也许就不会想到要在这里兴建印社用房了。正所谓“无巧不成书”。偏偏就在印社中人因“鉴于籍没公产之可怖，思就其地上自行建筑”的前一年，盛宣怀摊上了一件大事，致使盛家在孤山之上修建祠堂的计划被搁置下来。

那是在辛亥革命爆发的前几个月，出任邮传部尚书不久的盛宣怀因强势推进清政府将铁路收归国有的政策，激起了强大的民愤。他主持与汇丰等四国银行签订币制实业借款合同，又以铁路国有名义，将已商办的川汉、粤汉干线路权作为抵押，与四国银行签订湖广铁路的借款合同，引发了保路风潮，最终导致四川“保路运动”的爆发。鲁迅因此斥其为“卖国贼、官僚资本家、土豪劣绅”。武昌起义后，清廷为平息民怨，拿盛宣怀作替罪羊，不仅将其革职，还下旨永不叙用。而盛宣怀在上海、杭州等地的家产，也都悉数被抄没。在此等情形下，修建祠堂自然成了泡影。

然而，已经激起的民怨犹如滚滚波涛难以平息，有人甚至扬言要暗杀盛宣怀。迫于局势的危急，无奈之下盛宣怀不得不远走异乡，暂避风声。

1911年12月31日，这个风云突变之年的最后一天，67岁的盛宣怀站在大连至日本轮船的船弦上，遥望着水天苍茫的大海，故国正从他那饱经沧桑的眼中渐渐远去。

而西泠印社正是在这个时候，历经了从籍没公产到祭底保社的一番波折，最终开始了较大规模的开荒建屋、拓展社址的进程。理论上讲，此时盛家在孤山上的地产既已被抄没充公，西泠印社当时在荒坡上营建社屋的行为自然也不能算是侵权。

可是谁也想不到，世局变幻莫测。将盛宣怀革职处理的清末朝廷，自己也很快就土崩瓦解了。随着中华民国的诞生，暂避海外的盛宣怀惊喜地发现，缔造这一社会巨变奇迹的，正是与自己一样曾经有过流亡日本经历的孙中山先生。于是，盛宣怀仿佛看到了希望的曙光，开始做起回国东山再起的准备。他先是以赈灾的名义，向民国政府捐资100万银圆；而后，又答应替民国政府出面联络，向日本等国进行借款。盛宣怀的慷慨之举，很快就获得民国政府的好感，孙中山先生甚至高度评价他“热心公益，而经济界又极有信用”。

此时的盛宣怀见时机已成熟，遂向民国政府提出了返还家产的要求。鉴于他对民国政府财政的支持和贡献，孙中山、袁世凯都先后同意发还其不动产。

踏着1912年深秋的落叶，已患病在身的盛宣怀终于回到上海。由于仍然是大股东和董事，他在租界继续主持着轮船招商局、汉冶萍公司、银行和纺织厂的经营。

经历过这番人生起落之后的盛宣怀，对许多身外之事已经看得很淡了，唯有一件事，他仍然一直惦记着，那就是要在西湖孤山修建一座盛氏公祠。

于是，盛宣怀吩咐管家钟景瑜：“如今国民政府已经答应将杭州孤山之上的地产发还与我，那我们的盛氏公祠也该重新提上议事日程了。这样吧，你先派人去杭州看看情况，也好为营建公祠做些准备。”

钟管家得令，立即差人前往杭州。这边盛宣怀则开始满怀希冀地憧憬起即将诞生在西子湖畔的盛家公祠，他甚至构想好了，一旦公祠落成，首先要将曾任浙江海宁州知州的祖父、嘉庆庚午举人盛隆的牌位入祠供奉。

可是没多久，下人却从杭州给盛老爷带回一个让他意想不到的消息：在孤山南麓的盛家私地上，不知打哪儿忽然冒出一批建筑，看那样子，应该都是新建不久的。

“太放肆了，这简直就是在太岁头上动土！”闻听此讯，大为光火的盛宣怀一巴掌拍在案桌上，满脸愠怒地对钟管家说，“景瑜，这回你亲自跑一趟杭州，究竟是何人如此胆大妄为，给我弄弄清楚，马上报告给杭州的官府，我要让他吃官司！”

眼见盛老爷如此动怒，管家钟景瑜哪敢怠慢？他顾不上收拾行囊，立即起程直奔杭州。

消息并不难打探，钟景瑜到孤山上实地走了一遭，马上就问明了这些建筑的来龙去脉。

其实，这位盛大老爷的管家，也是一个爱好书画的文人墨客。当他得知了西泠印社在此营建社屋，主要是用于金石书画交流的公益场所后，心里不免生出了几分恻隐。然而，临行之前盛老爷曾有过明确的吩咐，这趟差他来杭的唯一目的，就是要让侵占盛家私地的人吃官司，作为下人的他也不敢私自违抗。于是，他虽心有不忍，也只好匆匆拟就一份诉状，递给了杭州当地的官府。不过在这份诉状中，钟管家只提及盛家的私有土地遭人侵占建屋，要求官府查明情况并依法处置，倒也并未言明究竟是谁在侵占盛家的土地。

尽管如此，钟景瑜对西泠印社还是寄予了极大的同情，他很想帮帮西子湖畔这群醉心金石的文人雅士，但又不知该从何帮起。因此，在回沪的路上，钟景瑜左思右想，脑子里一刻也没有消停过。他知道，孤山上的这片土地，在盛宣怀老爷的心目中是何等的重要，但是，以他跟随老爷多年的经历和感受，盛老爷分明又是一位心胸宽广、富有同情心的善人。于是，他又在心中抱起了一丝侥幸。

当风尘仆仆的钟景瑜踏进了盛公馆大门的时候，他终于下定了决心，无论如何，都要把自己在杭州亲眼见到的有关西泠印社的同人们如何发扬公益精神，为弘扬国粹艺术而竭尽全力的情况如实禀报给盛老爷。

盛宣怀坐在宽大的太师椅上，面色凝重地聆听着得力管家的口头报告。当他得知钟景瑜已经把诉状递到杭州的官府，并且得到了重视之后，长长地叹了一口气，不紧不慢地问道："这占地建筑之事究竟是何人所为？这人也太目中无人、太无法无天了吧！"

其实，令盛宣怀如此恼怒的不光是自己留作建公祠的土地无端被侵占，更让他无法接受的是，这才仅仅过了不到一年时间，曾被没收充公的土地转眼就被人盖上了亭台楼阁、青砖瓦房了，这世道也太炎凉了吧？这样的事情摊在谁头上，应该都不会无动于衷吧？何况是他曾经显赫一时、如今又重获中华民国政府器重的盛宣怀呢！

深知老爷脾气的钟管家见盛宣怀的面色有些放缓，知道此时他心头的怒火已经消了大半，于是便不失时机地禀报起来："报告老爷，其实这次的占地建筑行为，并非某一个人所为……"

"不是个人所为？"盛宣怀听闻此言，显得有些意外，"莫非，这是政府所为？还是……有很多人涉入此事？"

"非也，是一个名为'西泠'的印人社团集体所为……"钟景瑜话音未落，盛宣怀就轻喊一声："印人社团？你说的是那个西泠印社吗？！"

原来，这盛宣怀不仅当官和经商有一手，私底下也是一个爱好文墨书画的雅客，从政之余，他广泛搜集图书文物，且藏品极为丰富，先后藏书10余万卷，有历代状元手迹200余家。此外，他还有《愚斋存稿》《常州先哲遗书》《经世文续集》《林胡曾三公奏议》等著作存世。因此，对于影响力日益扩大的西泠印社，自然是有所耳闻的。

“正是。”钟景瑜见盛宣怀一提及西泠印社，面色又进一步和缓，便放下顾虑，斗胆说起了印社的好话来，“其实印社此番占地扩建，也实属无心所为，他们并不知此地乃盛家私产。”

而后，钟景瑜又将西泠印社的缘起，以及在众人的捐资出力下，印社如何历尽曲折、从无到有，一步一步发展起来的过程，详细地说了一遍。

听罢钟管家的报告，盛宣怀突然从太师椅上激动地站了起来，他一边踱步，一边大声道：“杭人有此等觉悟，为保存国粹而组织印社，爰集同人研求学问，且不肯自秘以提倡后学，实乃一大雅事也！”

“是啊，印社诸君，皆为志趣高远且心胸广阔之人，他们活动的主要场所人倚楼和数峰阁，皆乃杭州名绅丁氏的家产，现均捐于印社乃为公产，方有印社最初的立足之地。后因民国建立，印社中人鉴于籍没公产之可怖，方思就其地上自行建筑，这才无意间侵入了我们盛家的领地。”钟景瑜说着，偷偷瞥了盛宣怀一眼，继续道，“此番赴杭，我已遵循老爷吩咐，将诉状呈递官府，想必那些印社中人，已惶惶不可终日矣。”

“你这是在帮他们说话吗？”盛宣怀故作生气地白了钟景瑜一眼，然后便忍不住笑了起来。

“景瑜不敢！只是觉得印社的这些同人们也挺不容易的，便不敢隐瞒，如实禀报给老爷而已。”

“照此说来，这帮印人的确挺不容易，这印社实属公益性质，真令人肃然起敬啊！”盛宣怀大手一挥，慨然道，“好吧，那你马上撤回诉讼，孤山上的这块地产，就替我捐赠给西泠印社，让他们安安心心地在此研求学问吧！”

一宗差点让西泠印社陷入被动僵局的用地诉讼，在盛宣怀的宽宏大度、慷慨捐赠下，就这么轻而易举地化解了。消息传到西子湖畔，正为印社的命运担忧的同人们，无不欢欣鼓舞。

“没想到，盛宣怀大人也是如此深明大义之士！印社因此而因祸得福，必将有更好的发展前景矣！”丁辅之双拳紧握，脸上早已喜形于色。

“听说盛大人也是爱好书画之人，此番对我印社又是钟爱有加，我们何不投桃报李，主动邀请盛大人入社？”叶为铭此话一出，王福庵便在一旁颔首叫好：“应该！应该！况盛大人向印社慷慨赠地，已是印社功臣，邀请入社理当必然。”

“还有一个人，我们也不能忘记。”吴石潜沉吟道，“这回盛大人有此捐地义举，实在离不开管家钟景瑜的从中斡旋。钟景瑜也有书画之长，我的建议，不妨同时邀请二人入社？”

西泠印社是一个由志同道合者群策群力发展起来的社团组织，对建社以来每一位有贡献的人士，都一直抱着感恩的态度。因此，吴石潜的提议，当即得到了大家的一致同意。

于是印社专门委托上海金石书画界的朋友，向盛宣怀和钟景瑜发去了入社邀请。

这天午后，盛宣怀正坐在盛公馆宽大的客厅里小憩，钟景瑜从门外轻手轻脚地走进来。

“老爷，西泠印社托人专程送来致谢函，对您无偿赠地的大义之举表示由衷感谢，并热忱邀请您加入印社……”

“看来这西泠印社的创社群英，不仅是有社会责任感的文人雅士，还是一群知恩图报的有心之人啊！”盛宣怀感喟一声，欣然应允道，

“此番美意，我盛某当然不敢推脱了！”

于是，一桩由印社误入盛家私地引发的诉讼风波，最后竟成就了一段印坛佳话。

第六章

历练十载立社约　一代大家执首印

转眼又是年关将至，西泠印社在不知不觉间，即将跨入建社以来的第10个年头。

在这风波不断的近10年中，印社同人们虽然经受了一次又一次的考验，但他们坚守艺术理想的信念始终未曾动摇过。高高飘扬在孤山南麓的西泠印旗，像一个无形而又巨大的磁场，深深地吸引着社会各界的艺术家和有识之士，声应气求入社赞助者接踵而至，大家有钱出钱、有力出力、有物出物，或捐基地，或筑亭馆，或辟山径，或栽花木，使西泠印社终于初具规模，有了一片属于自己的艺术基地。

1912年年末，印社开始提前谋划大庆。这年的11月，吴昌硕应邀来到西泠印社，与西泠诸友宴集。消息一传开，敬慕他才华及品格的众友蜂拥而至，除了丁辅之、王福庵、叶为铭、吴石潜创社四子，鲁坚、楼邨、胡宗城、周承德、马衡、沈光莹等人也纷纷从余杭、缙云、绍兴、海宁、鄞县、嘉禾等地赶来相聚。杭州的冬天虽然极其阴冷，却阻挡不住西泠诸友同游湖上的脚步。在这期间，吴昌硕与大家一起吟诗作赋、研究金石、鉴赏书画，全然没有一代宗师的架子，给大家留下了特别好的印象。

此时的西泠印社，即将完成十年磨一剑的历练，到了一个需要进一步提升，使原本略显松散、随意的部分骨干个人行为，规范和凝聚成真正有组织的、体现集体行为的印社团体的阶段。

1913年的盛夏如期来临，孤山脚下人倚楼内，丁辅之、叶为铭、吴石潜、王福庵、唐醉石、张惟懋、戴书龄、汪吉门、钟越生等印社骨干们再度聚会起来，他们商讨的主要议题只有一个：如何借印社成立10周年之际，举办一个富有意义的纪念会，并且进一步借此来规范西泠印社的各项事务。

“今年是农历癸丑年，正是王羲之兰亭修禊的第26个癸丑之时，我们何不仿曲水流觞之雅，举办一场兰亭纪念会，以此来庆贺立社10年之喜？”

众说纷纭中，不知是谁率先提出了这样一个设想，立即引来众人的一片叫好：

“此法甚好！曲水流觞乃书圣爰集同人的雅集方式，我等若以此法效之，既可志喜，纪念印社创立10年，又可仰贤，传承先人之志！”

“确如此。是以永和禊事，高会兰亭；支遁吟俦，闳开莲社。今吾辈若效仿前贤，堪称雅事，当传后代！”

于是，立社10周年庆的形式就在大家的附和声中被确定了下来。这时，叶为铭又想到了另一方面的事宜，他说：“我等发起成立印社虽已有10年之久，然并未正式行使过仪式。今既拟聚集同人举办盛会，是否应该正式发布成立启示以示天下？或制定印社之规约，以规矩行为，促其良健发展？”

叶为铭的想法也得到了大家的认可，当下决定，由叶、王、丁、唐等人再事商议后分头执笔起草《启示》和《社约》，于兰亭纪念会之日正式发布。

“还有一事，如今西泠印社已历经10载，且初具规模，到了该选出一位印社社长的时候了吧？”又有人提出了一个并不算新的话题。

说这个话题不新，是因为在此之前，印社社员们已经多次在聚会中提及此事。从1904年年初创到1913年的10年间，印社社务始终是由丁辅之、王福庵、吴石潜和叶为铭4位创始人轮流主持着，使得西泠印社从无到有，从未间断过发展壮大的步伐。然而，每到推举社长之时，四人又每每相互谦让，谁也不肯出任，以致西泠印社成立了10年还一直空缺着社长之位，之后每次再提及这个话题，便似乎有点尴尬。

屋内的气氛突然冷了一下，大家你看看我，我看看你，不知该如何是好。

“是啊，此言有理，都已经整整10年了，社团发展不可群龙无首啊！”终于有人打破了沉默，发表了自己的观点。

“辅之、福庵、为铭、石潜皆为创社功臣，为印社的创立和发展可谓是呕心沥血、功不可没，无论哪位出任社长，都堪当此任啊！依我看，你们就不要再推脱谦让了！”

“不是推脱，也不是谦让啊！印社社长，是一个具有象征意义的标杆人物，承载着太多期望，需要同时具备学术能力、人格魅力与社会影响力。”王福庵首先站起身来摆摆手，由衷地说道，“况且，我们几个之所以如此竭尽义务承担印社事务，全凭激情与热爱，并非觊觎社长之位啊！”

“是啊，福庵贤弟所言极是，我等四位皆淡泊之人，故早在创社之初，就曾有约定，共同合力办好印社，但谁也不当社长。”丁辅之也手握折扇，站了起来。

听到如此真诚而坚定的表白，众人刹那间感受到了创设四子身上散发出来的那种高贵的艺术理想和无私的奉献精神。不求名利，但求贡献；以社为重，宁缺毋滥。这种文化人的坚守，令在场的印社同人们肃然起敬，于是，大家再也无人出口相劝。

眼看气氛再度冷场，身形敦实的吴石潜忽然也站起身来，转头扫了众人一眼，朗声道："我倒有一建议人选，应该堪当社长之任。"

"谁呀？石潜兄不妨明言，所荐之人究竟是哪位？"吴石潜的话顿时勾起了众人的兴趣，有人耐不住好奇连声催问。

"这位大师，大家应该都不陌生，去年年末刚刚来过印社。"吴石潜本想卖个关子，见大家都急切追问，便不再绕弯子，"就是海上金石书画巨擘吴昌硕先生！"

站在一旁的唐醉石恍然道："哦，是吴昌硕先生啊！吴老乃海派四大家之一，诗书画印四绝的一代宗师啊！由这样的巨匠来执掌西泠印社的大印，对我印社来说，自然是增光添彩、蓬荜生辉的好事，只是……"

"贤弟有何顾虑？"吴石潜见唐醉石语气转变，不解地问道。

"想必吴老先生这样的艺术大家，肯定艺事极为繁忙。且吴老的声名又如此显赫，会接受我们的邀请吗？"

"哦，这个不必担心，吴老对我们的西泠印社一直是高看一眼、赞誉有加的，邀请他担任社长，料想他应该会欣然接受。"

"说起来，吴老先生与我们西泠印社还是渊源已久的呢。早年他曾多次来湖上就学，受教于俞樾老师的诂经精舍，不正是在如今印社的隔壁吗？"王福庵笑道，"单就这一层特殊关系，我觉得请吴老来担纲社长之职，也是冥冥之中注定的。"

"吴老若能担当社长之位，那是再好不过了！"叶为铭也表明了自己的态度，"以他在当今艺坛的地位，定会对我们印社起到很大的提携作用。”

得到大家的认可之后，回到上海的吴石潜就代表印社正式向吴昌硕先生发出了邀请。果不出所料，吴昌硕十分爽快地应允了。他发自肺腑地说：“印社既成，承蒙同人谬重，欲推予为之长，予备员，曷敢长诸君子？唯与诸君与商略山水间，得以进德修业！”

经过印社同人们的一番齐心筹划，十周年社庆的各项准备工作基本就绪。此时已是万事俱备，只待吉日到来！

癸丑重阳登高之日，终于在众人的企盼中如期而至。这一天，秋高气爽、天朗气清，朵朵白云在碧蓝的天空中悠然飘过，令人心情格外舒爽。孤山南麓的西泠印社内，人声沸然，高朋满座，就连宝石山那边的飞鸟，也都叽叽喳喳地结伴而来，仿佛要亲眼见证这一难得的雅事盛会。

掩映在参天古木之下的柏堂内，早已被布置得雅气琳琅、墨香四溢。大厅的正中央悬挂着一幅王羲之的画像，画像下供摆着一块永和九年的古甓。两旁的墙上，陈列着各种书画精品，都是由印社社员提供的珍藏。厅中另外摆设了长几，笔墨纸砚，一应俱全，供来客挥毫泼墨，相互题赠。

居杭文绅接踵而至，创社四子齐齐到场，寓居沪上的吴昌硕专程赶到，连日本籍的河井仙郎和长尾甲也特别赶来参加聚会。足足百来号人，将柏堂前的空地挤得水泄不通。

这是西泠印社第一次举行大规模的印人集会。诗书画印“四绝”的艺术大师吴昌硕在会上被大家一致公推为首任社长，一直为印社发展默默承担了大量具体事务的叶为铭，成为了印社的总干事。

面对印社社员们的信任与重托，年近古稀的吴昌硕感慨万千，他对着众人，发表了一段热情洋溢的演讲：“西泠山水清淑，人多才艺，书画之外，以篆刻名者，丁钝丁至赵悲庵数十余人。流风余韵，被于来叶。言印学者，至今西泠尤盛……”

接着，他与众人一起回顾了印学发展的历程。他指出，从秦汉时期开始，印就分官印、私印两大类，材质则有金、玉以及象牙、犀角等；发展到元朝，开始出现专门用于篆刻的印石，并因刀法的区别取意不同而产生了各个流派；在17世纪明末清初印章流派兴起的时候，杭州已成为一个重要的印学之地；到了清乾隆年间，以“西泠八家”为代表的前后五代杭州印人，更是领衔清代印坛长达一个半世纪之久。直到西泠印社的建立，源远流长的印学终于有了一个属于印人自己的社团。最后，他号召大家要共商略于山水间，以进德修业、振兴印学为己任。

首任社长的精彩演讲，引来一片热烈的掌声。随即，一份文辞典雅、骈骊行阵，洋溢着高古之气的《西泠印社成立启》又当众发布。启事这样写道：

窃以湖山灵秀，扶轮皆闲气所钟；觞咏流连，赠缟有同声之应。是以永和禊事，高会兰亭；支遁吟俦，闳开莲社。而况烟月西泠，风标胜赏；图书东壁，旧数藏珍。在昔乾嘉胜时，则有丁龙泓、金冬心、厉樊榭结吟社于先，钱叔盖、李节贻、释莲衣立解社于后。揆厥由来，大抵远溯六书，旁协八法；或则规橅钟鼎，或则劖刻碑铭；赤甲青文，揽玉券十华之秘；书蕊琅简，振苍元八会之奇。既觉道同，斯成类聚。盖当时裙屐风流，瑶瑛报答，正不独亭名飞泳，月启六斋，友约春秋，诗编入社已也。同人等才惭刻鹄，技陋雕虫；鸟篆蝌文，莫参心画；秋蛇春蚓，自笑指柔。然而尚论前贤，未坠景行之志；盱衡当世，弥殷攻错之求。爰集石交，创兹印社。既俶落于甲辰中夏，复匄庀于癸丑暮春。中缘仰贤之亭，东傍数峰之阁，北邻梅屿，南接柏堂。社以地名，人因印集。吉金乐石，喜收藏者风雨摩挲；别类分门，共欣赏者云霞辉映。社长则交推昌老，社资则攸赖众擎。量力输将，不拘多寡；嘉珍见贶，尤切佩纫，倘有联袖翩来，入社须五人介绍；定卜朋簪盍庆，相印在千古心期。是亦会友以文，尤必集思广益。事关风雅，体待扩充。用敢叙述权舆，冀仰邀夫雅鉴；若欲增崇结构，是所望于群公。谨启。

这篇风雅绝伦的成立启示，就像一篇立意高远的宣言，全方位地向世人阐明了自己的艺术观点和精神追求，不仅整个印坛为之一振，就连全国的艺术界也为此产生不小的轰动。

在发布振奋人心的《西泠印社成立启》的同时，印社还发布了一则虚实结合、极具可操作性的《社约》。

《社约》首先明确指出："本社以保存金石，研究印学为宗旨。上自鼎彝碑碣，下至印玺泉刀，无不博采旁搜，借资考古。"从此，使西泠印社的办社宗旨白纸黑字，以正式行文的方式得到了确认。

《社约》而后规定："本社印以清初黄山诸家及西泠八逸为最备，同人各有所藏。兹合议于每年春秋时分分别陈列社中，以资眼福，而助清兴。"这一社规约定，加上当时纪念会上汇集展出的三四百种书画精品，可谓是开了收藏作品展览之先河。

《社约》还分别约定："本社收藏各印均分门别类附拓旁款，精印成谱。如有同好，尽可到社索阅，借获观摩之益。""本社收藏各种印谱及金石书画，专供同志参观。惟宜加意爱惜；倘有污损，应即如值赔偿，或酌量修费。""本社收藏品物，无论何人，只准到社展览，不得携取出社。""本社各种花木，培植匪易，到社诸君幸勿攀折。"均充分彰显了印社的公益性质，又通过明确的要求点明了"公益事业离不开大家共同呵护"的道理。

关于入社的条件，《社约》做出了这样的规定："本社定章，同志入社由社友五人介绍。"

当然，印社的发展离不开社会各界热心人士的鼎力扶持，这一方面的内容，《社约》自然也不会忽略，而是专门有所阐述曰："社中杂用及社童工食，均由社友量力分任。倘荷慨助巨资及捐赠陈列品物、适用器皿，尤佩诵无量。”

西泠印社虽以弘扬金石文化为己任，但却胸怀广阔，广纳天下客。不仅印人不分门派一视同仁，就连其他相关的艺术门类也一并重视。因此《社约》还规定：“本社同人集会之日，各携所藏，相与传观。凡吉金乐石、法书名画、雕刻陶冶、图籍文玩皆属之。”《社约》的最后一条亦这样写道：“本社为商略雅故而设。如有骚人逸士假座清谈，弦诗诵酒，在所勿禁。想惠然肯来者，大都微尚清远，必无杂玩伤雅，致费本社踌躇也。”

那个秋意盎然的美好时节里成功举办的纪念会，不仅宣告了西泠印社已经稳健地迈过了第10个年头，更向世人展示了一个业已成熟、规范、壮大起来的专业印学团体。亲历此次盛会的日本印人河井仙郎为这祥和浓郁的艺术氛围深深陶醉，他按捺不住喷薄的灵感，饱含热情再次写下一篇《西泠印社修禊纪盛》，生动地记录了来杭与诸君相会时的胜景和美好感受，为印社再添了一笔珍贵的文献史料。

从此，西泠印社不仅有了声震八方的大家社长，还有了十分健全的规章制度，印社的影响力、吸引力、凝聚力和号召力由此跃上一个新的台阶。

一时间，要求赞助和入社的文人雅士、社会贤达纷至沓来，盛名之下的西泠印社，可谓名家云集，熠熠生辉。

第七章

海上飞燕来栖枝　新叶勃发规模大

一代宗师吴昌硕担纲西泠印社社长之后，犹如金光耀眼的凤凰降临人间天堂，立即产生了强大的名人效应，于是，大批活跃于上海书画界的艺术家，犹如逐春的群燕，纷纷从海上飞来，将他们的艺术理想和文墨修为融入西泠印社，融入西子湖畔美不胜收的湖光山色之中。

在杭州孤山发起营建隐闲楼，便是吴昌硕成为社长后着手进行的旨在推动沪、杭两地艺术交流与提升的第一件大事。这件事，其实在他心中已筹划许久了。

1910年，上海成立了中国书画研究会，这是一个由海上书画家自发组成的社团组织。因为参加活动的皆为金石书画的同好，他们常在一起题诗作画、唱和抒怀，这种关系常被古人称为“题襟”，因此，一年之后这个书画研究组织就改名为“海上书画善会题襟馆”，大家则习惯于简称为“海上题襟馆”。

当时正值辛亥革命爆发，清王朝垮台后，不少退下来的朝廷官员离开京城寓居上海，一时间失去了精神上的寄托，便把余生倾注在金石书画上。于是，这些前清遗老们纷纷参加海上题襟馆，使得这个民间艺术社团的规模骤然扩大，活动也变得十分频繁和热闹。

起先，海上题襟馆的主要活动地点在中国书画研究会的商会雅集楼上，那里不仅举办书画金石的交流创作活动，而且也经办艺术作品的买卖。后来会址改设在四马路的三山会馆，仍旧是以文为主、文商兼有的模式。每当夜幕降临，题襟馆的会员们便会放下手头的工作，聚会到这里参加活动，他们有的作画题诗，有的鉴赏收藏，彼此观摩，相互启发，甚至经常会为鉴赏古印字画而各抒己见、争论不休。书画掮客们则抓紧时间兜售古玩字画，那些初来上海发展的职业艺术家，也会到这里来广交朋友、寻找机会。

吴昌硕自1912年5月从苏州移居上海之后，也积极参与海上题襟馆的活动。当然，与那些初出茅庐的年轻艺术家们不同，吴昌硕在艺术界已经拥有极高的声望和地位，因此初来乍到便很快成为海上题襟馆的核心人物之一。

吴昌硕是一个好古高远、性格超然、不受拘束之人，当年他曾在江苏安东县做过县令，却因厌恶官场的繁苛事务，仅仅当了40多天的县官老爷，就辞职不干了。他喜欢清幽雅逸的环境，向往自由不羁的生活，因此，参加了几次海上题襟馆的活动之后，虽然对这种文人聚会的形式他非常赞赏，但却实在不太喜欢那里的环境。他常常对身边的弟子说：“题襟馆居于闹市之中，每次活动又是人声鼎沸、甚嚣尘上，实令人厌烦哪！”

在吴昌硕看来，古人之所以能创造出奇异多姿的书画珍品，主要得益于大自然的浸染，得到了山川云日的洗礼，领略了登高望远的美妙，而并非靠终日闭锁在房间内苦思冥想、挥毫弄墨能够实现的。所以，他一直希望能有一个清净隐逸的环境，供大家潜心创作与交流。无奈的是，在上海这样的大城市里，要找到一处既安静又优雅，能够激发艺术家们创作灵感的清幽之地，实在是太难了！

西泠印社在杭州西子湖畔诞生后，这里清逸超绝的环境令吴昌硕心旷神怡、流连忘返。成为印社社长之后，他更是经常利用闲暇时间从上海赶过来小住，与印社诸友欢聚在这人间仙境之中。

那一日，在吴石潜等人的陪同下，吴昌硕又一次来到西泠印社，参拜过仰贤亭内的列位先贤之后，他踱出亭廊，信步来到了边上的一块空地上。这里地势平坦、视野开阔，西湖山水风光尽收眼底。

微风似温柔女子的双手轻轻抚来，吴昌硕不知不觉停下了脚步。他眺望着远方，深深地吸了一口气，一股和着微微青草气息的清新空气顿时沁人心脾。刹那间，一个灵感在他的脑海里涌现。

他回头望了望仰贤亭，又望望脚下的这片隙地，转脸问一旁的吴石潜："想那海上题襟馆僦数缘之屋，俯四达之衢市，声如佛嚣且尘上，余虽老而聋颇厌苦之。而此地风光绝胜，清净隐逸，极富登眺之美，且交通便达，远离大上海之闹事喧嚣。"说着，他又把目光望向了印社总干事叶为铭，"若能由海上题襟馆书画会筹资，于此筑楼，则可令书画会与印社并峙于湖上，共襄两地艺术盛举。不知君等以为如何？"

对于这样一个既能扩大印社"势力范围"，又能加强印社与上海艺术界横向联系的金点子，叶为铭和吴石潜等人自然都是拍手叫好。

见大家一致赞同，吴昌硕十分高兴，他高声赞叹道："此楼若能筑成，则踞山而瞰湖，窗槛洞启，岚翠纷塞。孤山之梅、六桥之柳、灵隐之石、韬光之竹，皆可成为取之不尽的创作素材。我等若能居于此，定当把湖山之胜奔集于腕下，通过作品一一呈现出来！”

几日后回到上海，吴昌硕便把这个设想告诉了海上题襟馆的副会长哈少甫。

“诚如兄所言，沪上有海上题襟馆，如能在杭州西泠再营建一个湖上题襟馆，则题襟馆诸友便有一处更好的活动场所了！”听了吴昌硕的提议，哈少甫十分兴奋，他迫不及待地说，“这个提议实在太妙了，我马上向会员发出倡议，请大家踊跃捐资！”

这哈少甫是当时上海工商界的巨子，他是江苏江宁人，幼习儒籍，因承家学，熟习金石书画瓷铜。青年时期，曾弃儒经商，足迹遍布燕、粤、湘、鄂、豫、鲁、皖、浙乃至日本，可谓遍游各地、见多识广。光绪后期，哈少甫与上海著名书画家陆廉夫、李平书、钱化佛、吴昌硕、黄宾虹、贺天健、王个簃等发起组织海上题襟馆金石书画会，成为这个人文组织中最有号召力的主要骨干人物之一。这次募捐活动，他又率先垂范，捐出了50块银圆。

有了哈少甫的领衔发起和带头募捐，沪杭两地的书画金石家们顿时纷纷响应起来——

前清道台、上海华商公议会董事胡二梅捐出银圆120块……

上海清真董事会部门负责人蒋星吾捐出银圆100块……

周梦坡、刘翰怡、张石铭、高禹卿、王一亭、唐吉生、胡继梅等金石书画家、藏书家也纷纷解囊，各捐资银圆50块……

李次青、蒋星阶、范旭初各出资银圆20块……

短短几天时间，就筹集起了银圆整整680块！要知道，当时正是军阀混战、物价飞涨的民国初期，可就算按照当时的物价，一块银圆就可以买到整整30斤大米。这680块银圆，可算是一笔巨款了。为了建设一个可供大家聚会交流的场所，这帮文人艺术家也可谓殚精竭虑了。

与此同时，更多的书画家则发挥一己所长，向题襟馆的组织者们捐献了大批的金石字画。这些字画包括书画266件，古书画31件，画谱5本，拓本13册，印谱40部，志书100部，诗稿40部，印章10方，等等。

为了保证湖上题襟馆的建设有足够充裕的资金，题襟馆和西泠印社的主事们经过商议决定，要想办法把募捐来的字画物品也全部变现。为此他们动足了脑筋，专门想出了一个“拈阄取件”的办法，来销售这批艺术品。

不几日，上海的某报上登出了这样的一则启事：《海上题襟馆为建筑隐闲楼捐得书画编目抽签出售启》。虽然启示的标题长了一些，但却把事由和操作方法交代得清清楚楚。而启示的内容也极具公开性和透明度，进一步明确题襟馆乃海上书画名人会集之所，以传永久，今在西湖孤山之巅建隐闲楼。除各认捐之外，尚有古今书画甚多，编成三百号，每号输洋3元均可得书画数件，待号售罄，借徐家花园陈列，是日登报拈阄取件。并将所有参售物品列出了清单。

这种“拈阄取件”的做法，既公平合理，又不失雅兴，通过报纸的公示，霎时吸引了沪上的大批书画爱好者，不仅将大部分募捐艺术品成功地变现，而且让西泠印社和题襟馆着实火了一把。

1915年秋，经过整整一年的筹划和建设，又一座白墙灰瓦、飞檐挑角的古式建筑，在孤山之巅四照阁之隅落成了。这天，沪杭两地的书画艺术家们济济一堂，共庆西泠印社又一新楼的诞生。

新馆的门楣上，由书法家郑孝胥题写的“隐闲楼”榜书匾额在秋光下熠熠生辉。在一片热烈的掌声中，由哈少甫撰、前清遗老李瑞清书的对联“梅鹤为邻小坐依然图画；莼鲈下酒故乡无此湖山”被悬挂了起来。

此楼馆之所以取名“隐闲楼”，引用的是北宋著名诗人苏东坡的诗句“未成小隐聊中隐，可得长闲胜暂闲。我本无家可安往，故乡无此好湖山”。正好表达了上海艺术家们希望隐闲于此的美好愿景。

而楼额与对联则分别暗合了东坡此诗的上下二句，可谓精心妙得，雅趣盎然。

隐闲楼的落成，更加方便了海上书画家们前来西泠印社创作交流。源于海上题襟馆的特殊关系，隐闲楼对外亦称“题襟馆”。

从此，一个海上题襟馆，一个湖上题襟馆，在上海与杭州两地遥相呼应，使沪杭两地艺术家交流变得更加频繁起来。

就在海上艺术家们如飞燕般成群飞来，栖息于西泠枝头流连忘返之际，更多热心于公益的艺术家们也纷纷向西泠印社捐献珍贵艺术物品，或通过各种方式在印社营建新的屋舍，供同人们聚会交流。

湖上题襟馆建成不久，吴石潜也在印社以西的隙地购得壁堂三楹，建成了一座用于祭祀先祖的遁庵，并且供上了吴氏先世的石刻半身大像。但是考虑到西泠印社的发展需要，吴石潜又专门立下规矩，要求吴门子孙只能在此祭拜祖先，平时房产及其物品则皆归印社使用。

向印社做出贡献的不仅仅是像吴石潜这样的本社骨干，就连社外的各界名流，也都因仰慕西泠印社的盛名，而乐于献宝于此。

这年冬天，新扩了题襟馆、遁庵和潜泉的西泠印社，又在飒飒的寒风中迎来了一份尊贵的礼物。来自常州的天宁寺住持、中华佛教总会会长冶开法师，向印社捐赠了6块珍贵的“金砖”。当然，这些金砖并非由黄金锻造，而是传统砖窑烧制而成的珍品方砖，古时专供宫殿、寺庙等重要建筑用于地面铺设。因其质地坚细，敲之若金属般铿然有声，故名“金砖”，又称“御窑金砖”。

冶开法师是我国近代著名的禅宗大师，他一生热心于佛教文化事业和社会救济事业。他主持天宁寺期间，通过苦心经营，使该寺规模迅速扩大，声名大噪，成为“江南四大佛教丛林”之一。他创设的天宁寺刻经处历时数十年，刻印了大小乘经论770余部，2460多卷，对近代佛教文化的振兴产生了深远的影响。在中国佛教界有着如此崇高地位的高僧，主动将代表着尊贵含义的御窑金砖捐赠给一个印社团体，充分显示出西泠印社当时已在社会上产生了很大的影响。

此后的数年，西泠印社的社址规模和珍贵藏品更是犹如新叶勃发，不断攀升，印社的实力也一步一步地稳步扩大。

1918年的8月，正是杭州最为炎热的季节。知了在树上叽叽喳喳叫个不停，而几个身着长衫的文人，却捧着一个木盒悄然来到了西泠印社。他们来到一处石壁跟前，用随身携带的工具在石壁上敲打起来。很快，一个面积不大的石洞凿成了。这时，他们把手中的木盒小心翼翼地放进洞中，又重新把石洞封了回去。

原来，这是印社的同人们接受了中国文化艺术大师李叔同的重托，按照中国文人的传统方式，将他捐赠给西泠印社的一批个人印章庋藏起来。

李叔同是中国新文化运动的前驱代表人物，他既是卓越的艺术家、教育家，又是杰出的思想家、革新家，是学术界公认的通才和奇才，在国际上享有很高的声誉。1914年，35岁的李叔同加入西泠印社，与金石书画大家吴昌硕时有往来，并创作了一批金石篆刻作品。从1916年起，因受断食修身思想的影响，他开始逐渐看破红尘，并最终在西湖旁的虎跑寺剃度出家，取法号为“弘一”。

此时的李叔同，尽管万事皆空，却还有一件事难以释怀，那就是他常用的94枚印章，该如何妥善安排？赠送给西泠印社，庋藏于山麓石壁之中，以期“藏之名山，传之后人”，无疑是这些印章最好的归宿。

于是，发生在西泠印社的这次庋藏行动，便成了一次凤凰涅槃的特殊见证，见证着一代文化大师李叔同潇洒转身为“弘一法师”，见证着中国近现代佛教史上一位最杰出高僧的诞生。

此后的几年间，西泠印社的骨干及其家属也一直都在为印社的发展不断出力。先是吴石潜的侄孙吴善庆，于1919年在潜泉以西捐资修建了还朴精庐和鉴亭，翌年，又在印社最高处兴建了观乐楼。遵照祖辈的遗训，这些房产大至土木，小到物品，吴家子孙照例不得据为私有，而只有管理、增益、祭祀和省视之权。

随后，另一创社功臣丁辅之也于1921年为印社再添一座浙派篆刻鼻祖丁敬身的石刻造像。说起这座造像，也颇为传奇。那一日丁辅之闲游西湖南线，在九曜山的北麓偶然发现一块奇形大石，其状颇似一位端坐远眺的老翁，丁辅之马上想到了家藏的那幅由"扬州八怪"之一罗聘所绘的丁敬身像。于是，他大喜过望，赶紧命人将大石搬运下山，并请能工巧匠刻制成丁敬坐像，安放在了印社之中，供过往客人瞻仰缅怀。

就在同一年，另一座同样极具象征意义的雕像，还从东瀛漂洋过海，来到了西泠印社。

这座雕像的作者朝仓文夫是日本著名的雕塑家，他经友人介绍与吴昌硕相识后，二人虽未曾谋面，却相互倾慕对方的艺术才华，于是开始相互馈赠作品。

1921年，朝仓文夫专门创作了两尊吴昌硕的半身铜像，因爱不释手，一尊留在自己身边，另一尊则托人辗转带到中国，赠给他所仰慕的吴昌硕先生。可万万没想到的是，朝仓文夫的一片挚情，却给吴昌硕带来了一个难题。

原来，在中国的传统习俗中，塑像与牌位一样都是祭物，通常只在故世之后才会尊奉，将活在世上的人的塑像供放在家里，实在是犯忌讳。但一向开明的吴昌硕知道日本友人并不了解中华民族的这一文化理念。如何才能既回避祖祖辈辈传下来的禁忌习俗，又不拂了这来自异国的一片盛情呢？吴昌硕想到一个办法：要不就把塑像送到西泠印社去安放吧！

得知此事的吴石潜与丁辅之等印社同人一商量，都觉得是件挺好的事情。吴昌硕也已成为西泠印社的首任社长，置像于社，既合乎情理，也富有意义。于是，他们就按照吴昌硕的意愿，在印社闲泉的石壁上开凿了一龛形洞穴，将上半身的铜像配上石雕身躯，龛藏在其中，并在洞口覆建了檐亭，从吴昌硕"老缶"之号，为之取名"缶亭"。

正所谓"众人拾柴火焰高"。在社内社外、国内国外热心人士的共同经营下，西泠印社不仅社址和屋宇逐年得以增扩，其中的人文物品也在日积月累。

第八章

众君出手护古碑　西泠幸添镇社宝

1921年对于西泠印社来说，注定是极不平凡的一年。这一年，印社不仅迎来了丁敬身和吴昌硕一古一今两位大师的雕像，而且还迎来了一块堪称国宝的珍贵古碑。

当然，这块号称“浙东第一碑”的古代刻碑最终能够入藏西泠印社成为镇社之宝，是经历了一番艰难波折的。而尤为感人的是，就是在这场波折中，中国文人那种强烈的民族自豪感和责任感，得到了最充分的体现。

这年的秋天，上海知事沈宝昌从一位名叫毛经畴的古董商口中得到一个确切的消息：出自浙江余姚的汉代古碑“三老碑”有可能要被日本商人买走。沈宝昌听后大惊失色，心情一下子变得十分沉重。

作为一名从浙江乡试中举而进入仕途的绍兴人，沈宝昌虽然一直在上海任职，却始终关心着家乡，热衷于公益事业。因此，对于汉三老碑的来历和珍贵性，他是非常了解的。

这块命运多舛的古碑，最早是在浙江余姚的山里被发现。1852年的春上，余姚客星山下的严陵坞村有一位村民上山挖土。他挖啊挖啊，突然，锄头“哐”的一下，好像碰到了什么硬物，他扒开土层一看，原来是一块大石头。村民心想，这石头看模样倒也平整，不如挖出来运回去，将来垒坟砌墓什么的，也好拿来当墓壁用。于是他花了不少力气，把石头上的泥土清理干净了。这时候，村民发现这竟是一块刻满了文字的石碑。

当这块石碑运回村里后，消息便不胫而走。当地的诸生宋仁山听说后，约他的好友周世熊一起前去察看情况。周世熊是余姚富绅，对古代金石爱好成癖，可谓见多识广，也颇具考证能力。

接到好友的通知后，周世熊连夜乘船出发，赶到严陵坞村只初初一看，就感觉这块石碑非同一般。石碑高将近1米，宽度40多厘米，厚度在20厘米左右，上面密密麻麻刻满了古代文字，周世熊仔细一数，足足有217个文字！这些文字书风古朴、宽舒不拘，介于篆隶之间，且章法错落有致，非常耐看，尽管碑额已有严重断缺，一时间无法辨识出立碑人的姓氏，但经验丰富的周世熊立马意识到，这是一块年代久远、值得深究的古碑。

于是周世熊便与村民商量，请他把石碑转让给自己，然后打算运回家中再慢慢地考证研究。可是没想到，当他雇来人手准备把这块石碑抬上车的时候，天色突然大变，空中蓦然刮起一阵大风，顿时飞沙走石，令人无法行动。无奈之下，周世熊只得悻悻然放下石碑，独自乘船离开。

第二年，对石碑念念不忘的“金石痴”周世熊再度造访客星山严陵坞村。这一次，有备而来的他特意带上了牲礼祭品，一到石碑前就先摆开架势，恭恭敬敬地祭拜了一番，于是，总算把古碑顺顺利利请下山带回家。

为了安放这块古碑，周世熊专门命人在山馆搭建一座竹亭，将石碑供放在亭内。然后，他制作了100多张碑文拓片，一面分送给爱好金石的朋友共享，一面查阅文献资料，开始对碑文进行考证。

通过考证，周世熊有了一些重大的发现：首先，他从石碑文字中刻有的“建武”年号，以及石碑中使用的篆隶字体，推断出这块石碑至少有1800年的历史！因为碑文中刻有“建武二十八年，岁在壬子”等字样，尽管在中国历史上有7个帝王使用过“建武”年号，但其中只有汉光武帝有二十八年，且值壬子。而东汉正是字法由篆入隶的时期，此碑文所用的篆隶字体，也与东汉其他石碑文字风格非常相似。所以周世熊判定，此碑应是1800年前汉光武帝时代的产物。

其次，关于此碑的主人，尽管碑额已缺失，但周世熊通过查找史料《后汉书·任延传》，还是考证出眉目。据这部史料记载，任延在担任会稽都尉时，当地有不少为躲避王莽之乱而从北方逃难过来的名士，比如居住在余姚客星山的董子仪、严子陵等，都得到了任延以师友之礼的敬待。而在这块出自余姚客星山的石碑上，就刻有“椽讳忽，字子仪”的碑文。另外，还有一个重要的信息，就是据当初挖出石碑的村民说，他上山取土的地方是一片坟山，而那片坟山被当地人称作“董氏墓地”。几路信息梳理下来，周世熊认为无论从时间、地点还是人物来推断，碑文中提及的“字子仪”应该就是董子仪，那么碑文所云“三老讳通”，指的应该就是董子仪的父亲董通，也就是这块石碑的主人了。

此外，周世熊还从石碑中考证出许多有价值的信息，比如：关于为何称董通为“三老”？因为从秦朝开始，就已有“三老”一职，是指掌管教化的乡官。到了汉代，“三老”虽无行政权，但仍属地方上有影响的人物，为其立碑合乎逻辑。而此碑的作用，主要是列出“三老”及其子孙的忌日，以告诫后辈铭记祖上功德，不得触犯忌讳。

但是，毕竟这些都只是周世熊个人的判断，况且石碑上的“三老”及其子孙皆有名无姓，碑上的少数文字又模糊不清，究竟是否为董通及其子孙，也不能就此做出定论。为了进一步验证自己的判断，周世熊想到了赫赫有名的大学问家俞樾，于是，他将最初的拓本送交给余姚官员宗湘文，委托他转请俞樾帮助辨识。

杭州诂经精舍主人俞樾，便是之后西泠印社首位社长吴昌硕的老师，他是一位治学严谨的通儒，以经学为主，旁及诸子学、史学、训诂学，乃至戏曲、诗词、小说、书法等，研究范围广泛，不仅博大精深，而且以“通”见长，海内及日本、朝鲜等国向他求学者甚众，尊之为朴学大师。

接受委托后，俞樾请人将附有周世熊释文及题跋的拓本拿来反复对照，并仔细查阅了《太平御览》《北堂诗抄》《会稽先贤赞》《会稽典录》等史料典籍，甚至，还专门致函国子监广文馆的王谢诚进行探讨，最后，基本同意周世熊的判断，并对周世熊的考证结论逐条进行了补充完善，确认“三老生一子而又九孙，此碑乃九孙中第七孙名邯者所立，以识祖父名字，且存忌日”。由于碑首有“三老”二字，这块古碑于是被命名为“三老碑”。

三老碑不仅文字古朴，由篆入隶，笔势飞动，姿态优美，具有极高的书法碑刻艺术价值，而且将我国东汉碑刻历史整整前移了100年，具有珍贵的考古研究价值。俞樾大师的考证结果公之于世后，三老碑更是声誉鹊起，被考古、金石、书法等各界共尊为“浙东第一碑”。

周世熊对三老碑自然更为珍视，为了防止古碑遭受人为损坏，他专门请人仿制了一块石碑，并且准备了拓片，给附近的乡人和那些并不研究金石的参观者参观和取阅。而古碑原石则在周世熊的精心收藏下，得到了很好的保护。

谁知天有不测风云。1861年10月，太平军攻占余姚，周世熊居住的庭园在战火中被毁。所幸的是，远离居所的竹亭因被太平军充作厨房而得以保留下来。等太平军一走，躲避在外的周世熊赶紧回来察看。令他哭笑不得的是，那些曾被他精心收藏的汉晋古砖，竟都被太平军垒作灶台，用来埋锅做饭了。周世熊最牵挂的当然还是那块好不容易才得来的三老碑，他四下寻找，欣喜地发现石碑倒卧在地，并未毁损，只是因为受到了灶火的熏灼，左侧有些被熏黑了，但碑上的文字却都完好无损。

周世熊不禁大为感叹："凡物隐显成毁，固有定数。此碑幸免劫灰，先贤遗迹，赖以不坠啊！"于是，便更加看重此碑，用心收藏，并拓制了更多的拓片赠送给同道，让更多喜爱金石的朋友共享这份快乐。收到周世熊赠送的拓片后，许多同好、学者乃至名家开始陆续前来造访，一睹实物的风采，并且纷纷为此碑题跋作记，于是，这块"浙东第一碑"又有了"两浙第一碑""东汉第一碑"等美誉。

遗憾的是，当这块被周世熊视若生命般珍贵的三老碑传到后人手里之后，由于种种原因，却很难再得到有力的保护。1919年，在上海经营房地产和古董的江苏镇江人陈渭泉听到这个消息后，就特地赶到余姚，出资3000块银圆从周世熊的后人手中买下三老碑，运到了上海。

作为一名古董商，陈渭泉无疑是极具鉴赏水准和投资眼光的，他之所以果断出手，以高价将三老碑收购过来，是因为深知三老碑的价值所在。他相信，只要时机成熟，此碑完全能够以更高的价格出手，从而为自己带来丰厚的利润。

所以，一回到上海，陈渭泉便通过各种途径放出风声，一时间，三老碑流入上海古物市场的消息便在坊间迅速传开，并传得沸沸扬扬。

但是令陈渭泉始料未及的是，由此引来的第一位大买主，竟是一位日本古董商人！而且这位日商开口就向陈渭泉报出了8000块银圆的高价，表现出一副志在必得的样子。

这下可让陈渭泉为难了。在那个年代，1000块银圆就可以在北京市区买到一座四合院了，5000块银圆，那是怎样一笔巨款啊！按理说，有这么大的买卖送上门，只要一转手，5000块银圆轻易就到手了，还有什么好犹豫的呢？但是陈渭泉又清楚地知道三老碑的分量，作为一名中华儿女，又岂能为了坐收渔利，而置国宝于不顾，任其流落异国呢？

这天，同为古董商人的毛经畴来访，聊着聊着，陈渭泉不知不觉就说到了这件令人纠结的事。正所谓“说者无心，听者有意”。颇具公益心的毛经畴马上意识到此事不可小觑，担心国宝外流的他赶紧将此事报告给上海知事沈宝昌。

沈宝昌是浙江绍兴人，他擅长书法，在为官的同时也非常热心公益，当他获悉日本商人正在竭力游说陈渭泉出让“浙东第一碑”东汉三老碑后，当即召集他的好友姚煜共商对策。

“三老碑乃‘浙东第一碑’，古物尚不应外流，更何况国宝乎？”沈宝昌忧心忡忡地说道，“我等浙籍人士，须力阻此碑外流，不使古物沦亡哪！”

“宝昌兄所言极是，不知那陈渭泉可有许愿给东瀛古董商？”姚煜是浙江海宁人、前清遗老，他擅长篆隶书法，曾任清盐运使和南洋学监，平时也乐做善事。

“陈渭泉应该是一位行事正派，懂得分寸之人，他也知三老碑乃吾邦之重器，据说暂未许诺给日商。”沈宝昌叹了口气，“但人心难料，唯恐有变哪！”

“这就好办了！”姚煜闻言，倒是舒了口气，“那陈渭泉既是明理之人，吾等不妨醵金赎之！”

沈宝昌颔首道：“我也正是此意，以你我在上海的影响，牵头组织醵金赎回三老碑应该不成问题。但是三老碑赎回之后，如何给它找一个最好的归宿呢？”

在那个秋风飒爽的季节里，两位富有民族责任感的仁人君子，怀着与秋风般步步紧逼的心情，整整商讨了一个下午。他们设想了许多方案，最后，终于想到了一个非常理想的地方——杭州孤山的西泠印社。作为“保存金石，研究印学”的金石重地，已成立10余年的西泠印社无疑是东汉三老碑永久落户的最佳选择。

消息传到杭州，西泠印社诸君也是群情激昂。丁辅之作为印社的代表，立即赶赴上海与沈宝昌、姚煜会面，共商募款赎碑的方案。

商讨的结果，三人取得一致共识，那就是要把三老碑变成真正让公众来共同看护的国宝。

“一旦赎回，西泠印社将择隙地建石室，专门用来存放三老碑，以供世人观瞻。”丁辅之代表印社表明了态度。

“一人守之，不如众人共守之。这样才能让三老碑千古长存！”沈宝昌对这样的方案非常满意。

很快，一份《辛酉收回汉三老碑并建石室募捐公启》便以西泠印社的名义，正式面向两浙人士，以及其他侨居浙省的有识之士发布。

公告一发出，立即得到了浙人的广泛响应。浙江督军卢永祥和湖州首富张钧衡两位政、商界代表表现尤为突出，各捐出银圆2000块；募捐发起人沈宝昌和姚煜也以身作则，与南浔富商刘承干三人各捐银圆500块。除了大批仁义商人、社会贤达踊跃参与捐资外，西泠印社和海上题襟馆的金石书画艺术家们也纷纷行动，丁辅之捐200银圆，吴昌硕、哈少甫、王一亭、吴石潜等各捐100银圆，叶为铭捐50银圆，丁上左、张景星等各捐10银圆……

一曲波澜壮阔的“护碑保卫战”，就这样刹那间风卷沪浙两地，并且取得了辉煌的战果：不出一个月，就大雅宏达，共成斯举。共有65人参加募捐，募集银圆11270块，远远超过了预期数字。

资金既已到位，三老碑终于被安全赎回。接下来的任务，就是要把古碑安全运到杭州，并且在西泠印社稳妥安放。

作为西泠印社总干事的叶为铭，此时又承担了筹建三老碑石室的重担。他先是与吴昌硕、丁辅之等商议好了石室的大致设想，然后找到表弟吴寅，希望他按照印社的要求，具体负责汉三老石室的工程设计任务。

吴寅毕业于上海南洋路矿大学土木工程系，对造园艺术有着独到的见解，所以，他一直热心扶助表兄承担西泠印社的一些工程建设，诸如印社的后山石坊、小龙泓洞等工程设计便都是由他完成的。这一次，又是设计意义非凡的汉三老石室，吴寅更是义不容辞。

1922年7月，汉三老石室在叶为铭和丁辅之的监造下，终于顺利落成了。石室的整体外形采用了吴越宝箧印经塔形制，重檐攒尖顶，顶部又覆小型宝箧印经塔，结构别致，极具匠心，充分体现了西泠印社全体同人对这块东汉古碑的珍重之心,就如对待佛祖舍利一般虔诚。

对于各方仁人志士慷慨捐赠的11270块银圆，西泠印社的主事者们同样怀着一份恭谨之心，不仅精心安排使用，而且还详细列出了全部的开支清单。其中，赎碑所费8000块银圆，建石室花费洋2200块银圆，另外，像支付运费洋118块银圆、支付石室内添制石桌供料洋30块银圆乃至支付石室立匾刻字工料洋8块银圆等再小的开支，也都一一记录在案，可谓是账目清楚，收支平衡，至今仍值得我们的工程建设参照学习。

一块古碑、一座石室、一份收支清单，无声地记录下了那段生动而又感人的往事，仿佛在静静地告诉后世的人们，当年有那么一群血脉偾张的仁人志士，曾经为了这个家国的尊严，为了保持一份属于民族的历史荣耀，做出了积极的努力。正是他们的努力，为西泠印社增添了一块沉甸甸的镇社之宝。

第九章

警厅再颁护社令　孤山之巅矗经塔

对于西泠印社的中坚人物丁辅之来说，1922年是极其忙碌而又富有成就感的一年，这一年，他频繁地奔走于沪杭之间，终于将珍贵国宝汉“三老碑”安全运回印社；而后，又与叶为铭一起，兢兢业业地督造完成了汉三老石室，使这块“浙东第一碑”从此永久安存于印社，成为印社举足轻重的镇社之宝。

完成了这些重要的工作之后，丁辅之并没有停止营造社址的脚步。开凿小龙泓洞，便是他紧接着筹划的一项工作。

在观乐楼以南、题襟馆以西的印社中央位置，有一片巨大的山石，掩映在青翠的草木之间。这块原本平淡无奇的山石，因为有了众多社会贤达和文人志士的持续开凿与题咏，逐渐成为一个充满魅力的地方。

1921年，吴兴首富张钧衡来西泠印社游览，当他走到这片山石跟前的时候，但见四周林木荫翳，春夏苦湿，且附近又有一口“文泉”，顿时雅兴大发。他认定此处的山崖必定水脉丰沛，于是向印社提出，愿意出资在山崖下再凿挖一口清泉，为印社增添一景。印社众人皆认为主意不错，于是依言雇人在崖下开挖，果然又挖出了一汪泉水。张钧衡非常高兴，参照宋代《临安志》所载的“玛瑙坡有闲泉”的说法，为此泉命名“闲泉”，并亲自题写篆书“闲泉”二字，请人镌刻在了泉东小径旁的崖壁之上。

同一年，印社诸友为了安放日本雕塑家朝仓文夫赠送的吴昌硕铜像，又在山崖上开凿了缶亭。一泉一亭，顿时让这片山崖显出了不一样的文脉之气。

仅过了一年，把大部分精力都花在印社营建上的丁辅之，又打算在此进一步精耕细作了。通过仔细的勘察和设计，并且征询了印社诸友的意见后，他决定在缶亭西侧的山崖上再开凿一个通透的小山洞，这样既可以贯通山崖前后的道路，又能为印社平添一道独特的景致。

丁辅之是名绅之后，在杭州拥有很高的知名度和社会地位，因此，与社会各界的不少重要人物都有密切交往。时任浙江省警察厅厅长的夏超，便是他的一位“跨界”好友。

夏超是浙江青田九都万阜新庄人，毕业于浙江武备学堂，早年加入光复会。辛亥革命后，他历任浙江警察督练公所主办、杭州警察局局长、浙江省警察厅厅长。从1912年8月起，开始主政省会警察厅，管辖着全省各县警察所及重要乡镇的警察分所，拥有属下达两万余人，全面执掌着浙江的军警实权，可谓权倾一时。

夏超智勇双全，胆识过人。袁世凯篡夺辛亥革命成果恢复帝制后，夏超倾向护国主张反袁。1915年冬，他与宁波独立旅旅长周凤歧一起，联络驻省城浙军十二旅旅长童保喧、嘉湖镇守使吕公望、台州镇守使张载阳等密谋浙江独立。追随袁世凯的浙江都督朱瑞获悉后，阴谋策划捕杀夏超等人，却被夏超先发制人，于1916年4月11日晚发动政变，将朱瑞围攻并且赶跑，夏超于是接任钱塘道尹职。

不过，夏厅长虽然是一位胆识过人的武将，但他绝非一介武夫。他本是书生，投笔从戎之后，能文能武的他仍喜翰墨丹青，且风骨儒雅，经史成诵，与诸多文人交好，对西泠印社这方山水更是情有独钟，因此，与丁辅之非常投缘，二人来往颇多。那天，当他偶然听到丁辅之谈起欲在印社开凿山洞的想法，便拊掌赞道："若在崖上开凿此洞，进出前后山径便极为便利了，此乃善举啊！"

"是啊，而且洞内还可摩崖石刻。"丁辅之显然已经过深思熟虑，但见他胸有成竹地说道，"就连洞名，我也已经想好了！"

"兄欲以何名之？"夏超顿时来了兴致。

"我浙派之祖乃丁敬身也，丁祖号龙泓山人。以丁祖之号命名此洞，谓之'小龙泓洞'，大人觉得如何？"

"不忘先贤，好！好！"夏超赞赏之余，当即向丁辅之表示："如蒙不弃，我愿助兄一臂之力，共同出资开凿此洞！"

"堂堂的省警察厅厅长愿意出资为西泠印社开凿山洞，这不仅是丁某个人的荣幸，更是整个印社的荣耀呀！"丁辅之闻言，不禁大喜过望。他当即站起身来，向夏超拱手作揖表示感谢。

有了警察厅长的鼎力资助，小龙泓洞的开凿工程很快得到推进。1922年7月，又是一个蝉声漫天的盛夏，一座精巧别致的小山洞顺利开凿成功，洞口上面刻着"小龙泓洞"4个篆书的摩崖刻石，下面则刻着叶为铭用隶书专为此洞所题的《小龙泓洞记》。

一时间，孤山南麓西泠印社的印友宾客纷至沓来，大家穿行洞中，观赏刻石，欢声笑语，溢于言表。

此时最该开心的人，当然非丁辅之莫属了。然而在开心之余，却总有一丝无形的忧虑萦绕心头。作为印社创建最主要的发起人和实施者之一，十余年来，丁辅之不仅持续为营建社址不懈努力，而且还时时刻刻操心着如何在乱世之中保存印社的问题。

丁辅之的担忧显然不是多余的。1922年的中国，正值军阀混战之际，为了抢夺政权，各路武装力量你争我斗，冲突四起。在如此混乱的政局之下，社会自然也变得动荡不安，地痞流氓趁机作乱，哄抢私人财产，乃至杀人放火的事件也是时有发生。

政局的变幻不定、社会的动荡不安，都令印社的众人感到忧心。已经历过几次波折的西泠印社，此时最担心的莫过于社址的安全了。这可是大家苦心经营了10多年的心血呀，要是再受到什么骚扰，或者被人挪作他用，那大家还怎么能安下心来研究印学、聚会同志、保存金石呢？

必须再次寻求强有力的保护！

刚刚得到浙江警察厅厅长夏超的垂顾和援手，顺利开凿出小龙泓洞的丁辅之，自然想到了夏厅长这座坚强的“靠山”。他赶紧召来叶为铭、楼邨、王云等印社骨干，商议一份向地方政府机构浙江省会警察厅申请保护的报告。

收到西泠印社的申请报告后，夏超格外重视，当即签发了“浙江省会警察厅布告第一二八号”公告，特别强调“西泠印社乃保存国粹、研究印学、同志集会之所。其间藏有近二千年之东汉三老碑汉书像石及其他石刻、古今名人印谱书画藏帖”，并且指出社址“产属公有”，责令该区管警队严加保护。

有了警察厅长亲笔签发的这道“护社令”，自然再不会有人胆敢造次妄为了。于是，西泠印社便又成了超然于乱世的一方乐土，安然地度过了那段艰难而又纷乱的岁月。

为了颂扬夏超厅长以及之前的杭县知事汪曼峰对西泠印社的尽力保护，让后世永远铭记他们的功德，叶为铭又拿出了他刻碑的看家本领，专门镌刻了一块非常独特的双面“保护碑”。在这块碑的两面，分别镌刻着汪曼峰、夏超这两任不同时期的地方长官为保护西泠印社所签发的公文告示。耐人寻味的是，在汪曼峰的公告中，特别强调印社“属私人财产”；而在夏超的公告中，则点明印社“产属公有”。对于西泠印社产权的两种截然不同的认定，看似前后矛盾，实际上却是当政者为了应对当时的时局，全力保护印社而采取的灵活变通之举，实在令人感佩。

得到浙江省会警察厅颁发的“护社令”之后，丁辅之终于又可以安下心来继续他在西泠印社的营建工作了。

1923年，正值西泠印社建社20周年的纪念之日，为了筹办好纪念活动，丁辅之开始操持起了湖上题襟馆的修缮之事。题襟馆是西泠印社待客会客的最佳场所，但是，由于地居山顶风侵雨蚀，加之建造之初经费不敷，只能因陋就简，勉强经营了近10年之后，已变得岌岌可危。况且这题襟馆就在缶亭之上，而缶亭的石龛内敬奉着社长吴昌硕的铜像，倘若任破屋飘摇其上，既不雅观，也不安全。因此，修葺题襟馆，使之以一种全新的面貌待客，就显得尤为迫切。丁辅之与海上题襟馆的哈少甫等人商议之后，决定设法酌量修葺。哈少甫和李平书当即各捐出100大洋，丁辅之和叶为铭也各捐献了50大洋，再凑上题襟馆之前的存款本利600余元，终于使湖上题襟馆得到了及时修缮。

其实，此时的丁氏家族经济状况已大不如从前了，但为了印社的建设与发展，丁辅之不仅慷慨解囊，积极组织修建题襟馆，他甚至决定以一己之力，出资在题襟馆北面再另筑一处楼屋，使之与题襟馆连成一体，形成规模。

这座小楼花去了丁辅之的一大笔积蓄，更凝聚了他的一片心血。丁辅之早年从父亲丁立诚手里得到一枚珍贵的“鹤庐”印章，是清代著名书画家、篆刻家赵之谦为其外祖父魏锡曾所刻的名号印。魏锡曾是一位“嗜印有奇癖”的官员，见解精辟、造诣颇深，他有一个号即为“鹤庐”。丁辅之得此“鹤庐”印后，爱不释手、欢喜备至，于是索性沿用外祖父的名号，给自己也取了一个“鹤庐”的号。

在题襟馆边上建好新楼屋后，爱屋及乌的丁辅之将此屋命名为“鹤庐”。这鹤庐的建筑格局非常别致，上层为飞檐房屋，可供来客聚会交流；下层则是一座由石块垒成的石窟门，可沿阶往下通往里西湖。于是，这鹤庐也就成了整个印社的北大门。

鹤庐建成后，与题襟馆连廊相通，印社接待来宾和社员雅集聚会的场所变得更宽敞了。

就在建筑鹤庐的过程中，丁辅之还偶然得到了一块来自西湖锦带桥的长条石墩，他想都没有多想，又将此石奉献给西泠印社。尤其令人叫绝的是，丁辅之还为这块颇有来历的石墩找了一处非常有意义的去处，使之发挥出意想不到的价值：他请人将相毗邻的闲泉与文泉挖通，然后，将来自西湖锦带桥的石墩横架在两泉之间的水上，成了一座精巧别致的小桥。于是，这座中国桥梁史上最短最小的石桥，就在西泠文人的奇思妙想中诞生了。印社中心平台位置的景观，也随之变得更加丰富和多彩。

在那些日子里，白天忙碌不已的丁辅之可以说是充实而愉快的。为了西泠印社的建设，他呕心沥血、奔走不息，眼看着一处处建筑和景观如繁花般盛开在印社之中，他的心里漾起了满满的成就感；但是，每当夜晚回到家中，尤其是夜深人静的时候，一种挥之不去的忧愁便会悄然滋长，并且让他难以释怀。

让丁辅之如此忧虑不堪的，是他最宠爱的幼女丁阆平。

丁辅之育有五子三女，和许多做父母的一样，他对最小的女儿丁阆平格外地宝贝和疼爱。然而，丁阆平生下来就体质羸弱，病不离身，还真没让父母少操心。丁阆平罹患的是一种名为“穿骨瘤珠”的骨病，病灶常年在她的四肢活动部位肆虐，时好时坏，脓血不止，严重影响了正常的行走能力。有一次，她随父母乘坐火车，一不小心竟跌落站台，把丁辅之吓得够呛。所以，他总是盼望着能够找到一种方法，彻底治好小女的顽疾。

丁辅之出身于书香门第、士绅之家，祖上可谓是数代清芬，因此，他也拥有了很高的社会地位。除了精通诗文古词、金石书画，拥有八千卷楼藏书，并且发起创立西泠印社之外，丁辅之还是杭州虎跑寺的大护法。当年正是通过他的引荐，李叔同才得以结识虎跑寺的住持释弘伞，并且在该寺剃度出家成为弘一法师的。

心中一直为幼女的身体而担惊受怕的丁辅之，一天来到虎跑寺为女儿占卜问卦、祈求平安。对于寺院大护法所遭遇的不幸，弘伞法师和弘一法师自然格外重视。那时候的弘一法师，正在专心研究大乘佛教中最重要最经典的“经中之王”——《华严经》，并且颇有体悟。于是，他便建议丁辅之，要是能够以幼女丁阆平的名义捐资建造一座华严经塔，不仅可以弘扬佛法、普度众生，也定能化灾消难，祛除幼女的病痛。

听了这个建议，丁辅之觉得很有道理。但此时以丁家的个人财力，要全资兴建一座经塔是有一定难度的，况且这建塔的地点也是个问题，作为西泠印社的创始人之一，他首先想到的地方自然就是印社。但丁家当年在捐出属地的时候就已经明确了，将地产无偿赠与西泠印社，也就是说已经成为了公产。现在若是为了自己小女的私事，在印社的范围内营建经塔，合适吗？

就在丁辅之犯难纠结之际，获悉此事的叶为铭、王福庵等印社骨干都纷纷表明了自己的态度。

“想我西泠虽是以印结社，但社址营建并不囿于此。况佛教与书法均为我国重要历史遗产，去年6月，石潜兄之子吴熊不是曾在小盘谷舍资建造了阿弥陀经幢？两向相融可相得益彰！”叶为铭说道，“故辅之贤弟不必多虑，在印社兴建一座华严经塔，非常合适。”

“对！而且此塔若要兴建，就要建在印社最高处。”王福庵也提出了具体的塔址设想，他说，“目前印社的最高地为四照阁，我们不妨将此阁另迁它址，腾出此地来建华严经塔！”

挚友们的全力支持，令丁辅之感动不已，他正要起身表示感谢，弘伞法师也在一旁开口了：“兴建华严经塔，此乃造福众人之大事，起因虽为我院大护法的护女之心，但它已非满足一个人的祈愿，而是为普罗大众祈福。故建塔之事不妨由老衲来出面张罗，辅之兄可以幼女之名参与捐资，但不必全额包揽，不知各位意下如何？”

众人纷纷叫好，而丁辅之则双目含泪，早已感动得说不出话了。

有了弘伞法师的号召，建塔募捐活动很快就取得了成果，共有495人参与捐款，叶为铭、王福庵等印社同人都通过参与捐款，以实际行动表示了对印社建塔的全力支持。

弘一法师则欣然为该塔题偈：“十大愿王，导归极乐。华严一经，是为开仑。大士写经，良工刻石。超率堵波，教法光辟。胜行希右，功德难思。回共众生，归今阿弥。”同时，他还邀请当时的大书法家周承德题写了《华严经》和《功德录》。

万事俱备，只待行动。在弘伞法师的组织和印社同人的积极配合下，华严经塔的兴建工作终于如火如荼地展开了。首先是孤山之巅复建于1914年的四照阁，被迁建到凉堂之上；然后，在四照阁原址，一座高9米的八角形十一级经塔开始动工兴建。

1924年9月25日，杭州发生了惊天动地的大事，就在军阀孙传芳进驻杭城之际，内壁嵌有《华严经》刻石的千年古塔雷峰塔轰然倒塌。而就在此时，另一座底层刻有《华严经》全文的华严经塔，却在孤山之巅的西泠印社悄然崛起，并且成为西泠印社的一大标志性建筑。

第十章

声望日隆美名传　大师巨匠络绎来

孤山上因小小的印石而日渐热闹起来的景象，竟成为一种神秘而令人向往的文化现象，渐渐地传播开来。声望日隆的西泠印社，于是就在人们心目中变得更加神圣起来，以至于各路名人大家，凡到杭州者，必慕名前来旅游观瞻，并且带走一份美好的记忆。

1924年的4月，正在紧锣密鼓地筹建严华经塔的西泠印社，早已笼罩在一片乍暖还寒的春色之中。这年的4月14日，原本只是一个平常而惬意的春日，但一位世界文学巨匠的莅临，使这一天的西泠印社蓬荜生辉，显得格外特别。

这天下午，西泠印社宁静的小径上忽然传出了阵阵欢笑声，十几个男女宾客簇拥着一位颧骨突出、眼神犀利的异邦人士，款款拾级，往半山腰的题襟馆走去。这为首的异邦人士披着一头卷曲的长发，与浓密的络腮胡子几乎连到了一起，杂乱得仿佛从未梳理过一般。然而，他那双溜圆的大眼睛却格外地有神，仿佛能洞穿一切伪装。

他就是印度著名诗人、文学家、社会活动家、哲学家泰戈尔。1913年，泰戈尔荣获诺贝尔文学奖，成为第一位获此殊荣的东方人，他与罗素、杜威和杜里舒一起，被当时的国人称为“四大外国名哲”，受中国近代维新派代表人物梁启超的邀请来华讲学，曾轰动一时，对中外思想文化交流和五四新文化运动产生过巨大影响。

其实，这位来自异邦的著名诗人对中国心仪已久，来这个神秘而古老的国度旅游讲学，是他早就拥有的一个梦想。1923年，泰戈尔委派他的英国助手恩厚之来华联系访问事宜，得到了梁启超、胡适、徐志摩等文化名人的积极响应。尤其是梁启超，因正好与蔡元培、林长民、张元济等社会精英联手创办了一个讲学社。这个讲学社的主要目的就是通过邀请外国著名学者来华讲学，增进与国际的文化交流，从而推动新文化运动，使国民思想发扬健实。于是，他们当即以讲学社的名义，给泰戈尔发去了热情洋溢的邀请函，并附上旅费，热忱欢迎他来中国访问讲学。

1924年3月，泰戈尔率领着由印度国际大学教授、梵文学者沈莫汉，国际大学艺术学院院长、现代孟加拉国画派大画家南达拉波斯，宗教学教授塞纳，美国农学家爱莫赫斯，纳克博士和秘书葛玲等人组成的访问团，乘船抵达上海，开始了中国之行。

对于这位世界级的文学巨匠，当时的国人已经十分熟悉。早在泰戈尔获得诺贝尔文学奖时，他的生平和重要文学作品已陆续被翻译成中文，他的诗集更是拥有了不少忠实的读者。著名现代诗人徐志摩就对泰戈尔推崇备至，他把泰戈尔比喻为“泰山日出”，称其似“一方的异彩，揭去了满天的睡意，唤醒了四隅的明霞——光明的神驹，在热奋地驰骋”。此番心目中的偶像亲临，徐志摩当然格外踊跃，曾经留学英国剑桥、谙熟英语的他全程承担了翻译兼陪同的角色。

在上海仅仅待了两天时间，泰戈尔一行就在徐志摩的陪同下，从上海乘火车抵达杭州。对于许多来华的世界名人来说，杭州常常是他们上海行程之后必去的旅游胜地，因为杭州不仅拥有人间天堂般的美丽景色，还有悠久而灿烂的历史文化。而西泠印社，无疑是杭州历史文化中最为灿烂夺目的明珠之一。

于是，一下火车，匆匆用过午餐的泰戈尔一行顾不上午休，便饶有兴致地直奔西湖之滨、孤山之巅的西泠印社。

4月初的西子湖畔，垂柳已经绽出了嫩绿，一树树的桃花也都孕满了繁星般的花蕾。湖面上更是鹭鸟翩飞，春意渐至。漫步湖边，沉浸在美好春色中的泰戈尔转过头，对徐志摩露出了孩子般的微笑，他高声地欢呼："美丽的西湖，美丽的杭州！要不是时间关系，我真想在湖边买个小屋住上几天啊！"

望着这位纯真的文学大师，徐志摩也忍不住笑了："先生，只要您愿意，尽可以在这里长住啊？"

泰戈尔随即又乘上小船，缓缓行进在碧波荡漾的湖面上，心情是从未有过的舒朗。望着西湖北岸的延绵青山，他不禁诗兴大发，信口吟诵道："山站在那儿，高入云中，水在他的脚下，随风波荡，好像请求他似的，但是他高傲的不动。"

就这样，两位浪漫的诗人早已忘却了年龄和国籍的差异，他们在湖中小船上不停地吟诗、论诗、写诗……

"先生您看，那青葱掩映的楼阁处，便是专为传承中国金石印学国粹而设的西泠印社了！"

听说是专门研究中国国粹的地方，泰戈尔的眼中顿时放出了光彩："那地方一定要去，一定要去！"

"是的，我们这就靠岸，去感受一下那里特殊的艺术氛围。"徐志摩的笑容里溢满了自豪。

于是在饱览西湖的湖光山色之后，泰戈尔一行就在西湖北岸中山公园前的码头上岸，乘兴来到西泠印社。

精巧的园林立即又吸引了泰戈尔的注意，他一边走，一边不停地赞叹："中国是几千年的文明国家，这里的一切，都为我素所敬爱啊！"

不知不觉中，一行人便登上了位于孤山之巅的题襟馆。这里既是海上书画家们来杭聚会的据点，又是印社接待贵宾的会客之所。在西泠印社几位骨干社员的引导下，徐志摩与泰戈尔并肩走进题襟馆。

题襟馆内木桌香茶，古色古香，粉壁上布局宏伟、笔力雄健的水墨山水更显典雅大气。泰戈尔信步走到那山水画前，默默细品着画中的松荫亭榭、小桥流水，不禁频频颔首，那画中几位执卷闲坐的老翁更是让他看得入了迷。

"知道先生喜欢中国画，西泠印社已经为您准备了几幅山水和花鸟名画。"徐志摩把泰戈尔引到桌椅前，"我们先坐下来，慢慢聊吧。"

"非常感谢你们的一片美意，我太喜欢了！这些山水、花鸟的绘画，都是中国所特有的珍贵艺术！"刚刚落座，泰戈尔便又忍不住描述起了他由来已久的中国梦，"在我年轻的时候，便揣想着中国是如何的景象，那是我念《天方夜谭》时想象中的中国。此后，那风流富丽的天朝，竟变了我的梦乡……"

那个春日的下午，西泠印社就像一座天堂般的艺术仙境，把最美妙的记忆留给了泰戈尔这位世界级的文学巨匠。从印社带回来的那批中国名画，以及西泠印社金石艺术家专门为他刻制的两方印章，就是可信的物证，证明他曾经到访过那样一个叫作"西泠印社"的永生难忘的地方。

而在两方印章上，篆刻着"竺震旦"的名字。这个名字，正是由梁启超为他起的中文名。

充满着艺术氛围的西泠印社，以其非同一般的魅力，不仅深深吸引着像泰戈尔这样的国外文学艺术大师，也不断地引来众多国内的文化巨匠、艺术大家。在其后的几年时间里，王国维、康有为、林语堂、潘光旦、郁达夫等文化先驱纷纷造访西泠印社，康有为还为西泠印社书写了20副对联，其中一幅“湖山最胜”被叶为铭请人镌刻在了鹤庐石窟的门楣之上，成了印社北大门的一块“门面”。黄宾虹、丰子恺、王个簃、朱屺瞻、李苦禅、傅抱石、商承祚、钱君匋、潘天寿、闻一多、邓散木等大批国内一流的金石书画艺术名流，更是与西泠印社结下了不解之缘。

1928年7月13日，一个万里无云的晴朗夏日，西泠印社又迎来了一位来自国内的文学巨匠。与印度诗人泰戈尔不同的是，这位叱咤中国文坛的文学家、思想家，却是以一种极其低调而闲散的心态来到西泠印社。他就是鲁迅先生。

这天中午，鲁迅应友人郑介石的邀请，偕夫人许广平前往位于孤山脚下的楼外楼午餐。酒足饭饱之后，便在郑介石和章廷谦、许钦文的陪同下，来到一步之遥的西泠印社。

大家都知道，鲁迅是一代文豪，他的文学作品揭露社会，直指人心，充满了力量。但是很多人并不了解，鲁迅在艺术方面也颇有造诣。他早年应蔡元培之邀，离开杭州的“两级师范学堂”，转到南京的教育部任职时，就对金石拓本和碑刻进行过深入研究。那时，他几乎把所有的业余时间都用在了古碑古籍的整理校勘上，教育部迁到北平的第二天，鲁迅就去琉璃厂等地购买了李公麟、徐渭、龚贤、石涛、王石谷、金农等人的画册，他还买来《石鼓文并音训》《京畿金石考》等与治印有关的古籍进行钻研，因此，很早就对篆刻与绘画的艺术相通之处有了深刻的理解。他还曾经写过谈论印学的文章《蜕龛印存序（代）》，对印章的起源及其变迁、印章的实用价值和艺术意境、铁书之宗汉铜的真正原因等，都作了精辟的论述。

作为老友的郑介石和学生的章廷谦、许钦文，自然知道鲁迅的这一喜好，因此，特意安排餐后再赴西泠印社的四照阁饮茶闲谈。

“想当年，我在杭州两级师范学堂教书时，西泠尚处于初创阶段，没想到过了20多年之后，这里的印学发展已经蔚为大观了！”欣赏完阁中的碑刻，鲁迅转身眺望远处的西湖美景，忍不住发出了一阵感慨。

“是啊，光阴似箭，如今的西泠印社也是颇负盛名了！”郑介石亦不免点头赞叹。

那个夏日的午后，虽然空气有些闷热，但鲁迅的兴致却一直很高，他和几位好友品着香茗，聊着文学和艺术，从萧伯纳、高尔基的作品，一直聊到了绘画和雕刻艺术。

时光就在这舒畅的闲聊中悄然飞逝，天色不知不觉已经暗了下来。鲁迅终于站了起来，意犹未尽地环顾四周，发觉边上竟有各种碑帖字画出售，便饶有兴致地踱过去，翻看了好一会儿，然后掏钱买了4件拓本，分别是汉画像石拓本一枚、《侯愔墓志》拓本一枚、《贯休画罗汉像石刻》影印一本和《摹刻雷峰塔砖中经》一卷。

回到下榻的清泰第二旅馆，鲁迅即将白天在西泠印社的见闻写入日记，日记中甚至还把所购4件拓本的价格，都在日记中一一特别注明。文学巨匠对西泠印社的特殊感情，由此可见一斑。

正因为对西泠印社情有独钟，鲁迅先生即便回到了上海，仍对印社念念不忘，并对西泠众人褒奖有加。一次，他与燕京大学教授郑振铎合编《北平笺谱》，因版权页上需要加盖编者的印章，他便给郑振铎写了一封信：“名印托刘小姐刻，就够好了。居上海久，眼睛也渐渐市侩化，不辨好坏起来。这里的印人，竟用楷书改成篆体，还说什么汉派浙派，我也就随便刻来应用的。至于印在书上的一方，那是西泠印社中人所刻，比较好的。”

在这位大文豪眼中，当时上海的一些篆刻家的作品都充满了市侩之气，算不得好印，而西泠印社中人的作品，才是上品。

1931年9月，在宜人的秋风中，国画家张大千先生的身影，出现在西泠印社那草木扶疏的蜿蜒小径上。与他同行的，还有他的二哥张善孖、同宗子侄张旭明，及弟子吴子京和慕泉淙。一行五人正从上海赶赴安徽黄山写生，途经杭州时，都说对西泠印社仰慕已久，便专门抽出时间安排游访。

那天下午又是个秋高气爽的好日子，张大千兴致勃勃地走在西子湖畔白堤之上，一脚跨进西泠印社那座别致的圆洞门，便立马被眼前的景象给迷住了。但见亭台楼阁鳞次栉比，花草树木层峦叠嶂，一派别具一格的园林风景！再往里面行进，一处处人文景观更是令人叹为观止。张大千顿时手舞足蹈，开怀大赞："这里太美了，犹如进入圣境！"

如此美妙的地方，怎么可能一次看个够？于是在接下来的几天里，张大千的身影一直在西泠印社徜徉徘徊。他一手托着自制的宣纸线装写生本，一手握着同样是自制的柳炭木条，不停地在那里勾画描勒，仿佛要把印社所有的景象，全部记载描绘在自己的写生本上。

那一定是最令张大千流连忘返的一段时光，他与兄长张善孖一起，辗转于鸿雪径、小盘谷、小龙泓洞，每看到一处名人手迹、摩崖石刻、楹联匾额，他们都会驻足观赏、品评赏析，非到心领神会决不迈动步伐。他们流连于还朴精庐、柏堂、山川雨露图书室之前，饶有兴致地欣赏着俞樾、赵之琛、吴昌硕等艺术大师的书法手迹，感觉到从未有过的收获与满足。

"贤弟快看，这'鹤庐'二字，真是新风扑面，汰尽了火气呀，实在是高雅脱俗啊！"张善孖指着匾额上的"鹤庐"两个大字，兴奋地喊道。

"是啊，是啊！"张大千听了亦是频频点头，"这二字全无清以来的馆阁体习气，可谓洗尽了铅华！”

那次，张大千一行只在杭州待了短短的三四天时间，便收拾行囊，匆匆赶往安徽，因为此行的最终目的是去黄山写生。然而，他把在杭的这几天时间，几乎都给了西泠印社，因为他在这里有一种如获至宝的感觉。这份美好的记忆，一直到他晚年时仍叨念不已。

此时的西泠印社，以艺术社团和风景名胜双双名扬海内外，其声势和规模均达到了建社以来的第一个顶峰。而各界文化名流的纷至沓来，不仅令他们切身感受到西泠印社精巧的园林布局和高雅的艺术氛围，同时，也在客观上为宣传西泠印社起到了推波助澜的作用。一批又一批名人雅士的到来，为西泠印社锦上添花、增光添彩，随着光阴的流逝，他们印记在这方土地上的足迹，也都成为印社更多珍贵的人文历史。

第十一章

一代大师如星陨　印社突变陷危境

世上没有通天的坦途，事物的发展总是在曲折中前行。

西泠印社的发展也不例外。在20世纪最初的二三十年间，西泠印社第一次步入发展的快车道，社址规模不断扩大，社员人数迅速增加，印社的声名更是日渐隆盛。然而，随着时局的动荡变化，一股看不见的危机暗流，也在西泠印社的繁闹兴盛下悄然涌动。

危机首先来自于印社掌门人的溘然离世。就在西泠印社不断吸引着各路名人大家慕名来访的同时，印社的首任社长、一代大师吴昌硕却如一颗闪耀的巨星，在灿烂的天空中骤然陨落。

吴昌硕是在1927年的深秋离世的，那一年，他84岁。按说，这个年龄在当时已经算高寿了，但他的逝世，却给全体西泠印社中人带来了猝不及防的悲伤与痛惜。因为在大家的印象中，吴老当时的身体状况还非常健朗，他曾辗转多地、创作不息，大有“返老还童”的迹象。

这年的春天，革命运动在上海再度陷入接二连三的兵乱之中。2月22日，上海工人又一次举行武装起义，不幸遭到镇压。3月20日，为响应国民革命军北伐，上海总工会决定组织第三次武装起义，并在位于宝山路上的商务印书馆职工医院内设立起义总指挥部。第二天中午，大批工人浩浩荡荡地聚集起来，先是举行全市大罢工，随后起义工人纠察队纷纷攻占各区的警察署，甚至与直鲁联军发生了激烈的巷战。激战一直持续了30个小时，导致大批民房着火、平民伤亡，整个上海霎时陷入一片混乱之中，恐惧和悲伤在炮火笼罩的城池中四处蔓延，人们慌不择路、四散逃窜。

上海北山路一所普通的石库门房子内，年事已高的吴昌硕拄着拐杖，听着远处不时传来的枪炮声，心中充满了担忧。他担心的并不是自己，而是妻儿老小一家子的安危。

在友人的安排下，吴昌硕与家人先去西摩路友人家避了几日，本以为过了这阵就会安息下来，没想到局势不仅没有好转，反而愈发变得凶险。这天，空中突然刮起一阵乱风，将附近一座着了火的建筑物吹得火星乱窜。忽然，一大簇火星从天而降，掉入友人家的小院子，搞得大家一阵惊慌。一直陪伴在吴昌硕身边的弟子王个簃见先生年事已高，不禁更加担心，他忍不住劝解道：“先生，我们不如去杭州住上一段时间，看看时局再说吧。”

“是啊，不如去杭州看看东迈、看看塘栖镇上的朋友，也好再看看超山的梅花。”王个簃的建议不仅得到了吴昌硕家人和友人的一致赞同，也勾起了昌硕老人的无限向往。

梅花，是吴昌硕的最爱。他一生把梅花视作知己，常以梅花吟诗作画，借梅花抒发愤世嫉俗的心情。梅花的那份铁骨冰肌，那份清逸坚贞，在昌硕老人的心目中，就如同他自身愈老弥坚的灵魂。因此，他曾以“苦铁道人梅知己，对花写照是长技”的诗句来寄托自己的心灵追求。而超山的梅花尤令吴昌硕心醉神迷，自从担任西泠印社的首任社长之后，每年的春上他都要来杭州小住，除了必到之处孤山之巅的西泠印社之外，他最爱去的地方就是余杭塘栖的超山了。那满山的香雪海，令这位叱咤艺坛的老人才思泉涌、灵感喷发；那虬结的唐宋古梅，更是让他追古抚今、感慨万千。在眼下这种乱局之下，塘栖超山，无异于世外桃源，能去住上一段时日，倒也不失为上策。况且去年他乘坐人力车的时候，不慎被电车撞翻受伤，腿脚已极为不便，也确实再经不起什么折腾了。这样想着，吴昌硕便在心里认可了大家的劝解，决定携全家暂时离开上海，赶赴余杭塘栖，到儿子吴东迈处躲险避乱。

吴东迈是吴昌硕的第三个儿子，当时正在余杭担任盐税长官。接到父亲率家人从上海而来的消息后，赶紧在塘栖镇上安排好了住处。一个阳光温暖的春日，吴东迈终于接到了由王个簃陪伴而来的老父一家。

在塘栖镇上刚刚安顿下来，昌硕老人便惦念着要去超山看梅了。这天一早，阳光刚刚透出云层洒下水面，镇西南的圣堂漾河埠头旁，几艘游船便“吱呀吱呀”划进河道，向着超山的方向缓缓驶去。其中一艘最大的游船，里面坐着七八位谈笑风生的客人，端坐在中间的那位老者，正是细目疏髯、面颊丰盈的吴昌硕先生，他笑眯眯地望着趴在玻璃花窗前东张西望的幺孙吴长邺，眼光中满是温柔的爱怜。

游船在曲曲弯弯的河道中冲萍破藻，徐徐前行，大约过了个把小时，终于穿过丁山湖漾，在超山西北麓的接坝桥靠岸。

众人鱼贯上岸后，三子吴东迈和大弟子王个簃左右相随，大家簇拥着老先生穿过梅林来到了报慈寺。在寺前的那株满身老鳞的虬枝宋梅旁，报慈寺的住持正法禅师已经摆下几案，泡上香茗，迎候着昌硕老人的到来。

此时刚过梅花的盛开期，千年古梅的满树芳华也已凋零大半。吴昌硕拄着紫檀手杖，默默地在古梅前站了一会儿，忽然感慨地回过头来问儿子东迈："这里的梅花已经残了，不知家乡芜园的那些梅树开过花没有？"

"交通不便，我也长久没回老家了，梅树恐怕早就没有了。"吴东迈说话间，又想起了父亲"囊空愧无买山钱，安得梅边结茅庐"的夙愿，就建议道，"超山的梅花好，我在这里为您老人家租个房子吧，您想来了，就过来住上一段时间，好不好？"

吴昌硕望着满山的缤纷落英，摇了摇头说："我百年以后，你们就把我葬在这里吧！"

举家从上海避走塘栖，无疑是非常明智的一次抉择。就在吴昌硕携弟子家人徜徉于超山梅林之际，时局不断恶化的上海已陷入腥风血雨之中。1927年4月12日，以蒋介石为首的国民党新右派在上海发动反对国民党左派和共产党的武装政变，不仅收缴了工人纠察队的武器，还大肆捕杀共产党员、国民党左派和革命群众，仅仅三四天时间，就有500多名上海工人遭到逮捕，有300多人被杀，另外还有5000多人失踪，中国大革命因此受到严重摧残，国共两党的第一次合作宣告失败。

而暂时避居于塘栖的吴昌硕，却得以过上了几天超然的生活。每日傍晚时分，饭后的吴老会在弟子王个簃的搀扶下，沿着运河边的廊檐石街慢慢散步。走乏了，就在临河的米床上坐一坐、歇一歇。当然，作为社长的他，心中始终还有另一份魂牵梦萦的挂念，那就是西泠印社。

时光如水，转眼两月又逝去。随着气候的渐渐转热，吴昌硕对西泠印社的惦念也如这夏日的气温，日渐浓郁起来。他决定转赴杭州，在孤山之巅的观乐楼小住数日。

弟子王个簃照例寸步不离，跟随着先生来到了西泠印社。王个簃是吴昌硕晚年最为器重的弟子，他自幼便笃好诗文、金石、书画，为拜师求艺，于年近而立之时辞去高小教员之职，从南通专程来到上海，向吴昌硕习艺问道，并在吴家担任家庭教师，为昌硕孙儿授业。在追随吴昌硕的过程中，王个簃与恩师的情谊日渐深厚，二人情同家人，已然超越了师徒名分。

春末夏初，百花盛开，风清气爽，气候宜人，师徒二人结伴而行，漫步在西泠印社的幽林曲径之间，细细地品味观赏着散布在印社各处的人文和自然美景。他们登高望湖、谈诗作画，暂时将战乱带来的焦躁和伤感抛在了脑后。

一天清晨，天刚蒙蒙亮，吴昌硕与王个簃照例出门散步。两人沿着观乐楼前的小径漫步，来到了小龙泓洞前。这小山洞的石壁上镌刻有王一亭画、吴昌硕题的“送子观音像”，边上就是安放着吴昌硕半身铜像的缶亭。

“我今天头很昏，有点头痛！”王个簃正看着脚下的石径，小心翼翼地往前走着，忽然就听到恩师的一声惊呼，心中不免一紧。

“怎么了？先生，您不舒服？”他赶紧扶住吴昌硕，心情紧张地察看着先生的脸色。然而，他并没有在恩师的脸上看到任何痛苦的神情，相反地，竟在他那不动声色的脸上读出了一丝狡黠的微笑。只见吴昌硕用手指点着缶亭的方向，一本正经地说：“你看那边我的铜像前，有背着黄包的人在烧香，这是把我当菩萨了啊！我怎能不头痛呢？”

王个簃定睛一望，果然有背着黄色香袋的老妇人在先生的铜像跟前点起了香烛，正在合掌跪拜呢。原来是这么回事！一颗悬起的心这才放了下来。

哈哈哈……会心的师生二人，终于忍不住开怀大笑起来。

在印社小住的这段日子，虽然那么短暂，却是轻松而又愉快的。师徒二人在小龙泓洞、在汉三老石室都留下了珍贵的合影，吴昌硕还在照片上亲笔题上了“手扶藤杖徙山阶，个簃从之仿我跌”的诙谐诗句，道出了师生二人深厚的情谊。

上海时局暂时平缓之后，吴昌硕一家便又返回了上海。或许是超山的梅花给了老人最好的抚慰，又或许是西泠印社的宁静给了老人最佳的休养。经过这近半年时间避乱的昌硕老人，不仅身心并未受到挫伤，双手的指甲反而全部蜕换如新，红润如玉色一般。众人见了，都啧啧称奇，十分高兴，齐赞此乃长寿之征兆。

昌硕老人自然非常高兴，一向谦虚平和的他，乘兴又写下了“人颂寿翁宜饮食，自知泉路近晨昏”的诗句。不想这谦逊的诗句竟一语成谶，暗示了一代巨匠即将陨落。

这年的初冬，吴昌硕的孙女吴棣英即将出嫁，老人十分高兴，却不料因兴奋过度而致病。1927年11月26日，昌硕老人还坚持提笔，作兰花一帧并题以诗，谁知道第二天便突然中风，卧床不起。仅仅过了三天，中国近代艺坛的这位巨匠便溘然辞世，留给世人尤其是西泠同道们无限的哀思。

按照吴昌硕生前的遗愿，其儿孙辈在超山报慈寺西侧的山坡上为先生选定了一片墓地，这里背靠青山，面对梅林，距宋梅仅百步。先生的墓体呈圆柱形，墓顶拱隆，四周环道，两边各植一棵盘槐，墓志铭由陈三立撰写，墓表由冯君木撰写，墓前矗立着先生的花岗岩全身立像，手握书卷，眺望梅林，仿佛永远守候着他终生挚爱的梅花。

在吴昌硕生前曾经多次居住过的西泠印社观乐楼内，印社的同人们也举办了一场简朴而又隆重的追悼会。人们闻讯从四面八方纷纷赶来，大家共同追思西泠印社的首任社长，一起缅怀这位对中国近代艺坛产生了深远影响的艺术大师。

俗话说，“火车跑得快，全靠车头带”。对于一个组织关系相对松散的印学团体来说，领头人也就是社长的影响力和凝聚力更是至关重要的。可以毫不夸张地说，社长就是印社的一个标志、一面旗帜。尤其是在社会动荡、人心不稳的情况下，骤然失去了这样一位标杆性的人物，对于西泠印社来说不啻一个沉重的打击。

然而，西泠印社所面临的，还不仅仅是痛失掌门人这一场磨难。在接下来一段长达近20年的岁月里，各种变故和战乱致使这个正声名鹊起的印学团体，骤然间陷入了低谷，甚至艰难地度过了一段几乎停滞的时期。

第一场变故就发生在首任社长吴昌硕离世后不久。事情的原委还得从1927年4月说起，当时蒋介石在南京建立国民政府，正值不惑的他，年富力强，军政之余，热烈地追求着宋美龄。众所周知，宋美龄是国母宋庆龄的胞妹，她身材娇小玲珑，面貌娟秀伶俐，言谈仪态大方，加上经受了美国式的教育，其不凡的文化素质和社交风度，都深深地吸引了蒋介石，使他初见其面便如痴如醉，一见倾心。于是，蒋介石以自己独特的方式，对宋美龄展开了持续的追求，经过整整一年的不懈努力，终于赢得美人的芳心。1927年12月1日，蒋介石得偿所愿，与宋美龄在上海举行了婚礼。此时在他的心目中，宋美龄的分量和位置是何等重要可想而知。

谁也不会想到，正是宋美龄不经意间的一句话，竟让刚刚失去社长的西泠印社，又突然面临了被合并改建的危机。

那是1928年的夏天，沉浸在新婚宴尔甜蜜之中的宋美龄，乘兴来到杭州的孤山巡游。

孤山景色早在唐宋就已闻名遐迩。唐代曾建有孤山寺，南宋时又建西太乙宫和四圣延祥观，清代也曾在此兴建行宫，康熙、乾隆南巡时都在这里住过。雍正时期行宫被改建为圣因寺，与灵隐、昭庆、净慈三寺合称“西湖四大丛林”。1927年，为了纪念孙中山先生，原清行宫御花园的一部分被改建为中山公园。

这天，宋美龄在侍从及地方官员的陪同下，款款步入中山公园的大门，浏览了万菊亭、四照亭和中山纪念林、中山纪念亭等景点。整个公园精致而又大气，令宋美龄非常满意，但令人始料未及的是，她又突然一时兴起，对随行的地方政府官员提起了这样的建议："这座公园建得不错，很有意义，不过规模似乎还小了一点，不如将整座孤山都改建为中山公园！"

闻听此言，在场的地方官员们在心里暗暗叫苦。因为他们都知道，孤山不仅有中山公园，还有文澜阁、放鹤亭、敬一书院、楼外楼等众多历史遗存，更有闻名遐迩的西泠印社，把整座孤山都辟为一座纪念性质的公园，显然并不合适。但这些浸淫仕途多年的官员们，又都非常清楚站在面前这位女性的分量。虽不能说她一言九鼎吧，但她的身份又的确十分特殊，既是孙中山先生的妻妹，又是当时南京国民政府的主席夫人，对于中山公园的建设，她若是没有发言权，谁还有发言权？

尽管对于宋美龄的建议，在场的官员们都未置可否。但西泠印社要被中山公园吞并的消息，还是不胫而走。一时间，印社上下又是一片人心惶然。

最为紧张最为焦急的人，莫过于印社四位创始人之一的丁辅之了。为了西泠印社的建社，他与父亲、兄长一道，无偿捐出了自家的地产；为了印社的发展，他聚资兴建鹤庐、命工造丁敬像；为了使国宝汉三老石碑入藏西泠，他奔走上海，发动募资赎碑，并监工建造汉三老石室……真可谓呕心沥血、鞠躬尽瘁。如今，他怎能让众印人辛苦营建起来西泠印社改弦易辙，被并作它用呢？可是，又该如何扭转局面呢？丁辅之辗转难眠。

第十二章

博览盛会展风姿　错位展示得暂保

就在西泠印社的同人们因为宋美龄的一句随口建言而心神不安，生怕印社真的因此被改弦易辙，并入中山公园的时候，一个意想不到的消息传到丁辅之的耳朵里。据官府供职的朋友私下里相告，浙江省政府建设厅正在积极申办首届西湖博览会，举办地点就在杭州西湖！换句话说，如果真的举办西湖博览会，那么包括西泠印社在内的许多西湖景区场馆就都会被征作展馆，印社就可暂时免除被吞并和改弦易辙之虞了。

消息很快得到了确证：浙江省政府建设厅已经向上提交了全文约1300字的《筹设西湖博览会提案》，得到了时任浙江省主席张人杰的首肯。尽管当时的浙江省财政状况并不宽裕，甚至可以说是到了捉襟见肘的地步，但一心想办大事的张人杰对《提案》中的那句“山雨欲来辽天如晦，吾国人今后宜如何”深有同感，他不仅迅速批复同意了建设厅的提案报告，而且还全权委托省政府副秘书长、建设厅厅长程振钧担任西湖博览会筹备委员会主席，全力开展博览会的筹办工作。

其时，由帝国主义为争夺市场而发动的第一次世界大战过去仅仅10年，第二次世界大战的端倪便已在悄然酝酿。张人杰、程振钧等有识之士审时度势、操心虑患，他们认为要应对此役，必须以只争朝夕的精神，劝工兴商、淬励奋战。而举办西湖博览会，在他们看来就是劝工兴商最好的方式。

1928年的10月27日，程振钧亲自主持召开了西博会筹委会的第一次会议。这标志着西湖博览会项目开始正式启动，也预示着西泠印社终于可以借着“西湖博览会”这块大牌子，暂时能过上一段踏实日子。当然，前提是印社要能够被正式列入西博会的场馆之一。

幸运的是，当时的浙江省政府要办好这届西博会的决心委实不小，为了尽可能地扩大博览会的规模和影响，西博会筹委会经过反复商讨，决定同时设立八馆二所三处，从不同的主题、不同的视角来展示当时中国的经济文化的最高水平，将西湖博览会办成振兴中国民族工业与文化的盛会。

八馆分别是革命纪念馆、博物馆、艺术馆、农业馆、教育馆、卫生馆、丝绸馆和工业馆；二所是特种陈列所和参考陈列所；三处则是沪杭甬路局陈列处、交通部电信所陈列处和航空陈列处。这八馆二所三处遍布里西湖的四周，总面积达5平方公里，几乎涵盖了里西湖南北两岸的所有重要建筑。这些建筑包含祠堂、庙宇、馆舍以及私家别墅，此外还新建了小部分的房舍。这些因地制宜改造而成的展示空间和场馆依山傍水、错落有致，各个展馆之间层层依托，彼此借景，既相互有机关联，又各自独立成章，真可谓亭台楼阁、长桥曲径和谐互融，青山碧水、繁花茂林交相辉映，使整个西湖博览会的场馆显得格外有杭州西湖的特色。

在这场规模空前浩大的盛会中，西泠印社与紧邻的广化寺、俞楼一道，摇身一变，成为了西博会的卫生馆，主要展示卫生教育、防疫保健、医学医药、人体生理等卫生知识图片，并向游人传播各种化妆品、嗜好品、中西药、胎生卫生、公共场所卫生等多方面知识。浙江省立医药专科学校校长朱其辉出任卫生馆的主任。

在西泠印社的核心位置，草木掩映的观乐楼静静地接受着一个新的使命。这幢曾经是西泠印社首任社长吴昌硕多次下榻的二层小楼，此时已经在二楼的雕花栏杆上悬挂了“通俗卫生教育部”七个大字，成为了整个西博会卫生馆中最引人注目的展馆。

望着这熟悉中又带有一点点陌生的场景，丁辅之有片刻的恍惚，他的心中被一种复杂的情绪充塞着。这种情绪既让人安心，又有丝丝的怅然。怅然，是因为四照阁、观乐楼、柏堂、宝印山房……这些朝夕相处的印社活动场所，都暂时让位给了西博会，展示与印学毫不相干的卫生知识，短期内印社的同人们是无法像过去那样在此聚会交流了。不过令人欣慰的是，这种暂时的错位展示，却有效地保全了印社的长远利益。据说西博会起码要办半年时间，至少在这半年内，印社肯定是安全了。

丁辅之那颗紧悬着的心，终于稍许舒缓了一些。他徜徉在设于印社的各个展厅之间，看着工作人员把那些琳琅满目的展示物品一一摆设起来，情绪也情不自禁地受到感染。那丝因印社角色的暂时错位而引发的怅然，也暂时忘却了。

在设于观乐楼内的卫生馆教育部，丁辅之看到了一处专门的陈列室，里面展示着各种毒品和禁毒资料，真是让人看了触目惊心。那些毒品的种类可谓五花八门，而且毒害至深。除了民众较为熟知的鸦片之外，还有海洛因、吗啡、高根、金丹、红丸等，毒性都要比鸦片猛烈数倍甚至数十倍！

在一张题为《吃红丸者五年内必死》的禁烟宣传画中，丁辅之看到了这样的一段段文字：

鸦片是毒的东西，意志呀，身体呀，都会驰消减！至于自己的老婆在他的面前偷汉子，他都会由他不管一管帐！

吗啡比鸦片毒过三倍，满身打的是毒针、毒疤，他不晓得痛，可见毒的麻醉很凶，即便国将亡、家将破，他也不在乎！

吗啡毒过鸦片三倍，红丸毒过吗啡十倍，即红丸毒过鸦片三十倍。吃鸦片者吃吗啡者已侵毒如此，而吃红丸者其毒更深，故吃红丸者五年必死！！！

鸦片战争已经过去快80年了，可是毒品之害却依旧在中华大地上屡禁不绝，甚至有愈演愈烈之势！每一个有良知的中华儿女，目睹此情此景都不会无动于衷！丁辅之更加切身感受到，这次西湖博览会以“烟毒一日不除，非特工商事业发展不易，且民族亦无以图强”为宗旨，通过函请全国禁烟委员会支持，将各种禁烟产品汇集展出，借展会之机大力宣传禁烟，让无知的民众看了之后引发警醒，实在是意义重大！

丁辅之的一腔热血被激发起来，他甚至开始觉得，能在西泠印社开设西博会卫生馆，能为拒毒禁烟活动做出贡献，是一种光荣和责任！

他以更大的热情，关注起了整个西湖博览会的盛况。他欣喜地发现，对于这次旷古未有的盛会，社会各界都给予了很大的期望，不仅百姓神往，连中央各部和各省政要也一致认可，民国一号人物蒋介石以及审计院长于右任、内政部长阎锡山、财政部长宋子文、组织部长陈果夫、行政院长谭延闿、司法院长王宠惠等都纷纷题词作诗，以示赞赏，时任中央研究院院长的蔡元培更是写下了《西湖博览会筹备特刊题词》，盛赞这次博览会“将使游者于流连胜景之时，目击国产，辨其物品，识其产地，因此较而见优势，由竞争而得进步，用以提倡国货，激进工商，设计至善……将来国产蓬勃，外货抵制皆于此会肇其基。庶渐符于民生主义、饱食暖衣、安居畅行之旨，是则浙省政府提倡之意，与诸君子筹备之热心，为功至大，收效至宏，可断言也”。

随着夏季的到来，空气中的暖意已愈来愈浓，时至正午，沐在孤山上的阳光已开始有点热辣，丁辅之却毫不为意。他撩起长衫，健步跨上了印社后山的羊肠小道，沿着山脊一边向东漫步，一边引颈眺望着西湖的北岸。

只见宝石山下沿湖一带，西博会的丝绸馆、工业馆、特种陈列所、交通部电信所陈列处、航空陈列处……一座座馆所的门楼已经鳞次搭起，将平日里安详宁静的北山路装扮得格外热闹。一座气势宏大的大礼堂，赫然出现在了葛岭南麓，高15米，占地2000多平方米，里面足足可容纳3000个座位，当之无愧地成为整个博览会的核心建筑。

而在脚下的这片孤山各处，除了由西泠印社等改造成的卫生馆之外，还有革命纪念馆、博物馆、艺术馆、农业馆、教育馆等众多展馆。站在孤山的山脊小道上，丁辅之虽然无法一眼望尽这些掩映在绿树丛中的特色展馆，但在心里却早已对各个场馆充满了向往。他决定好好安排一下时间，一定要把这些展馆认认真真地看个遍！

当然，最让人感觉美不胜收的，是那座凌驾于里西湖碧波之上的美丽廊桥。这座廊桥南起孤山放鹤亭，北至新新饭店，如一条俏丽的长龙静卧于孤山北麓的湖面上，全长194米，为全竹木结构，两旁围有栏杆，栏杆间镶嵌着美观的木构图案，显得精致美观而又不失大方。长桥之上，还筑有3座雕梁画栋、飞檐翘角的亭子，中间的八角亭上下二层，颇有气势，两边的四角亭稍小，与中间的大亭参差呼应。这样一座既可观景又非常实用的木桥，将分别坐落于里西湖两岸的西博会大礼堂和八馆二所三处全都有机地串联了起来，观众既可以轻松地穿行于各个场馆处所之间进行参观，而且还可以在木桥的亭子内小憩赏景，真是别有情趣。

此番美景，直让人怀疑只应天上有！望着这些突然间出现在西湖边的场馆建筑，丁辅之对这场盛会的期许又在不觉间增添了几分。

1929年6月6日，一个天朗气清之日，紧张筹备了近一年的首届西湖博览会隆重开幕了。这一天的杭城，可谓人气爆棚，10万余观众将西子湖畔挤得水泄不通。经过了多年的战乱颠沛，好不容易盼来了相对太平的日子，美丽的西湖终于迎来如此盛大的节日，当然是谁都不愿错过的！来自全国的政要名门、富商巨绅都纷纷搭乘飞机、火车赶来观会，他们携家带眷，既参观西博展览，又饱览西湖美景，更采办江南特产。

潮水般的人流不断地涌进里西湖会场。在会场大门的入口处，两条雄伟的斗字对联格外振奋人心，上联曰："地有湖山，集二十二省无上出品大观，全国精华，都归眼底。"下联为："天然图画，开六月六日空前及时盛会，诸君成竹，早在胸中。"

3000余座位的大楼礼堂内早已座无虚席，孔祥熙、朱家骅、蔡元培、蒋梦麟等中央及各省市数百贵宾在震耳的礼炮礼乐声中鱼贯入场，全场掌声不断、欢腾不息。那场景，真可谓湖山空前迎嘉会，浙杭旷世举盛典！

在整个西博会中，包括丁辅之在内的西泠同人们最为关注的，除了由印社改造而成的卫生馆外，当然要数美轮美奂的艺术馆了。艺术馆内展出的是自先秦下迄现代的各种艺术珍品，包括秦砖汉瓦、唐宋明镜、金石雕刻、古今字画以及瓷器、刺绣、摄影、乐器等各种文物精品数件，所有的这些极富中国特色的艺术，几乎都是西泠印社致力弘扬与追求的，也是印社同人们的擅长与最爱。但遗憾的是，艺术馆竟然没有设在西泠印社，而是设在了印社以东的照胆台、苏白二公祠、陆宣公祠、哈同花园和莲慈庵等处。

为什么西博会的艺术馆不设在素有“中国金石篆刻第一社”之称的西泠印社呢？原来，就在西博会开幕的前一年，也就是1928年春，中国美术学院的前身国立艺术院在杭州正式创办，由中国当代著名画家、美术教育家林风眠担任首任校长，中央研究院院长蔡元培亲临祝贺。当时的艺术院院址，就设在照胆台、苏白二公祠、陆宣公祠、哈同花园等处，西湖博览会召开之时，国立艺术院就顺理成章地成为博览会艺术馆的临时馆址，而林风眠也成为艺术馆的主任。

这一年，满怀抱负的林风眠刚届而立之年，风华正茂，精力充沛。他应蔡元培之邀，从北京来到杭州创办国立艺术院，对杭州的西湖人文历史已经有了颇深的研究，他曾以《美术的杭州》为题，在《时事新报》上著文道：“西湖，无论一石之微，一亭之小，实在都各有其娓娓动人的掌故。所惜者，掌故是属于历史的。亭台楼阁因用材不出于草木套图之故，存者不多；大体尚存或整体保存至今，而足以归入美术品之列者，就只有较有耐久性的雕刻同浮屠了。然而就这一点也尽够我们留恋不舍的了！”

从林风眠对杭州历史遗存以及对美术品的理解中不难看出，他的艺术理念与西泠印社“保存金石，研究印学”的宗旨无疑是息息相通的。这又让丁辅之等印社同人们感到了一种欣慰。

更让人欣慰的是，西泠印社的一些主要骨干也纷纷成为了西博会艺术馆的中坚力量。作为艺术馆的重要组成机构之一，西博会专门成立了金石部，而被公聘为金石部主任的，便是西泠印社创社人之一的叶为铭。叶为铭自幼即习篆隶，不仅博学多识，更善刻石、拓碑，精金石考据，深谙历代金石碑刻，他的任职，既为西博会艺术馆的展品征集提供了坚实的专业保证，又极大地提振了西泠同人们弘扬金石印学的信心，可谓是颇孚众望。

就在叶为铭任职西博会金石部主任的同时，西泠印社的另一位重要社员方介堪也于西博会正式开幕的前一个月，自上海匆匆赶到杭州，他此行的目的，是出任西博会的金石书画评审委员。祖籍浙江永嘉的方介堪工书善画，尤擅篆刻，26岁就被上海的西泠印社出版部聘为主任，随后，又得到刘海粟、黄宾虹等艺术大家的赏识，成为上海美术专科学校、新华艺专和中国艺专等校的书法篆刻教授。这次他受聘于西博会艺术馆，主要任务是帮助鉴定和征集各类金石等书画展品。

首届西湖博览会可以说是中国近代史上民族工业与文化交融振兴的第一次盛会，它意味着中国民族工业清醒地审视和自觉地激励自己，也标志着浙江经济开始走向广阔的世界舞台。这场旷世盛会历时137天，到1929年10月20日闭幕为止，共吸引参观人数达2000多万人次，引发了世人的广泛关注和热议。

借助着西博会这场盛会的举办，西泠印社终于安然度过了一年多的时光。此时，一年前宋美龄的那个关于将印社并入中山公园的建议，似乎也随着的西湖博览会的繁华散尽，渐渐被人们淡忘了。

第十三章

增挂古物保护牌　功臣避乱栖西泠

因为举办西湖博览会，西泠印社的社址得到了完整的保留，并入中山公园的话题似乎也烟消云散。但是，之前已经历数度变故之虞的丁辅之知道，这种安逸是暂时的，借西博会来保印社，无非是权宜之计，也是被动之举。等西博会一结束，这棵可以暂靠的大树也将不复存在。因此，要想永久地保住印社，单靠一次西湖博览会是不可能从根本上解决问题的，必须未雨绸缪，变被动为主动，趁早另寻护社他法。

于是，就在西湖博览会紧锣密鼓地筹办之际，一封满含着希冀与使命的特殊信件，就从西子湖畔的西泠印社悄然发往北京，信件的目的地是故宫博物院，收件人是时任故宫博物院古物馆副馆长的马衡先生。

马衡是著名的金石学家、书法篆刻家和考古专家，早年曾任北京大学研究所国学门考古学研究室主任。当时，他在北京大学的教授中，可以算是一个“阔老爷”了。因为他出自名门，赴京之前，又在上海迎娶了宁波富商叶澄衷的女儿叶薇卿为妻，可谓财力雄厚，因此，即便北方学校老是欠薪，他仍然西装革履，衣冠齐整，出出进进则是一部十分气派的自用小汽车。在这方面，整个北京大学能与他相提并论的，也就中文系教授胡适一人。而且胡适所用的福特旧式高轩小汽车，还是在马衡之后买的。

1924年11月，清逊帝溥仪被逐出紫禁城，马衡即受聘于清室善后委员会，专门负责查点故宫物品。1925年10月故宫博物院成立后，兼任临时理事会理事、古物馆副馆长。虽然马衡长期寓居北京，却是土生土长的浙江人。其祖籍为浙江鄞县，父亲马海曙曾任直隶州知州三品衔，府中的私塾教授便是杭人叶浩吾。因此，早在西泠印社建社之初，在金石和考古学术方面已颇有成就的马衡就携带自刻的数方印章前往杭州，拜访了吴昌硕、丁辅之、叶为铭、吴石潜、王福庵等人，一起交流和切磋金石学问，并且从此交往不断，结下了深厚的友谊。

马衡对西泠印社的建设发展一直都鼎力支持。早在1910年，听说印社将建山川雨露图书室，当时身居上海的他就捐赠银圆50块，并且专程从上海运来木磬式茶几4张、背靠一字椅8张、大方几桌1张和圆桌面1块赠予印社。之后赴京发展，又推荐西泠印社创始人之一的王福庵参加故宫博物院工作，往来共事，过从甚密。当时印社每遇难事，王福庵都会向马衡请教主意，可谓是信赖有加。而叶为铭、丁辅之对马衡亦是十分推崇，在叶为铭与秦康祥编著的《西泠印社志稿》中，盛赞马衡“工篆隶，善刻印，精鉴别。收藏书画、金石、碑版甚富”。丁辅之更是在其《咏西泠印社同人诗》中这样评价马衡：

“画品书评一舫多，封泥署纸尽摩挲。珍藏谁似西园癖，赖有当年马伏波。”

因此，当印社再度遭受变故之险的时候，丁辅之自然而然就想到了马衡，于是赶紧修书一封向其求援，商议该如何采取措施进行自我保护。

真是无巧不成书。这时的马衡，正在参与成立“全国古物保护委员会”，这真是个千载难逢的好时机！以保护古物的名义来保卫西泠印社，这不正是一个再合适不过的理由吗？收到丁辅之的信件后，马衡当即决定申报设立全国古物保护委员会浙江分会，地点就设在西泠印社！

得悉马衡的高招之后，西泠印社的同人们都非常高兴，丁辅之尤为兴奋。刚好这时西博会的举办，又为全国古物保护委员会浙江分会的报批赢得了充裕的时间。等到1929年10月西博会闭幕之时，全国古物保护委员会早已正式批复同意设立浙江分会，于是，西博会刚刚结束，西泠印社的门楣上立即就挂上了“全国古物保护委员会浙江分会”的牌子。

刚刚失去了一棵可以暂时依靠的“大树”，便又获得了一枚亮闪闪的“免死金牌”，西泠印社能有这番幸运，马衡在此间做出了至关重要的贡献。

有了“全国古物保护委员会浙江分会”这块响亮的牌子，西泠印社的底气更足了。经过多方的协商交涉，中山公园终于不再涉及西泠印社地盘，印社又一次化险为夷，免去了被更名的危险。

消息传到北京，马衡也长长地舒了一口气。暂不说自己与西泠印社有着特殊的深厚感情，就算作为印社的一名普通社员，谁都会竭尽全力为保护印社做出努力啊！因此，对于马衡来说，虽然身处遥远的京城，但保护西泠印社完全就是自己的分内之事。如今通过他的全力支持，印社终于脱离了被吞并更名的危境，这对马衡来说实在是一件既欣慰又开心的事。

丁辅之、王福庵等印社同人们对马衡自然充满了感激，他们衷心地希望马衡能在北京发展得更好，把全国的古物保护事业越做越强。然而谁都不曾想到，仅仅几个月之后，一场突如其来的危机就悄然降临到马衡的身上。

那是1930年的夏天，蒋介石与阎锡山、冯玉祥、李宗仁等在河南、山东、安徽等省爆发了劳民伤财的“中原大战”。就在这场中国近代史上规模最大、耗时最长的军阀混战中，与之毫不相干的马衡突然遭到了军阀孙殿英的通缉。土匪出身的孙殿英当时是第四方面军第五路总指挥兼安徽省主席，一直盘桓于张宗昌、蒋介石、冯玉祥和阎锡山等各路军阀之间的他，为了进一步壮大自己而不惜参与混战。这时的孙殿英，满脑子都在盘算着如何通过混战居于上位。而马衡却是一介专心学问的文人，与混战的军阀间毫无牵连，孙殿英为啥要兴师动众来通缉他呢？

这事的原委，就要从两年前说起了。1928年7月，也就是西子湖畔正在开始着手筹备西湖博览会的时候，千里之外的河北遵化突然爆出了一起震惊中外的“清东陵盗窃案”。

当时，军阀混战的硝烟已燃至河北地区，奉军北撤，冀东一带散匪肆虐。为此，国民革命军派出第六军团第十二军军长孙殿英部前往剿抚。孙殿英知道清东陵区内陪葬有大量珍宝，这些珍宝对他招兵买马极有帮助，征剿途中，他又屡见被拆毁的东陵殿宇木料被大量盗运，遂起了盗墓的不义之心。于是他派出一师师长谭温江的混成旅进驻马兰峪，封山戒严，并命人四处张贴布告，宣称部队要搞军事演习，开始了有计划的盗墓行动。

他一方面召开紧急会议，宣布炸崩皇陵也是革命，是继承孙中山先生的遗志、为革命做出贡献的“正义”之举，以此来迷惑手下将士，为自己的盗墓计划粉饰堂皇理由；另一方面，指派工兵营用炸药轰开乾隆、慈禧等14座陵墓，用了七天七夜，将里面的翡翠西瓜、蝈蝈白菜、七宝如意杖等稀世珍宝洗劫一空，从而炮制了一场臭名昭著、旷世罕见的盗宝事件。

盗宝事件发生后不久，部分被盗宝物就很快流入市场。1928年8月的一天，一位神秘的客人走进了北平著名古玩街琉璃厂上规模最大的古玩店尊古斋，老板黄百川见客人神情非同寻常，便料想此人手中定有不一样的宝贝，于是赶紧迎上前来热情招呼。果然，来人掏出了一些非常罕见的珍宝急于出手，经过一番讨价还价，双方最后以10多万元秘密成交。

俗话说，世上没有不透风的墙。尽管来人以为自己神不知鬼不觉地将宝物顺利出售，但这批出自清东陵的珍宝很快就被懂行的古董商认出。于是，有良知的琉璃厂古董商很快就将这一情况密告给负责清室故宫文物善后工作的马衡。

得知清东陵被大肆盗窃，致使珍宝流落四处，马衡气愤异常，他不顾个人安危，立即亲自前往东陵勘查，并且向北平警备司令部举报此事，呼吁严拿究办盗卖宝物者，并且要求追还赃物，交有关部门妥为保存。

根据马衡等人的举报，北平警备司令部侦探通过严密跟踪，很快就在中国饭店将一名正与尊古斋老板黄百川接洽卖出宝物的男子当场抓获。这个名叫谭凇亭的男子，正是孙殿英盗墓干将谭温江的胞弟，当时他在天津的一家日本珠宝行当职员，酷爱古代字画和砚墨的收藏。据谭凇亭交代，其兄谭温江不久前潜回天津看望妻妾时，将一部分盗墓所得的珠宝交给谭凇亭保管，并嘱其先变卖几件，其余的可待外界风声平息后，再分批出手。于是谭凇亭专程从天津前往北平寻找买家，却想不到被当场抓获。

1928年8月31日的上海《申报》，大篇幅刊发了驻北平记者的长篇报道《东陵盗墓案记详》，这篇报道较为详尽地记述了侦破此案的过程：

黄（百川）父在四川任盐道，积资不少，依母周氏而居，本人在邮务局任职，月入六百十元，尊古斋系雇人代为经理。黄年三十三，固一翩翩公子，与西商往来颇久。谭出之宝物，由其辗转，贩于西人，成交约十三万余元。此事闻于北平文物维护会，代表马衡、沈兼士据呈北平警备司令部，请至中国饭店逮捕。同时司令部亦接有报告，侦探至中国饭店时，谭温江已外出，将其弟与黄逮捕。又侦知伊在清华园洗澡，尚有何成浚、徐源泉两人，谭之护兵拒捕，又添兵士一排，将澡堂包围。何禁士兵开枪，始获。开堂审讯，谭不服。何成浚、徐源泉当晚将谭保出，迄今尚押在第六军团总指挥部。谭为鲁人，在褚玉璞督直任内充官为处长。政声欠佳，褚下令枪毙，时适孙殿英保谭为旅长，其事始寝。黄某在司令部内缴五万元赎罪，其母尤为焦灼。谭在津有寓处三，金屋藏娇，此时颇为忏悔。其如夫人活动甚力，翼谭出狱，因此为谭缓頬者颇不乏人。司令部以案情重大，未便决断，将移政治分会或中央办理……

南京的《中央日报》也在头版以《匪军掘盗东陵的惨状》为题，报道了清东陵盗窃案的消息，一时间举国震惊，各界人士强烈要求法办孙殿英。

当时的政府官员们正为孙殿英独吞财富而愤愤不平呢，他们骨子里都想方设法要分一杯羹，表面上却不得不装出一副道貌岸然的面孔。于是他们趁机借口民意，组织特别军事法庭对此案进行会审，还装模作样地邀请考古专家马衡到庭鉴定赃物并做证，但实际却只是为了威吓孙殿英吐出更多独吞的宝物，并没有深究“清东陵盗窃案”及其背后的实际操纵者。

慌了手脚的孙殿英对权贵们的态度自然是心知肚明，一番权衡后，他便决定忍痛割爱，用盗陵得来的赃物，四处行贿，打点当朝权贵：慈禧口中含的大宝珠送到了宋美龄府上，陵墓中出土的“金玉西瓜”孝敬给了宋子文，乾隆朝珠中最大的两颗被戴笠笑纳，最为宝贵的九龙宝剑则被交到戴笠手中，请他转呈蒋介石……于是，天大的案子就这么不了了之，官贼双方皆大欢喜。而主持正义的马衡却因此得罪了孙殿英，并惹来灾祸。

1930年“中原大战”爆发之后，孙殿英参与冯玉祥和阎锡山的联军，与蒋系中央军交战。当时，阎锡山欲请孙殿英卫戍北平，这个盗宝主犯大权在握，便伺机公报私仇，向阎提出要求先通缉马衡，以泄其愤。

北平警备司令李服膺是一位颇有些正义感的军人，当他得知孙殿英欲借机报复，加害马衡的消息后，立即派人赶赴河北易县，向正在那里主持考古发掘工作的马衡作了通报，让其赶紧离开，暂避一时。

在北京大学教授胡适等人的帮助下，马衡连夜逃亡至天津。在夜宿津门的时候，为防不测，马衡用“马无咎”的化名进行住宿登记，意思就是指自己虽然出走，却并没有什么罪过，因此，也就没有什么凶险。之后，“无咎”就成了马衡的别号。

但是，天津毕竟就在北平附近，对于当时的马衡来说，也绝非平安之地。那么，哪儿才是他心目中理想的避险隐居之所呢？那必须是一片远离尘嚣，让人的心灵能够安详和宁静下来的地方。

1930年6月14日，在茫茫夜色的掩护下，马衡安全地登上了转赴上海的客轮。但是，喧嚣繁华的上海显然并非马衡此行的最终目的地。抵沪不久，他便又转道杭州，来到了美丽的西子湖畔。依山傍水的西泠印社，才是他休养生息、慰藉心灵的世外桃源。仅仅两年之前，为了保住这片世外桃源，他曾经竭尽全力；而如今，他也不得不逃离北方来到这片世外桃源，暂时过起隐居的日子。世事变幻，真是令人莫测！

好在马衡有着一颗强大的内心，而西泠印社又是他非常热爱的地方，于是他安安心心地在此住了下来。这一住，就是近3个月。在那段日子里，马衡与频繁来访的丁辅之、叶为铭、方介堪等印学好友们举茶欢谈，切磋印艺，倒也自得其乐。他帮助筹建浙江省立西湖博物馆，为方介堪审读《古玉印汇》印稿，还以“无咎”署名篆刻了不少印章，其中有一枚“无咎无恙”的印章，便刻记着“十九年六月作于西泠印社”的边款。

不久，北方政局再变，在西泠印社安然度过了一段隐居日子的马衡，终于回到了北京。而记录着那段特殊经历的“无咎”二字，便正式成为了马衡的字号。

1931年，日本在东北发动“九一八事变”，开始对华实施侵略。以后，面对外国强盗的入侵，故宫博物院的文物亟待南迁。此时已升任故宫博物院院长的马衡可谓尽心尽责，他义不容辞地挑起了护送国宝的重任。在战火连天的硝烟中，他辗转东西南北，历尽艰难险阻，终于将近万箱国宝毫发无损地运送到西南地区，得到了妥善的保存。直至抗战结束之后，这批珍贵的国宝才传奇般完璧归赵，东返南京。不仅如此，马衡还将自己毕生收藏的大量甲骨、碑帖、金石拓本等珍贵文物全都捐赠给故宫博物院，因此，后人尊称其为“故宫的守护者”。

第十四章

三十而立齐庆贺　抗战烽火骤燃起

自1931年9月在沈阳制造九一八事变后，日本就开始加剧了其侵华的步伐。先是在3个多月的时间里强行占领我东北全境，使3000多万名同胞沦为日军铁蹄下的奴隶。随后，野心勃勃的日军再次制造事端企图进犯上海，作为继续侵略中国的基地。1932年1月28日夜间，日军由租界向闸北一带进攻，驻守上海的第十九路军由蔡廷锴、蒋光鼐两将军率领奋起抗击，在全国人民的声援下，开始了艰苦的“淞沪抗战”。经过一周的激烈战斗，日军向闸北防地发起的数次进攻都被一一击退，甚至被缴获铁甲车3辆，进攻江湾的日军一个联队也被包围歼灭，日军司令盐泽成了败将，因此被免职。

在与日本侵略军激烈战斗的日日夜夜里，上海人民纷纷组织义勇军、情报队、救护队、担架队、通讯队、运输队等配合前线作战，他们赶制了3万多套全新的棉衣棉裤，送往前线给将士们御寒；宋庆龄、何香凝等各界名人也亲赴前线慰问将士，并积极组织筹设了几十所伤兵医院。人民群众的热情支援，使第十九路军全体将士深受巨大鼓舞，他们与日军坚持开展了顽强的抗击战斗。然而就在这年的3月，日本在东北扶植溥仪成立了伪满洲国；南方的国民党政府也乞求由帝国主义操纵的“国际联盟”来进行“调停”，并于1932年5月5日与日本签订屈辱的《淞沪停战协定》。

面对政府的软弱无能，所有富有良知的国民都从心底感到无比的愤怒，但是作为平民百姓，除了愤慨，又能做什么呢？这时候，寓居上海的艺术家们以自己独特的方式站了出来，他们用义捐、义卖的实际行动，对抗日进行声援。其中，西泠印社的早期社员邹梦禅、朱屺瞻、唐云等人，更是成为了一系列爱国艺术活动的重要发起人和参与者之一。

1932年12月，为支援东北人民抗战，东北义勇军后援会等团体在上海举办“全国艺术家捐助东北义军作品展览会”，得到了全国各界名士的大力支持。岭南画派的创始人陈树人捐出自己精心创作的《柿》《墨竹》两幅画作；已七旬高龄的名宿王人文专程从津寄来15件亲笔书写的联对；上海名画家马企周捐出两轴装裱精美的仕女花鸟图；名会计师潘序伦的夫人鲍韫女士捐助山水立轴4件；国府救灾委员长许世英捐出五尺中堂2轴；北平邵逸轩捐助花卉立轴2件；天津钮传善寄来联屏多件；杭州名家余绍宋捐助花卉立轴2件……一时间，捐者如云，蔚为壮观，而捐出的珍品更可谓精品迭出、琳琅满目、美不胜收。

闻此消息，正在上海新华艺专担任绘画教授的朱屺瞻踊跃参加，他一气捐出了多幅作品参加“捐助东北义勇军作品展览会”，并将义卖所得款全部捐赠给了东北义勇军。不久之后，朱屺瞻又举办了首次个人绘画展览，一共展出了60余幅国画和油画精品，其中的《秋树寒鸦图》等被一致公认为品位极高的优秀之作。

邹梦禅是当时另一位活跃在上海滩的西泠印社社员，他当时正在上海中华书局担任《辞海》编辑，不仅消息灵通，而且满怀着爱国的情怀。听说有这么一场捐助抗战的艺术作品展览活动，他毫不犹豫地捐出了数件自己的精品力作。

刚刚参加完义捐东北义勇军展览的邹梦婵，看到灾民甚众，心中不禁忧愤交加。他与唐云、邓散木、白蕉等书画名家商议，当即决定再举办一场“杯水书画义卖展览会”，所得款项全部用于周济困难同胞。尽管艺术家们十分谦逊地取义“杯水车薪”，并以此来表达自己忧国忧民的社会责任感，由于展览会主题鲜明，引发了同胞们的强烈共鸣，大家同仇敌忾，使这场义举又获得了很大的成功。

然而，纵使百姓群情激奋也无济于事，当政者的懦弱，极大地刺激了侵略者的狼子野心，局势变得愈发危急。1933年1月3日，得寸进尺的日军攻陷山海关；3月3日，继续进占承德，并占领了热河、察哈尔两省及河北省北部的大部分土地，直逼北平、天津。5月31日，国民党政府被迫与日军签署了限令中国军队撤退的《塘沽协定》。

此时的华夏大地，已是豺狼横入、危机四伏了。

在杏花春雨的江南，虽然桃花依旧盛开、春风依然熏人，但西泠印社的同人们分明已经感受到了战争的硝烟和血腥的气息，正在一步一步地悄然逼近。

坚守民族艺术，弘扬中华国粹，是这帮江南文人在国家危难之时最力所能及的事情。那么，如何在危机四伏的逆境中坚守金石篆刻艺术的家园？印社同人们不约而同地想到了10年一届的印社雅集纪念活动。从1904年西泠印社建社以来，每逢十周年的纪念日，印社同人们都会从四面八方赶到西子湖畔，以雅集和展览的形式来同庆印社的诞辰。1913年秋，印社同人“以历年经营布置，高可凭临，幽有几席，立社之议，赞扬者众”，在孤山举行了第一次社员大会，庆祝创社10周年。他们仿晋永和修禊故事，几百位金石书画同道济济一堂，彬彬秩秩，觞咏流连，一时传为盛事；1923年9月，印社又开20周年纪念会，汇集了金石家的千余幅书画于社内，在四壁张挂罗列起来，供众人浏览观摩欣赏，一时间又是文采风流，声闻远播。这种别具风格的庆祝形式，已然成了西泠印人们凝聚合力、弘扬国粹的最好方式。如今又逢印社成立30周年，尽管时局紧迫，但大家都认为必须举办好纪念活动。守住这块艺术的净土，就是艺术家们对祖国最好的报效！

社员和社友们都以极大的热情，积极参与到了这项具有特殊意义的纪念活动中来。他们纷纷将自己珍藏的各种书画印藏品拿出来进行展览，很快就征集到了近千件展品。这些古色古香的书画印作在印社的展厅内集中展出，顿时吸引了大批文人雅士前来观瞻。

草木扶疏的孤山之巅，终于又呈现出一派莺歌燕舞、雅趣横溢的祥和景象。人们暂时抛开了被战讯搅乱了的心境，兴致盎然地沉浸于中国古老而又传统的书画篆刻艺术之中，脸上由衷地绽放着久违的笑容。

书画家张志鱼向印社献赠美玉印章一枚以志庆贺，此玉质地通透，上有辟邪印钮，甚为吉祥美观。王福庵见印大喜，当即兴致勃勃地亮出了他的篆书绝活，用古籀文欣然写下了一帧“西泠印社之玺”印面，交由琢玉世家出身的治玉高手陈夔之治成白文玉印。3位艺术家珠联璧合，为印社30周年奉上了一枚极有纪念意义的传世印章。

另一名印社社员童大年也按捺不住对印社的浓情厚意，提笔为纪念活动题写了“西泠印结千秋社，东汉石传三老碑”之联，被摹刻上石后，永久地留存在了西泠印社。

于逆境中夏花般盛开的西泠印社30周年纪念活动，在印社同人和社会众友的协力支持下，终于取得了很大的成功。但是，就在大家优游流连于印社的亭台花镜，忘情地赏析着那上千幅金石书画佳作的时候，一种莫名的沉重与不安，却似一片乌云沉沉地笼罩在创社人之一的叶为铭胸中，久久都无法拂去。

当落日渐渐从西边隐去的时候，前来参加印社成立30周年庆的各界友人终于带着未了的余兴渐渐散去。此时，裙履联翩、高朋满座的印社又回归那种熟悉的宁静之中。忙了一整天的叶为铭终于可以坐下来歇一歇，让疲乏的身体放松了。

但是他的脑海里，却一刻也没有停顿。望着在渐渐暗下来的夜色中变得影影绰绰的仰贤亭，叶为铭的思绪禁不住回到了30年前。

当年，自己和石潜兄都是正值壮年，而辅之和福庵更是意气风发的翩翩少年，大伙志同道合，集同人收藏的旧印，拓之成谱、品评赏玩，真是兴趣盎然，多么快乐啊！之后便有了创社之议，后又推举吴昌硕为社长，大家有钱出钱、有力出力，鞠躬尽瘁，苦心经营，终于使印社不断壮大，声誉日隆。这一晃眼，30年竟已倏忽而过！

让叶为铭更为感慨的是，回想这30年来，不仅建社成绩卓著，同社的诸公也是聚散无常啊！昔日志同道合、亲密无间的印友们，或客居他乡，或归隐道山，而社长吴昌硕吴老、兄长般的挚友吴石潜皆已作古，想到这些人情过往，便有一种说不出的低沉之情郁结于心。再想到当下举国的局势，更是危在旦夕。若国之不存，社将何保？怎能不让人忧心忡忡呢？

那一夜，叶为铭辗转难眠，他既伤人事代谢之无常，更深恐陵谷世事之变迁，思前想后，终于做出了一个重要的决定：编纂一套《西泠印社三十周纪念刊》，将西泠印社成立30年来的经历全部详尽地记载下来，以志历年经营擘画之功，存诸后世备考。

叶为铭是一个非常细致的人，只要他决定去做的事，就一定能做得非常周全。仅仅用了很短的时间，他就收齐了30年来有关印社的几乎所有文献资料，包括《西泠印社启》《西泠印社社约》《西泠印社同人录》，以及所有的社藏石刻印谱、各类碑记释文、印社各景观记、印社祭故印人及故社友文、印社石刻辛酉社员篆书题名、壬子石刻印社隶书题名，以及印社已故社员和印社赞助者的名单等。特别令人赞叹的是，就连当时民政厅和财政厅颁发给业户的宅地地基执照、民政厅测丈队实测印社土地测绘面积图等也都一并收录，并且还对各个景观建筑以图片加文字的形式作了说明，目的是立此为证，以便今后在进行土地实测时，可以有个说法依据。

叶为铭的这一番良苦用心，充分彰显了西泠印人献身公益、献身艺术的那份沉甸甸的责任心，既令后人唏嘘不已，更令后人敬仰之至。

所有的文献资料共达7万余字，经叶为铭的精心编排汇校，终于成册。由王福庵、张志鱼、陈夔之联袂治成的古籀白文玉印“西泠印社之玺”，缩小至1/3大小后被印在了《西泠印社三十周纪念刊》的扉页上。而在《纪念刊》的后记中，堪为首功的叶为铭却十分低调地写道：“爰将社中所有布置，编印成帙，但非导游而作，故名曰西泠印社三十周年纪念刊……”

以自己的文化修为与艺术之长，为保存国学精粹而不遗余力、无私奉献，成为了那个特殊时代中西泠社员同人们献身公益、报效祖国的普遍共识。因此，西泠印社成立30周年纪念活动之后，印社骨干成员们又纷纷参加了各地举办的各类艺术展览和义拍义卖活动。

1936年，浙江图书馆拟集各方之力，发起并举办一场“浙江文献展览会”，目的也是为了保存各种珍贵的艺术珍品和文献资料，进一步弘扬中华文化。这年的7月初，浙江省教育厅决定向北平、上海、南京等城市的相关机构及收藏家们征求展品，不久，浙江图书馆馆长陈训慈专程赶到上海，在西藏路宁波同乡会举办了“浙江文献展览会”上海征品分会的成立会，丁辅之、蔡元培、叶恭绰等印社骨干和挚友都到会表示支持。为了切实推进这项工作，省教育厅还专门成立了“浙江文献展览会”组织设计委员会，西泠印社社员马衡、沙孟海都名列其中，而马衡更是担起了设计委员会会长的重任。

当清风送爽的金秋时节再度降临时，“浙江文献展览会”的筹备工作基本就绪。10月19日，展览会设计委员会常务委员与各级主任的联席会议如期举行，一批拥有西泠印社社员身份的艺术家们都踊跃参与。其中丁辅之、邵裴子、余越园三人为设计委员会常务委员会的常委，而叶为铭则参与了古物组的工作。丁辅之、叶为铭皆为西泠印社的创始人之一，马衡、沙孟海更是印社之后的两任社长，而邵裴子、余越园等人也都是西泠印社的中坚力量，有了西泠同人的聚力支持，“浙江文献展览会”自然声势浩大、影响深远。

1936年10月，正是杭州满城桂花飘香，气候最为怡人的时节。这个月的最后一天，也就是31日的上午9时许，筹备了将近4个月的“浙江文献展览会”终于在舒爽的秋风和阵阵桂香中隆重地拉开了帷幕，马衡、于右任等社会名流纷纷到场参观并表示祝贺。

这次文献展览会从11月1日正式对外开放参观，到11月18日正式闭幕，虽然只有短短半个多月的时间，但是在当时国难迫近、狼烟四起的危急时刻，能够举办如此声势规模的展览，对于凝聚社会力量，提振国人信心无疑是有推进作用的，因此，杭州之外的本省外埠，以及南京、北京、上海等省外的参观者络绎不绝，短短十几天的展览会取得了极大的成功，展出珍品书籍两万多件，观众7.6万人次，成为西湖博览会以后，民国时期杭州规模最大、影响最广的一次文化事件。

然而，此时的国门几乎已经洞开，狼子野心的侵略者早已做好了长驱直入的谋划，叶为铭等人所担忧的“深恐陵谷变迁”之境况，已经逼近眼前。纵使西泠印社的同人们有满腔的爱国情怀，但迫于时局的无奈，也不得不做最坏的打算。

1937年7月7日夜，日军在北平西南卢沟桥附近演习时，借口一名士兵失踪，要求进入宛平县城搜查，遭到中国守军第二十九军严词拒绝。日军趁机挑起事端，向中国守军开枪射击，并炮轰宛平城。震惊中外的七七卢沟桥事变爆发后，抗战在华北战场全面打响。

1937年10月26日，日寇从杭州湾登陆后不久，便分兵进军杭州。12月23日，桥梁专家茅以升亲手炸掉自己设计的钱塘江大桥。此时，上海和南京均已沦陷，国军再无抵抗信心，炸掉城里的重大设施后，撤退到了钱江南岸。

沦陷后的杭州城，顷刻间从天堂沦为地狱。城里的百姓有的被抓做劳工，有的被日军无辜屠杀，更多的人则逃出杭州，流离失所。原本人口达50余万的杭州，一下子骤减到了只剩10万人。西泠印社的三位创始人丁辅之、叶为铭、王福庵，以及高络园、葛昌楹、俞序文等一批印社社员也都背井离乡，避居上海。

西泠印社由此陷入一段最为艰难困苦的时期。

第十五章

三老避走志不移　叶家留守尽护社

正所谓“身当乱世，覆巢之下岂有完卵”。面对日本军国主义带来的血雨腥风，西泠印社诸君唯有离杭躲避战乱，一时同人星散，社务活动自然无法正常开展了。

但是人可以辗转流徙，甚至连印刻、书画等也大部分可以随身携带转移，可留在印社的大量难以搬运的摩崖石碑、龛亭匾额等文物该怎么办呢？偌大的一座孤山又如何能逃脱战争的摧残与侵略者的掠夺呢？一旦遭遇日军的洗劫，西泠印社同人们苦心经营了30余年才创立起来的这番基业，可就毁于一旦了！好不容易振兴起来的金石篆刻艺术，又将陷入怎样一番惨痛的境地？

社址的安危存亡，自然成为当时负责西泠印社日常事务的丁辅之、叶为铭、王福庵等几位骨干最为牵挂的事情。必须在离杭之前做出妥善的部署和安排，想方设法保护印社社址，绝不能让侵略者任意毁损。

三人经过仔细的商议，决定将留守看护印社的重担托付于一位名叫叶秋生的人。

叶秋生是谁？他并不是社员，而只是一位在印社内摆小摊卖字画、茶叶的一名小贩。但是说起这叶秋生一家，又不是普通的商贩，而是与西泠印社有着很深的渊源。

叶秋生的父亲名叫叶六九，曾经是湘军水师创建者、中国近代海军奠基人彭玉麟的幕僚。能文能武的彭玉麟不仅是清朝著名政治家、军事家，还是闻名遐迩的书画家，常于军事之暇，绘画作诗，以画梅名世。当年他曾在三潭印月驻扎办公，空余之时常到附近的俞楼与俞樾诗酒书画，促膝谈心。彭玉麟故世后，其昔日幕僚星散各地，叶六九因喜爱西湖山水，与当时的地方长官和西泠印社的同人们交往也甚好，因此便留在了杭州，从西泠印社创设伊始就居住在孤山之上，对社址的日常事务进行管理。

叶六九过世后，他的两个儿子叶秋生和叶德生子承父业，继续留在西泠看管印社。叶秋生字炳嵩，其弟叶德生字荣，两人虽相差12岁，却同心同德继承父业。两兄弟连家属一共19人，靠着在印社售卖茶叶土产、碑帖书籍和印泥等维持生计。30年来，祖孙三代一直驻守在西泠印社，每天擦桌抹凳、打扫环境，把一个偌大的印社上上下下打理得干干净净。遇到有客人来访，他们便端茶送水，搞搞后勤服务，使来社造访的朋友们都有一种宾至如归的感觉。就这样不论春夏秋冬，不计晨昏寒暑，叶秋生和他的家人们尽心竭力地守护着印社，成了西泠印社不留功名的看护人。

让丁辅之和叶为铭等人特别感到放心的是，叶秋生一家不仅对西泠印社感情深厚，而且对社址的角角落落也都了如指掌，无疑是留守社址的最合适人选了。如果有他们继续看管印社，那么这份筚路蓝缕辛苦经营起来的基业或可得以保存。

但问题是，叶家上下人丁众多，而杭州沦陷后西泠印社肯定人迹罕至，靠零售收入维持生计的这一大家子又将赖何生存呢？

必须解决叶家生活上的后顾之忧，才能让他们能够安心尽责地看管好社址。丁辅之、叶为铭和王福庵当即决定，由三人每月凑集生活费，托人从上海带回杭州转交给叶秋生一家。

“秋生啊，眼下时局混乱，我们不得已暂避上海，这里就全靠你仔细看护了！”作为印社总干事的叶为铭把叶秋生叫到跟前，把三位创社元老商议的结果告诉了他，“至于你们一家的生计，你不用担心，我们会托人定期给你送过来的。”

性情谨慎忠厚的叶秋生一时不知该怎么表达自己的心情，他扬起瘦长的脸蛋，脸颊上的麻点突然显得格外鲜亮。憋了一会儿，只蹦出了实实在在的一句话：“我一定会尽全力保护好这里的！”

安排好印社的事务，叶为铭这才匆匆离开杭州，去了余杭乡下。不久，杭州便陷入日军的铁蹄之下。

1937年12月24日清晨，当地球另一边的人们正沉浸在圣诞节的欢乐之中，憧憬着圣诞老人给他们带来惊喜礼物的时候，日本侵略者却用他们的野蛮暴行，将素有“人间天堂”美誉的杭州城变成了一座生灵涂炭的人间地狱。

9万日军先头部队分三路冒雨蜂拥侵入杭州城区，刹那间，满城一片恐怖笼罩，到处可见端着步枪的日本士兵，趾高气扬的骑兵更是从宝石山下横冲直撞进入市区，美丽的西湖之滨，日军扛着刺刀四处巡逻、随意破坏。来不及撤离的黎民百姓纷纷逃散躲避，如见瘟神一般唯恐避之不及。

日本人占领杭州后，先是建立了杭州治安维持会，后又改名为所谓杭州市自治会。他们在西湖周边的10个城门设立关卡，对进出市民进行严厉的盘查，还强行要求学校、影院、店铺、银行等机构开业，并且建立了慰安所、军妓院，对市民进行奴化教育。日军还在杭州郊区进行大扫荡，大肆掠夺物资财富。

杭州城内的景观文物也遭受了极大的破坏：白堤和苏堤上的铁栏杆、石凳子都被砸毁了，花港观鱼鱼池里的观赏鱼也都被抓走了，西湖边庄园内的文物、家具更是洗劫一空，连寺院的僧房也被烧毁，老百姓更是生活在惊恐压抑和水深火热之中。

而身负护社重任的叶秋生一家，早已在日军入侵之前就提前对印社里里外外做好了各种卓有成效的伪装防护工作。

当年从西湖正面进入孤山的道路只有一条淡绿色木栏的小道，这条小道从孤山路进柏堂院门起，一直从柏堂后面印社的石牌坊沿阶而上。叶秋生兄弟俩带领家人，先把小道两边过于醒目的栅栏全部拆除，然后将原本成型的小道挖得面目全非，再从山上找来枯枝败叶、荒芜杂草，一层一层地铺撒在小道上，经过这番巧妙的伪装，原本的上山小道竟奇迹般地消失了。从外面乍一看，这孤山分明就是一座乱草丛生、人迹罕至的野岭荒山。

而后，叶秋生与叶德生兄弟俩又带领家人，合力将印社社址内显眼的匾额一一拆卸下来，偷偷地藏匿在隐蔽的地方，那些能够移动的古物则被他们挖坑遍埋于山内多地，实在无法搬动的石刻、碑龛等，就用树枝严严实实地遮盖起来。

一切都隐藏妥当之后，叶秋生还是不太放心。于是，平素喜欢在西湖边打鸟的他索性扛着一杆猎枪，以打鸟为名，在山上不间断地巡逻。

此时的日军已在杭城的多个地方设点驻扎，与西泠印社隔了一座西泠桥，仅有几步之遥的岳王庙，就成了日军的一个驻地。每天，都有耀武扬威的日军军官在那里对着难民吆五喝六，荷枪实弹的日本兵更是昼夜警戒，甚至爬上宝石山窥视着整个西湖的动静。而西泠印社所在的孤山，就在日本鬼子的眼皮底下，随时都有暴露的危险！

1938年2月22日，日军派遣一支专业文物劫掠队来到孤山南麓的文澜阁，进行驻扎调查，企图搜出文澜阁的“镇阁之宝”——《四库全书》，将它掠回日本。可是劫掠队整整搜寻了3天仍一无所获，原来他们垂涎已久的《四库全书》早已被有识的爱国人士及时转移到了江南。

在日寇盘踞于咫尺之遥的文澜阁的那几天时间里，叶秋生的心仿佛被一只无形的手紧紧地拎着，怎么也放不下来。他攥紧了手中的猎枪，在印社周边的山林中高度警惕地来回巡查，生怕日寇会把魔爪伸向西泠印社。

有惊无险的是，日寇的心思似乎都在那套《四库全书》上，再加上叶秋生和他的家人们又早把西泠印社的进山道路给封死隐蔽得天衣无缝，所以，那支由日寇专程从上海派过来的文物劫掠队压根儿就没注意到在他们的眼皮底下，还有这么一处文物遍地的金石圣地。

抗战期间，叶秋生一家就这样守着印社，鲜少出山。

起先，丁辅之、王福庵和叶为铭3个人托人带来的生活费还能按月及时送达，后来由于战事危急，上海至杭州的铁路中断，出入更是被严密封锁。在这种情况下，来自上海的生活费时常无法按时到达。而此时的印社由于已被伪装成荒山秃岭，游人愈发稀少，山上的小本生意已经无法经营下去。断了经济来源的叶家十几口人，生活之艰苦可想而知，但即便是吃糠咽菜、忍饥挨饿，叶秋生和他的家人们也从未想过要弃社逃离。他们用毅力和信念坚守着一份承诺，整整苦守了8年，终于使西泠印社躲过了日军的洗劫，使所有的宝物都完好无损地保存了下来。

丁辅之、叶为铭和王福庵3位创社元老虽然迫于时局携家带口避走上海，但却无时无刻不惦记着西子湖畔西泠印社的安危，他们一边不断地托人把筹集起来的生活费带回杭州，一边通过各种渠道密切关注着杭州的情况。

这天，正在上海中华书局上班的丁辅之忽然听到一个不幸的消息：日本骑兵已闯入位于杭州直大方伯附近的头发巷故宅，祖上留存下来的八千卷楼危在旦夕！

这八千卷楼可是清末声名显赫的四大藏书楼之一，从丁辅之的五世祖上丁国典开创起，八千卷楼历经了丁家一代又一代的苦心经营，到丁辅之手里，已形成了八千卷楼、后八千卷楼、小八千卷楼和善本书室4座藏书楼的规模，聚书达1.5万多种、20余万卷，其中有宋本40种左右、元本约百种，另外还有大量的明刻精本、《四库全书》底本、名人稿本和校本、日本和朝鲜所刻的汉文古籍等珍贵的书籍资料。

然而，最令丁辅之牵肠挂肚的，还不是藏书楼里那些珍贵的典籍，而是珍藏在八千卷楼内的500余方西泠八家印章原石。这批印章从丁辅之的祖父丁申和叔祖父丁丙开始收集，最初入藏的是乾嘉年间雄霸印坛的丁敬印章72方；到了丁辅之父亲丁立诚手里，又新增了一批黄易、奚冈和蒋仁的印章，与先前收藏的丁敬印章合成“西泠四家”；之后，再增陈鸿寿、陈曼生、赵之谦和钱松的印章，遂成“西泠八家”。丁辅之继承八千卷楼之后，继续不断增补八家之印，终达500余方之规模，其中，仅浙派篆刻创始人丁敬的印章就达100余方。

对于以“保存金石，研究印学”为己任的西泠印社来说，这批耗费了大量财力呕心沥血收集来的“西泠八家”的印章原石，无疑具有特别重要的价值，无论如何也要想方设法抢救出来！

心急如焚的丁辅之赶紧叫来二儿子丁政平，语气相当沉重地嘱咐道：“儿啊，听说日军已经侵入我家的老宅，藏在八千卷楼里的‘西泠八家’印章安全难保呀！你赶紧连夜赶回杭州，把这批印章给我抢救出来，绝不能任其落入日寇之手！”

丁政平受领父命，当即星夜启程。然而，当时的沪杭两地因被战火延及，导致交通瘫痪，沪杭之间的铁路已经中断，为了完成父亲交办的重任，丁政平不惜另取它径，终于绕道回到杭州。

一进杭城，身负重任的丁政平便直奔头发巷，悄然潜回老宅，按照父亲交代的位置，从八千卷楼内取出了这批意义非凡的印章原石。随后，他顾不上休息，又马不停蹄地赶回上海。

丁政平前脚刚从八千卷楼抢救出西泠八家的印章，日本鬼子后脚就扫荡了藏书楼，并且一把大火将丁家苦心经营了近30年的八千卷楼焚烧殆尽。这真是不幸中的万幸哪！

当丁辅之从儿子手中接过这批逃过一劫的印章时，忍不住老泪纵横。他既为这些凝聚了自己一生心血、历年散财收集起来的珍贵印章得到及时的抢救而感到欣慰，又为故乡祖祖辈辈留存下来的八千卷楼被无端焚毁而倍感心痛。

悲愤之余，丁辅之决定将这批“西泠八家”印章精拓成册，为后人考证“西泠八家”留下珍贵的资料。他投入大量精力，用9294个工工整整的蝇头小楷，在拓有印蜕的册页上详细记述了每方印章的来历，以及篆刻家的生平和艺术成就等。由于有一些印章被烧毁丢失，故丁辅之将印谱取名为《西泠八家印存》，以表达历劫不磨之志。《西泠八家印存》孤本传世，成为西泠印学的最后记录，被誉为篆刻印学中的圣经。

无独有偶的是，另一位西泠印社的早期骨干社员、精于鉴赏的收藏家葛昌楹也经历了一番与丁辅之惊人相似的救印制谱历程。1938年6月，避难在上海的葛昌楹嘱咐女佣翠花，悄悄回到平湖的葛氏大宅，将埋藏于花厅花台下的印章悉数取出，并且分批运往上海。

当时，与丁辅之、葛昌楹等人同时迁居上海的西泠印社社员还有高络园、俞序文等，四君相聚，痛国土之沦丧、民众之遭殃、文物之受劫，于是共议出四家之劫余印章合制精装印谱，并且将印谱命名为《丁丑劫余印存》，以表达对侵略者的愤慨和国家沦丧之痛心。此印谱共收明清273家1900多枚印章，堪称洋洋大观，而且收入的印章均为流传有序的精品，如文彭的“七十二峰深处”、何震的“听鹂深处”、程邃的“徐旭龄印”、邓石如的“意与古会”、丁敬的“曹焜之印”等，皆属印坛珍宝。

得知印社同人们有此义举，感慨万千的王福庵特刻一方白文长方印，详细记录了这段不同寻常的经历。他在印文中这样刻道：“戊寅夏，杭县丁鹤庐、高络园、余杭俞荔庵、平湖葛晏庐（葛昌楹字）同辑劫余所藏印记。”同时，又署款文曰：“丁丑，浙西沦陷，丁氏八千卷楼、高氏二十三举斋、葛氏传朴堂均遭劫焚，俞氏香叶簃虽幸存，亦被掠劫……惟葛氏犹有窖藏，未知能名遗失否。戊寅夏至，抑拓成谱。曰：《丁丑劫余印存》。他日葛藏检得，再行续辑。属治此印，余乐为奏刀，俾印林纪此一段雅故，际此风尘澒洞之时，犹得天涯聚首，朝夕摩挲金石，真不减当年西泠人倚楼头，初创印社之况味也。古杭王福庵氏，时客沪西并识。”

如此长印文、长边款的印章实属罕见，非义愤填膺有感而发不能为之。然而，刻罢长文长款印的王福庵仍意犹未尽，于是，又一鼓作气，补刻了一方更能表达西泠艺人志气的“历劫不磨”朱文方印，钤盖于《丁丑劫余印存》卷首的白文长方印侧，并且署款：“是岁七月朔日，晏庐走相告曰，窖藏已检得，亟奋拓之，为之欢喜无量，因再篆‘历劫不磨’四字以颂之。”

第十六章

历劫不磨逐印艺　生生不息得发展

在战争的炮火下，往昔那些从容而又优雅的品茗叙雅、笔墨酬唱的文人聚会活动只能悄然隐没了。值得庆幸的是，正如王福庵在《丁丑劫余印存》卷首所篆的“历劫不磨”之印那样，西泠印社的文化血脉并没有被战争和匮乏所截断，反而在战争的磨难中愈发呈现出一种坚忍不拔的精神，愈加飞扬出个体的生命活力。

在抗战期间，虽然西泠印社的社团活动无法正常开展了，但散落在各地的印社社员们却始终没有放弃对金石篆刻艺术的追求和弘扬，他们以各种方式力所能及地发挥着自己的艺术修为和学养，在从艺治学的道路上艰难而执着地前行。

在此期间，社员多以个人方式开展艺术活动，丁辅之、王福庵、张鲁庵、葛昌楹、高络园、秦康祥、吴朴堂、童大年、韩登安、诸乐三、方介堪等都有个人印谱问世；黄宾虹、潘天寿、马衡、张宗祥、傅抱石、陆维钊、沙孟海等亦有论著发表。

工书善画能治印的西泠印社早期社员高络园，于1938年上海、杭州相继沦陷之际，就辑成印谱五种，分别为《次闲篆刻高氏印存》2册、《二十三举印摭》2册、《二十三举印摭续》2册，以及集陈豫钟、陈曼生印作的《二陈印则》10册和集丁敬、黄易印作的《丁黄印范》6册。1939年他与丁辅之、葛昌楹、俞序文合辑《丁丑劫余印存》之后，又于1944年利用自己收藏的印章，出版了《乐只室古玺印存》10册、《乐只室古玺印存》1册和《乐只室印谱》11册等3种印谱。其中的《乐只室印谱》集结了高络园所收集的元明至民国初年136位篆刻家的印作，起于赵孟頫、文彭，止于钟以敬、吴昌硕，具有极高的学术研究和史料价值。高络园的二兄、同为印社早期社员的高野侯还为这套印谱专门作了序言，曰："吾弟抱持劫余，四处搜访，不惜糜泉货、竭精力，所聚仅仅得此。亟摹拓以传示后昆，保存先泽意至笃也。此荀卿所谓持之有故，言之成理者，吾弟知之矣。"

高野侯的序言，真实地记载了其弟高络园为保存印学不惜破财费力的集印经过，生动地体现了老一辈艺术家在困境中坚持艺术追求的精神。

西泠四老之一的丁辅之更是身居上海，心系西泠，他一面和王福庵、叶为铭不断筹集费用捎回杭州给守护印社的叶秋生一家，一面继续通过他最擅长的印谱出版事业，积极推进印学的研究。他先是与高络园、葛昌楹、俞序文合辑出版了蔚为壮观的20卷《丁丑劫余印存》，以记录并抗议日寇于丁丑年占领杭州，致使文物被毁、百姓涂炭之恶行。这是一部既有时代意义，又内容精美丰富的重要印谱，收集了上起文徵明、文彭父子，下至民国叶玉森、高迥等的大批印作。1944年，丁辅之又为葛昌楹、胡佐卿编辑《明清名人刻印汇存》，并题诗五言排律一章，集商卜文并释曰：丁丑集成先，于今已七年。战争弋未止，文物我周旋。同好翊三五，旧藏守八千。琴亡凄执友，序文前岁病故。印学续高贤。用石元称始。垂名明识别。烬余珍乱后，派别考镫前。不独搜罗广，从兹形势传。艺事在心专。

一句“战争弋未止，文物我周旋”堪称当时西泠印社同人反对战争、努力保存文物的真实写照。西泠艺人为保护国粹国宝挺身而出的那种强烈责任意识，令人油然而生敬佩之情！

而这套由葛昌楹、胡佐卿编辑的《明清名人刻印汇存》，也是上起文徵明和文彭父子，下至晚清柯怡、胡然，共计205家印人的经典之作，印谱共钤拓成21部，是继《丁丑劫余印存》之后的又一套重要印谱。而且这套印谱在朱钤其印面的同时，还以墨拓其印面，朱墨并陈，正反各一，相得益彰，饶有趣味，对读者研究各家之用刀极有裨益。因此，高野侯在序言中盛赞：“硃抑以传印之神，墨拓以究刻之法。反复引证，嘉惠学人，一叶也。绪论雅言，萃于印跋；秦籀汉篆，记于印边。印款悉摹，《清仪》媲美，二也。抑借紫泥而益彰，拓用桐烟而益妙。宣和旧制，节庵擅其长；《传古》雅言，秀仁悟其秘。加之以书徵精审。佐卿之别疑，所谓四美具也。”

抗战期间，困居在北平的西泠社员、大国画家黄宾虹，虽然生活日渐拮据，却一直坚持古印的收藏和研究。1941年，他在写给爱国民主人士陈叔通的信函中称：“间获秦印，考其文字，观古今之变迁。”次年，又致函陈叔通：“近获数十钮，专以六国文字，而汉以后不及之。”足见身处逆境之中的黄宾虹，始终没有放弃对金石艺术的坚守。

除了在战乱之中竭尽全力地收集和保存金石印作，编辑出版各种印谱之外，西泠印社的骨干们还通过各种场合大力传播印学，积极传授篆刻艺术。1944年，正在国立杭州艺专任教的潘天寿专门推出印学课程，亲自给学生讲授《治印》。为了更加系统全面地传授篆刻艺术知识，潘天寿专门撰写了一部约4万字的《治印丛谈》，从印学的源流、名称、分类、体制、别派、选材、参谱、明篆、布置、着墨、运刀、具款、濡朱、工具、余论等十几个方面来加以论述，可谓胜义如云、精彩频现，如“作印须有笔有墨。笔墨者，谓其具有篆笔之致也”“画有六法，印亦有六法：一曰气韵生动，二曰刀法古劲，三曰布置停匀，四曰篆法大雅，五曰笔与刀合，六曰不流俗套”“印之所贵者文字也。不究心于篆而工意于刀，惑也”“有清乾嘉之世印学大兴，名家辈出。然非篆隶书工夫渊邃，虽毕生锤凿精工亦匠，终不能参上乘禅也”“凡人笔意，各出天性。或出清秀，或出浑厚，各如其人。但得情趣，均成佳品。倘俗而不韵，虽雕龙镂凤，亦不足观”等精辟的论断，对推动当时的印学传播都起到了积极的作用。

同是1944年，正在主持故宫博物院西迁文物维护工作的马衡，也在当时最著名的学术期刊《说文月刊》上发表了一篇题为《谈刻印》的论文。他在论文中这样写道：

余常闻之人曰：“某人善刻印，今之金石家也。”一般人以为刻印即是研究金石。其实，金石二字岂是一支铁笔（刻字刀）与几方印石之谓？依此解释，未免浅视金石学矣。盖金石者，乃指金文及碑版而言。金文者，商周以来铜器之文字；碑版者，秦汉以来刻石之文字也。治史学者每患文献之不足，乃于书籍之外搜寻其他史料。金石文字为当时人之记载，所谓直接史料，其可信之成分远胜于辗转传写之书籍。研究此项直接史料，始得谓之金石学。

故刻印有其应具备之道德，有其应充实之学识，亦有其应遵守之规律在。一、篆文须字字有来历，不可向壁虚造不可知之书，圆朱文尤以此为重要之条件。惟人名、地名遇后起字为《说文》所无者，宜以缪篆写之，所谓名从主人也。二、近来古玺日多，用印及刻印者多喜仿效。宜视其文字恰合者应之，否则宁拒其请求，免贻不识字之讥。三、刀以传其所书之文，故印章首重篆文，次重刀法。不可徒逞刀法，而转失笔意。

刻印家欲知印之源流、沿革、形式，文字之变迁，应先研究古印自属当然之事。即以文字源流而言，不但古印应研究，即一切金石文字也在研究之列。故金石家不必为刻印家，而刻印家必出于金石家，此所以刻印家往往被称为金石家也。

马衡的这篇论文从刻印与金石研究之间的关系，说到入印篆文规范的重要性，并且提出了“金石家不必为刻印家，而刻印家必出于金石家”的观点，可谓深入浅出、创见颇多，充分体现了西泠学者一丝不苟的严谨治学态度。

就在星散于上海、北平及各地的西泠印社社员们顶着逆境，纷纷以个人的力量坚持开展与篆刻艺术相关的研究与创作的时候，在浙江中部的金华、龙泉等地，却出现了包括西泠骨干在内的大批金石书画家云集交流的可喜现象，他们在那里开展了卓有成效的艺术创作活动，甚至还诞生了一个颇具影响的印学新社团。

抗战爆发后，在杭的机关院校纷纷迁往浙中避难，各艺术相关机构自然也不例外。先是国立杭州艺专的100多名师生于杭州沦陷前不久，在校长林风眠的带领下辞别西湖，从钱塘江南星桥码头登船，溯江驶向诸暨吴墅西施故里。未及十日，又传来杭州沦陷的消息，学校于是继续西迁金华，随行的有潘天寿、吴茀之等著名画家；而后，浙江博物馆的前身省立西湖博物馆，也于杭州沦陷之前迁往浙中的龙泉，因此，金维坚、余任天、韩登安、金石寿等大批印坛名家也都云集在浙中。这些金石书画家朝夕相处、交流频繁，于书画、印学等艺术上大为进益。

龙渊印社，一个崭新的印学团体，于这样的逆境之中，在浙中的大地上萌发并诞生，使流落到浙中的西泠印人有了寄托心灵、继续逐艺的舞台，使中国的篆刻艺术得到了生生不息的发展。

当时，战火纷飞，人心浮动，客乡游子倍觉寂寞与不安，不少篆刻爱好者闲来就常到西湖博物馆聚会，借着研究探讨印学来抒发心中的郁闷。眼见大家在战事不断的多事之秋，仍一片痴心地钟情于篆刻艺术，时任西湖博物馆馆长兼浙江大学龙泉分校副教授的金维坚感慨万分，他觉得自己有责任和义务来为大家做一点事。于是他把余任天、金石寿、王世安等几位志同道合的好友召集在一起，提出一个大胆的设想。

“如今战事纷乱，省城沦陷，西泠印社因此停滞，但金石印学乃我中华之精粹，不可任其湮没！”金维坚慷慨激昂地环视着几位好友，朗声倡议道，“我等何不于此新立一社，继承弘扬金石印学文化之责，不知众兄意下如何？”

此议一出，顿时引来几位朋友的一致叫好。金维坚于是趁热打铁，草拟一则《筹组龙渊印社小启》在同好中广为发布，启示这样写道：“飘蓬人海，避地剑川；待靖时艰，恢宏国粹；纵横刻画，寄托乡愁。第念学从切磋，求始嘤鸣，欲期广益，端赖集思，用约鸿彦，筹组印社。”

小小一则启事，竟被金维坚写得如此文采斐然、言简意赅，饱含真情、胸怀责任。于是《小启》迅速传播开来，并且得到了避居浙中的大批金石书画家和篆刻爱好者的纷纷响应，要求入社者人员甚众，络绎不绝，踊跃参与，共襄盛举。

伴随着1945年早春二月的脚步，一个筹划了将近一年时间的专门从事印学切磋研讨的民间艺术团体，终于通过金维坚、余任天、金石寿、王世安、毕茂霖、姚赞唐、朱麟、吴士超、周庆岐、钱启绂等10人的联名发起，在龙泉正式成立了。印社取何名为宜？经过众人商议，因龙泉古称“龙渊”，故定名为“龙渊印社”。

1945年3月4日，料峭的春寒尚未退去，新绿却早已在枝头上悄然绽放。经龙泉县政府有关部门批准，龙渊印社正式举行了成立大会。在龙泉城北安清路保资庵省立西湖博物馆内，31名到会的首批社员济济一堂，共议印社的未来与发展。会上讨论通过了简章、社址、雅集、社规等决议，并民主选举产生了印社的领导机构组成人员。金维坚、金石寿、王世安、余任天、毕茂霖、吴士超、姚赞唐等人被选为理事，金维坚为理事长，余任天、金石寿为常务理事，潘臣清、徐衡瑄、毛安康为监事，潘臣清为常务监事。

作为龙渊印社的发起人之一，常务理事余任天看到印社终于呱呱坠地，自然是格外兴奋。他兴致勃勃地为印社刻制了两方“民国卅四年三月四日龙渊印社成立纪念之章”，朱白文各一方。

余任天不仅是新浙派绘画的重要奠基者和代表人物之一，而且艺术造诣全面，被誉为“四绝压群伦”的艺术全才。他诗书画皆能，气格不凡，篆刻更是气概纵横、雄健苍润。在龙泉避难的时候，他技艺难痒，便四下寻找印石，怎奈当时战火纷飞交通阻断，印石根本没有供应。于是，他竟灵机一动，跑到龙泉山上仔细搜寻，取回了不少大石头。到家后，余任天将石头清洗干净，并用钢锯将石头一一分解成条块状，充作印章石使用，效果竟还不错。解决了石材问题之后，余任天就一头扎进了篆刻创作之中，他夜以继日，伏案奏刀，每天都要刻至深更半夜方才罢手。

龙渊印社成立之后，开展了一系列积极有效的工作，如每月两次的雅集、设计社徽、购置印石、打制刻刀等。当时的雅集，所选印题几乎都与抗日有关，如“禹甸重光”“抗战必胜”等，都是社员们十分热衷的治印选题。

当时，被大家公推为理事长的金维坚其实公务特别繁忙，为减少他的应酬，邓散木、邵裴子、潘天寿、王质园、李超英、方青儒、阮毅咴、余绍宋、郑文礼、吕公望、许绍棣、刘湘女等12人共同为金维坚代订了润例。润例这样写道：

西湖博物馆馆长、金华万绿庐主金维坚先生，字叔闻，博雅多才，寝馈铁书历有岁月，研摩秦汉探厥津源，不懈而及于古，创龙渊印社，集印人于一堂，振艺林之坠绪，继往开来之志，至足多焉。交游既广，求索遂多，深夜篝灯，扰虞不给，同人等念其辛劳，爰为代订润例，以示限制，籍免公余之劳，并纾其腕力云尔。

文人间的诚挚情谊溢于言表，一时传为佳话。

由于诞生于特殊的抗战时期，凝聚着一群中国知识分子艺术卫国的理想情怀，龙渊印社得到迅速发展，鼎盛时期社员人数发展到了104人，远及江苏、安徽、福建等7省均有印人参社，而浙江籍的75位社员更是包罗了全省的34个县，成为继西泠印社之后的我国第二大印社。龙渊印社创办不久，还编辑出版了一份油印本的《龙渊印社月刊》，这是我国篆刻史上的第一份印学刊物，在中国篆刻史上留下了不可磨灭的功绩。

成立于国难当头、西泠印社暂时停歇之际的龙渊印社，社员们以篆刻相互鼓舞斗志，慰藉心灵，有着不同寻常的历史意义。伴随着龙渊印社成长起来的大批篆刻家，如余任天、韩登安、叶一苇、周节之、周律之、郭子美等，之后也都先后加入了西泠印社，成为西泠印社的重要艺术骨干。

第十七章

拒绝媚敌守气节　投身抗日为家园

在抗战的艰苦岁月里，星散在各地的西泠印社社员，不仅以历劫不磨的坚强意志，痴心不改地追逐着金石篆刻艺术，为保存和弘扬中华国粹力所能及地贡献着每个人的力量。更令人敬佩的是，一大批铁骨铮铮的印社社员在侵略者的强权压制和利诱逼迫下，皆不为所动、拒绝媚敌，坚守住了中国文人强烈的民族气节，为抗击日本侵略者做出了表率。

抗战爆发后，各地纷纷沦陷，有些略通艺术的入侵日军便借着侵略者的淫威，想趁机捞一些金石字画，以便日后回国发财；还有的日军则妄图通过邀请中国艺术名人加入侵略者组建起来的各种机构组织，以期粉饰太平、愚化中国国民。在大是大非面前，马公愚、黄宾虹、武曾保、方介堪、白蕉、邓散木等西泠社员都表现得十分令人敬佩。

素有“艺苑全才”之誉的马公愚是中国艺术专科学校的创办者，他出身金石书画世家，幼承家学，为我国近代著名的艺术大师。他的篆刻取法秦汉，探本求源，无丝毫近人习气；他的书法更是篆、隶、真、草无一不精，盛名遍播大江南北。日本侵略者占领上海的时候，因慕其名，曾多次派人登门以要职相邀，期望他能为日军所用。在优厚的名利面前，马公愚丝毫不为所动，他以自己心肺有病为由，一次又一次态度坚决地回绝了邀请。

心肺有病，当然只是马公愚拒绝媚敌的一种托词，但在国难当头、横遭侵略之际，作为一位有气节的国人，痛心疾首、肝肠寸断又何尝不是事实呢？为了向日军表明自己的态度，马公愚干脆用大楷恭恭敬敬地录写了一幅巨大的文天祥《正气歌》，悬挂在客厅的最醒目处，一方面用以明志，另一方面用以正告那些企图再来游说的人：想要我马公愚变节事敌，门儿都没有！

另一位西泠印社的早期社员黄宾虹，更是一位影响深远的国画大师，他的一生，也是讲究气节、关心国家存亡的一生。1939年，日本著名画家中村部哲折和桥本关雪委托画家荒木石亩来北平看望黄宾虹。二人都是黄宾虹多年的老友，曾相聚多次。此次因年纪大行动不便，便托付荒木石亩宴请黄宾虹。黄宾虹获悉避而不见，并请学生石谷风转告荒木石亩：眼下中日交战，私人交情再好，也没有国家民族的事大，宴会不去，也不想见他。荒木石亩却因背负师命，执意要见，黄宾虹只好写了这样一张告示贴在门上：黄宾虹因头痛复发，遵医生所嘱需静养，概不会客，请予谅解。

北平沦陷之后，正在北平艺专任教的黄宾虹决定放弃那里的事业，回归到南方生活，却无奈由于种种原因未能走成，于是黄宾虹干脆闭门谢客，以避开日伪的纠缠。1940年，北平文物研究会向日伪政府推荐黄宾虹出任北平美术馆馆长，并三番五次地来和他商议。那时的黄宾虹生计已经出现困难，经常三餐不继，不得不依靠出卖一些旧藏的书画来救急，但是尽管朝不保夕，生活处境困难，面对这送上门来的肥差，黄宾虹依然毫不犹豫地予以拒绝。他对夫人宋若婴说："这和当年筹安会派谢莲荪做说客是一样的招式。"

黄宾虹说的筹安会谢莲荪，是指袁世凯窃国称帝时，派出四处笼络知名人士的一名北京筹安会干将。此人曾是黄宾虹的旧识，一日忽来造访，称"筹安会让兄弟专程来邀请宾虹赴京，共成大业，万望勿辞。至于待遇么，北京方面将从优考虑"。结果被黄宾虹一口回绝，他对朋友说："助纣为虐，不是君子所为。"如今在日本帝国主义统治下，作为日伪政府管辖的北平美术馆馆长官职，他更视若粪土，不屑一顾。

可是日本人对艺名隆盛的黄宾虹仍觊觎不已，尽管他一再坚拒各种利诱，但日本人还是不断地想尽各种办法来拉拢他。1943年1月，黄宾虹八十寿辰之际，他的朋友、弟子争相祝寿，海内外友好人士亦纷纷函电祝贺，上海宁波同乡会更是为他举办了"黄宾虹先生八秩书画展"，并印发《黄宾虹山水画册》及"特刊"，北平著名画家齐白石也送来《蟠桃图》。一时间，祝寿的信函电文往来不绝，忙得黄宾虹不亦乐乎。忽一日，北平艺专的两位职员登门造访，送来一封日本人的专函，拆开一看，竟是北平艺专的日本"辅佐官"伊东哲发来的，称"为了共存共荣，特为黄宾虹君举行庆寿大会"，并说到时候会专门派汽车过来接送。

面对这样的"礼遇"，黄宾虹心里非常明白日本人的用意，他神情淡然而态度却十分坚决地说道："我不愿参加的，你们也不必用汽车来接了。"在那个艰难的年代，黄宾虹坚守"青山则无衰老可忧"的信念，他通过自己的山水画作隐晦地告诉朋友"祖国不会亡"，寄托了无限的爱国之情。

同样铁骨铮铮的还有武曾保和方介堪两位老社员。武曾保工八分书，以书入画，粗笔横扫，绵劲蕴藉，设色明丽，尤其是他的牡丹画为当时一绝，有“武牡丹”之称。日寇侵入杭州以后，有个别世家子弟反颜事敌，前来诱劝武曾保参加伪组织，均遭武曾保严词拒绝。不料没过多久，忽然又有日本军官上门求画，武曾保当即以年老体衰，无法胜任为由加以拒绝。没想到狡猾的日本军官发现几案上有现存的笔墨，知道武曾保借故推托，便纠缠不走。武曾保见实在无法硬拒，只得随手涂梅一枝以为敷衍。哪知这日本人竟得寸进尺，又要求在画上注明日本昭和年号，这下武曾保可不答应了。他决计要要一要这不知好歹的日本鬼子，于是神色镇定地说道：“今日老夫实在体力不支了，容待后日来取吧！”日本人走后，武曾保来不及仔细收拾，便匆匆忙忙避走乡下，再不现身杭城。经过这番折腾，武曾保对家乡沦陷更感痛心，他整日郁郁不乐，患上疾病也不肯服药，终使病情越发严重。

祖籍浙江温州的西泠印社早期社员方介堪是著名的篆刻大师。抗战期间，任职上海艺专教授的他回到温州，饱尝了沦陷离乱的困苦，又经历了中年丧妻之痛，可谓心力憔悴不堪，然却始终不失民族气节。温州第一次沦陷，先前无丝毫消息，方介堪因而被困城中。忽一日，有汉奸带来日寇登门造访，要求方介堪给日军刻章，方介堪获悉避而拒刻。日军离开后，方介堪对子女说道：“梅兰芳蓄须拒演，我应当弃刀拒刻。”

在避居的西泠印社社员相对较为聚集的上海，也不断涌现社员拒绝媚敌的事迹。精书法、擅篆刻，亦能绘画与诗文的西泠中人白蕉，是一位颇负盛名的书画名家。1940年，他的父亲去世后，母亲又不幸罹患重病，心急火燎的白蕉匆匆回乡探望，恰逢日本军官宴请当地名人，白蕉亦在受邀之列。然而，对于日寇侵略行径深恶痛绝的白蕉，在接到邀请那一刻，当即愤然予以拒绝。

1943年，白蕉又和另一位著名的书法篆刻家邓散木一起接到了日伪的请柬，这次，日本人邀请他们出席“中日文化协会”举办的活动，并请他代表“华方”发言。两人接到请柬也都当场撕毁，给日伪吃了一个无情的闭门羹。

除了严词峻拒日本侵略者的威逼利诱，许多的西泠印社社员更纷纷以实际行动投入支援抗战、保家卫国的行动中来。

“二十文章惊海内”的李叔同，是集诗、词、书、画、篆刻、音乐、戏剧、文学于一身的艺术大师，向他求书求画求刻印的慕名者一直是络绎不绝。抗战事起，面对来自四面八方的求书者，已经出家为僧的李叔同便坚持只写同一内容的对联，联文为：念佛不忘救国，救国不忘念佛。即便已经遁入佛门，也始终不忘中华儿女的丧国之痛。

一袭布衣的马一浮则于抗战爆发后来到四川乐山，仿先儒自由讲学之制，在乌尤山北麓、麻浩河畔开办复性书院，建濠上草堂。马一浮是中国国学大师、一代儒宗，一生著述宏富，德高望重。在西泠印社的所有社员中，若论学贯中西、精研文史哲，淹通诸艺而博大精深者，马一浮无疑首屈一指。他学识渊博，却无心过问政治。民国改元时，蔡元培任教育长，欲聘任马一浮为秘书长，面对这个众人瞩目的职位，马一浮却婉言谢绝。之后蔡元培又想请马一浮担任国立北京大学的文学院长，马一浮竟再度婉拒。抗战事起，浙江大学迁至泰和，当时马一浮正在附近的开化避寇暂居，浙大校长竺可桢聘请他为国学讲座，他这才答应下来。后经学者的邀请，才入蜀创设书院。

蒋介石对马一浮慕名已久，之前亦多次相邀谋面，却被马一浮一再婉言辞谢。听说马一浮进蜀创设书院后，便又敦促友人前来邀请，这次，感觉实在盛情难却的马一浮只得勉强赴约。

蒋介石以为这次定能博得一代儒宗的一番颂扬，没想到寒暄过后，从不过问政治的马一浮竟直言不讳地说道：“值此时期，务望以国家民族为重，捐弃一切宿怨私嫌，联合各党派，共同一致抵御外侮……”说罢这几句话，竟站起身来，告辞而出。

马一浮的一身才学与超然气节，深深地吸引着众多追随者。著名漫画家丰子恺就是其中一位执着的弟子。这位李叔同曾经的弟子，在抗战爆发后辞别了故乡石门湾的缘缘堂，率领全家往大后方避难。当他得知马一浮去四川乐山就任复性书院院长后，立即携家带眷前去重庆，并专程转赴乐山探望马一浮。师徒二人畅叙离别之情，共慨亡国之恨，表达了对日寇侵略暴行的痛恨。之后，丰子恺便以“五寸不烂之笔”对抗暴敌，创作了不少宣传抗战的漫画。

西泠中人王个簃是现代著名书画家、篆刻家、艺术教育家。日军侵犯上海之际，身居沪上的王个簃闻悉第十九路军五二四团的少校团附谢晋元率数百孤军固守闸北四行仓库，英勇抗日，极大地鼓舞了人民的抗战热情，王个簃豪情顿起、诗兴大发，当即以诗抒志：北风卷地军威壮，更乘诗芳万古雄。

身在故居浙江屠甸的印社早期社员钱君匋，虽然偏居乡间，亦不忘服务抗战。他不仅是著名的篆刻书画家，更是一位书刊装帧设计大师，素有“钱封面”之称。当年因杂志社、出版社委约不断，丰子恺、夏丏尊等同为西泠中人的知名人士还专门代他订立了一则《钱君匋装帧润例》，除印成单张派发外，更刊登于开明书店的杂志《新女性》之上，并且明文规定“非关文化之书籍不画、指定题材者不画、润不先惠者不画”。炙手可热之程度足见一斑。

抗战爆发不久，中华民国交通部邮政总局在《申报》上连续刊登启事，公开征求“航空救国”邮票图稿。获悉这一消息后，钱君匋放下手中的众多业务，专门腾出时间，精心设计了6枚充满着爱国情怀的航空救国邮票图案。

而远在日本旅居的印社中人钱瘦铁，更是心向祖国，痛恨日寇。作为中国画会创始人之一的钱瘦铁不仅擅长国画，而且篆刻书法也堪称一绝，曾与别号“苦铁”的吴昌硕和号“冰铁”的王大炘一起，被誉为“江南三铁”。日本疯狂侵略中国后，对旅日爱国华侨亦加紧了迫害。当时，钱瘦铁与旅居日本的郭沫若过从甚密，对于日本当局悍然侵略中国的行径，两人都深感不满，于是就商议先后回国，共赴国难报效祖国。

为了帮助郭沫若先行回国，钱瘦铁悄悄为他筹集了款项。这天天刚蒙蒙亮，钱瘦铁雇了一辆车来到郭沫若家中，让郭沫若脱下睡衣，偷偷换上自己的西装和皮鞋，使他顺利地躲过警察和宪兵的监视，抛妻别子化名回到祖国。

谁知，这件事很快被日本警方探知，由于钱瘦铁平时就常对日本侵华政策加以公开谴责，日本警方趁机将他逮捕。在警局里，日警对钱瘦铁百般凌辱，强令他下跪认错。刚正不阿的钱瘦铁怒不可遏，他一边大声喝道：“此不唯污辱我，实即污辱整个中国人！”一边随手抓过桌上的金属烟灰盅砸向日警。旁边的几名日本警察见状，立即蜂拥而上，群起猛殴孤身一人的钱瘦铁，直到将他打晕在地。

不久，钱瘦铁被日方以扰乱治安及杀人未遂的罪名判处4年徒刑。入狱后，钱瘦铁仍昂然不屈，绝不向日本人低头。他的一身正气感动了狱中一位通晓医术的朝鲜籍政治犯，他主动为钱瘦铁疗伤，给了钱瘦铁很大的鼓励和帮助。而颇有正义感的画家桥本关雪等日本人士对钱瘦铁也表示了深切的同情，他们在外为之奔走，将案情在报章披露。1941年6月，刑满出狱的钱瘦铁被日方警察押送上船，遣送回国。对于钱瘦铁的这种爱国行为，友人赠诗赞曰：“当年投狱甘无悔，自有干生国士知。”

同样曾在日本旅居学艺的著名画家傅抱石，也是西泠印社一位优秀的中期社员。抗战时期，任教于南京中央大学艺术系的他先是随校进川，而后，又离校追随郭沫若参加抗日宣传工作。当时，地处长江中游的武汉随着京、津、沪、宁的沦陷失落，一度成为全国政治、经济、文化的中心。由于国共第二次合作成功，抗日民族统一战线初步形成，一个声势浩大的群众抗日救亡运动正在酝酿和兴起之中。由郭沫若担任厅长的政治部第三厅坚持党的统一战线政策，集中了当时国统区文化界的许多代表人物，可谓是人心所向、人才荟萃，发挥了战斗作用，在群众中享有很高的声望，团结了各民主党派和人民团体一致抗日。傅抱石受到郭沫若的邀请，怀着满腔的爱国热情奔赴武汉参加第三厅工作，他曾在内地举办多次画展，均取得很大成功。

另一位西泠印社的中期社员朱复戡年轻时就是一名铁血男儿，与军界颇有联系。抗日战争爆发后，朱复戡积极投身其中，用其书法和篆刻为抗战出力。他曾用自己最为擅长的白文古玺，篆刻了一枚“沪战劳军文物”章，在印章的边款中，朱复戡这样写道：

八•一三，暴日倾师寇沪。我将士浴血抗战，忠勇壮烈，敌胆为丧。各界民众纷起慰劳。艺术作家爱国亦不后人，恒有劳军画展之举。此次抗战，乃为全民争生存自由。慰劳意义，既重且大。故展委会嘱刻此印，加盖于售出各件，以留一永久深远之纪念云尔。

第十八章

中国书画传东瀛　扶桑老友陨战火

正当流落在中华各地的西泠印社同人们与日本侵略者展开斗智斗勇的周旋，千方百计地为保存中国的金石书画而不懈努力的时候，以赵之谦为代表的中国书画艺术家的作品，却通过另一种和平友好的途径，在日本广为传播开来，并且产生了极大的影响。

而推进这种友好传播的关键人物，就是西泠印社的日籍社员河井仙郎。

1942年，恰逢中国清代著名的书画家、篆刻家赵之谦辞世60周年。在河井仙郎的倡议发起下，一场规模盛大的“赵之谦殁后六十年纪念展”在日本东京美术馆拉开帷幕，276件精美的金石书画作品汇集一堂，集中展示了以赵之谦为代表的中国书画篆刻艺术。这次展览的形式非常丰富，仅书法就有横幅、立幅、册页、屏条、楹联、匾额、纨扇、折扇、序跋和尺牍10个大类114件；绘画也有屏条、立幅、横幅、帐檐、册页、纨扇和折扇7大类141件；另外，还有印章15方、砚铭2件、匣板1块、块墨2锭等小件，可谓洋洋大观、琳琅满目。展览虽然只进行了短短的3天，但参观者络绎不绝，在当时的日本书画艺术界产生了不小的影响。

河井仙郎的一声号召，便能在东京美术馆办起如此盛大的艺术展览，足见他当时在日本书画界的影响已经非同一般。的确，与西泠印社建立了最密切的关系之后，于战争爆发之前回到日本的河井仙郎，已不再是昔日混迹于古都京都的那位籍籍无名的年轻印人。此时的他，在与吴昌硕为代表的西泠诸君频繁交往和切磋交流之后，艺术眼界大开，篆刻技艺大增，一举跻身于20世纪日本最著名的篆刻家行列。于是，向他拜师求艺的日本印人络绎不绝，后来称雄日本印坛的西川宁、小林斗庵等篆刻名家，就是在那个时候陆续成为河井仙郎弟子的。

其实，河井仙郎不仅是篆刻家，更是一位极具鉴赏眼光的艺术品收藏家。当年他频繁来华，除了结交金石同好，切磋交流技艺之外，还有一个重要的任务，就是替当时日本第一财团的主人三井高坚收购有价值的中国书画艺术品。

三井高坚是三井财团第九代主人，曾任三井物产社长和三井银行总裁。受父辈的影响，三井高坚年轻时就十分喜好收藏中国文物，与众多顶尖的日本古董商交往甚密。然而为了搞收藏而专门聘用供养的专家，则唯有河井仙郎一人。三井高坚与河井仙郎年龄相仿，意趣相投，亲如手足，相互之间的信任关系是任何人都无法比拟的。

“女为悦己者容，士为知己者死”，面对三井高坚的赏识与信任，布衣出生的河井仙郎自是感激不尽，为了回报这份知遇之恩，河井仙郎毅然将京都的家产全部让给了胞弟河井章石，只身进京投奔知己。而三井高坚则在自己的九段富士见町庭院内，专门大兴土木建造了一组平房，以迎接河井仙郎的入住。

作为三井财团最为信赖的“代购人”，河井仙郎手握着极其雄厚的资金，艺术品收购的买卖从此越做越精、越干越大。他的足迹遍及中国江南的各藏家豪宅，因拜吴昌硕为师，并且通过印学交流积聚了杭州西泠的人脉，于是成为了收购、保存以及研究中国古近代书法名画、古籍善本和碑帖拓片的日本第一人。

从1900年河井仙郎首度来华，到中日战争爆发前夕的30多年间，河井仙郎频繁地渡华，收购和收藏了极为丰富的明清书法名画，使中国的书画魅力传遍了日本。而其中最受河井仙郎推崇的，就是中国清代著名书画篆刻家赵之谦的作品。

河井仙郎初次来华仅隔一年，也就是1902年，他就在叶为铭的陪同下，专门前往杭州西湖以西的丁家山寻访赵之谦的墓地，以示他的景仰之情。

许是因为年久失修，河井仙郎与叶为铭等人起先在山上找了半天也没有头绪，就在大伙颇觉失望的时候，荒草丛中的一块大石又给叶为铭等人带来了希望。扒开覆盖在石头上的乱草，仔细辨认石头上镌刻的文字，叶为铭惊喜地发现这竟是一块指示墓道的石标！

“找到了！找到了！”叶为铭喜不自禁地高呼道，“河井先生你快看，按照这石标上的指示，登上那段石阶应该就是赵墓所在了！”

众人赶紧打起精神，一鼓作气地往石阶的方向前行。

这是一段很长的台阶，因常年人迹罕至，石阶的边沿都已布满了厚厚的苔藓，各种荆棘杂草从石缝中滋长出来，将长长的石阶遮掩得若隐若现。

穿过石阶登上山腰，河井仙郎已是气喘吁吁。这时，一片开阔的墓地蓦然呈现在众人眼前，墓地中央矗立着一座庞大的坟墓，尽管因年久而显得十分荒凉，但当初的气派格局和构筑依然清晰可见。

更让人意外的是，墓旁的不远处，居然还守护着一位赵家的旧仆。

河井仙郎顾不得擦拭额头上的汗水，奔上前去绕着墓冢细细地走了几圈，终于在墓前站定。他静静地注视着那座因岁月的侵蚀而略显沧桑的圆形墓冢，虔诚的眼神中闪现出了略微的无奈和哀伤。

看到墓上长着一种叶片细小，翠绿葱郁的灌木，河井仙郎忍不住走上前去仔细观赏。叶为铭见状，介绍道："此乃六月雪，每至夏季，就会开出米粒大小的白色小花，成片盛放，恰似六月飞雪……"

一番介绍，说得河井仙郎心中一动，他小心翼翼地摘下一枝，爱不释手地捧在了手中。

这株意义非凡的六月雪，仿佛承载着对赵之谦浓浓的敬仰，被河井仙郎一直带回日本，种在了他在东京的居所。此后，这株生命力极其顽强的小灌木，又不断分株传播给了河井仙郎的后辈西川宁、青山杉雨、小林斗庵、西岛慎一等。美丽的六月雪，恰似经久不衰的中国篆刻艺术，在一代又一代日本金石书篆刻家中不断传承发展，展现出了超强的生命活力。

河井仙郎由此成为接触和推介赵之谦艺术的日本第一人，对其后的日本书画界产生了很大的影响。在河井仙郎首访赵之谦之墓后，寻访拜谒赵墓，便成了很多日本金石书画名家来华时的一项重要仪式。

大约在河井仙郎寻访赵墓之后的八九年光景，日本另一位篆刻家楠濑日年也循着他的足迹来到了杭州丁家山。

楠濑日年不仅擅长篆刻，而且文笔颇佳，擅长著述，曾先后有《日年印存》3集、《篆刻新解》等问世，并与北村春步合编《香于印谱》，也是日本印坛的一位重要人物。1910年，来华访问的楠濑日年逗留上海，一日与当时尚健在的西泠印社创社元老之一吴石潜闲聊，说起他非常想去杭州看看，特别是想去拜访自己最崇拜的赵之谦之墓。

"没问题啊，就到我的别墅去吧，用不着客气的。"性情豪爽的吴石潜当即提笔，给留守在西泠印社帮助打理别墅的叶秋生写了一张便条，交给了楠濑日年。

翌日清晨，楠濑日年便坐火车出发赴杭。来到西泠印社，他找到了叶秋生，掏出吴石潜写的字条递了过去，“我想去竭拜赵之谦先生的墓，能不能劳烦给我引个路？”

叶秋生接过字条，挠了挠头说：“可以是可以，问题是我也不知道墓地所在。要不我帮你问问看吧？”

“那太好了！”楠濑日年自是感激不尽。

遗憾的是，叶秋生问遍了身边的人，都说不知道赵墓在哪儿。包括曾经陪着河井仙郎寻访过赵之谦之墓的叶为铭，也因时隔多年而说不清赵墓的具体位置了。他告诉叶秋生：“我只依稀记得，应该是在西湖之西的丁家山上，乱草丛中有一块指示墓道的石标，若能找到这块石标，赵之谦先生的墓就在附近了。”

恰巧当时有几册西湖导游记的书上，也记载有赵之谦墓在丁家山麓等文字，于是叶秋生决定按照吴石潜在字条上对他的嘱咐，带着楠濑日年前去丁家山碰碰运气。

虽然时光转眼间又逝去了将近10年，但是丁家山上的景象似乎并无多大的改变，当然荒草是长得更为茂密了，以致整片墓地已经完全湮没在乱草之中，这给寻访带来了不小的难度。好在叶秋生喜好打鸟，常年在西湖周边的山林里寻猎，对这丁家山一带倒也不算陌生。找了许久，叶秋生终于在一堆乱草丛中发现了一块墓碑，他用手撩开横七竖八的乱草仔细一看，果然就是赵之谦的墓碑！只见碑上镌刻着每字大小约在三寸见方的铭文，的的确确正是赵之谦的书风！遗憾的是，因荒草太过茂密，一时无法清除干净，整座墓冢仍难窥全貌。

不过即便如此，远道而来的楠濑日年已是喜不自胜了，他忙不迭地掏出随身携带而来的笔纸，认认真真将这方墓碑上的碑铭全部一一抄写下来。

此后的小林斗庵等日本印人每次来华，也都提出要去探访赵之谦之墓，都因该墓历经风雨变迁荡然无存而只得作罢。但是赵之谦在日本艺术界至高无上的地位，却并未随着时光的流逝而消散。相反，赵之谦的威名早已穿越时光，永远地留驻在了日本艺术家的心中。

可是，就在中日两国的艺术家为着共同的艺术追求而相互欣赏、友好交往的时候，战争却将两国人民同时拉入灾难的深渊。日本军国主义在发动侵略战争的同时，不仅为自己挖掘了葬身的坟墓，也贻害了一大批日本国民和该国的艺术家。

对中日金石书画艺术交流做出重大贡献的河井仙郎，最后也不幸成为了这场战争的牺牲品。

1945年3月9日深夜，寂静的日本首都东京上空，突然传来阵阵可怕的轰鸣声，300多架美军的B-29式轰炸机如密集的鹰群骤然降临。这些不速之客低空飞行至市区上空，突然开始对整座城市实施全面轰炸，2000吨燃烧弹似流火般倾泻而下，东京转眼间变成一片火海。空袭轰炸连续进行了两个多小时，一直持续到10日凌晨，除了皇宫和基督教医院之外，整座东京市几乎无一处幸免，共有近41平方公里的地方被焚毁，26.7万多幢建筑付之一炬，8.3万多人在空袭中被活活烧死，10万余人被烧成重伤，上百万人无家可归。

其实在这次“致命打击”之前，美军对日本本土发起的大规模战略性轰炸，早在3年前就拉开了序幕。起因便是1941年12月7日，日本帝国海军航空兵空袭了美国太平洋舰队的母港珍珠港，使美国的民心士气大跌。为了唤起民众的信心，美国总统罗斯福决定以牙还牙，不惜一切代价空袭日本东京。1942年4月18日，美国出动16架B-25米切尔型轰炸机袭击日本的东京、横滨、名古屋和神户的油库、工厂和军事设施。但当时的美军战机由于技术原因无法真正实施有力的打击，因此，空袭还只算是象征性的。然而没过多久，B-29

轰炸机就成功问世，于是美军便有能力对日本做出具有实质性作用的战略轰炸。

1944年在经过了两次效果并不理想的空袭之后，1945年2月23日至24日，美军首次对东京采取大规模燃烧弹攻势，当晚174架B-29轰炸机向东京抛下大量凝固燃烧弹，焚毁了东京约2.56平方公里的地方。

紧随而来的3月9日深夜至10日凌晨这次大规模空袭，对日本东京来说，更是一场史无前例的灾难。由日本军国主义种下的苦果，最后却不得不由全体日本人民来买单，这是多么令人痛心的一幕啊！

河井仙郎也和那无数葬身火海的无辜百姓一样，在这场空前的灾难中遭遇灭顶之灾。当时，他的家就在东京都中心的千代田区九段坂南边、三井高坚家大院子的一角。当空袭骤然来临的时候，一家人都还沉睡在梦中。被此起彼伏的爆炸声惊醒后，四下早已是火光冲天，家人们纷纷逃出宅院，逃往附近的招魂社躲避。

只有河井仙郎，并没有和大家一起急于逃命。身处熊熊大火之中，他惦念着的不是自己的安危，而是为之呕心沥血了几十年的中国书画。他下意识地抓过一只水桶，奔出卧室，向着存放藏品的房间跑去。但是很快，由爆炸带来的巨大气浪就将他掀倒在地……

这一夜的大火，烧尽了河井仙郎花费30余年的心血收藏起来的中国明清书法名画，特别令人心痛的是，其中的120多件赵之谦名作全部毁灭殆尽。

第二天清晨，心急火燎的河井仙郎夫人从避难所回家察看情况，看到的却是全家的房屋都已烧成灰烬，自己的先生则手持水桶一动不动地躺在屋前的地上。

河井仙郎死了。当灾难来袭的时候，其实，他并非没有逃生的机会，但是他为了灭火，为了抢救中国书画而根本无暇顾及自己的生命。很显然，作为日本当时最有影响力的印坛领袖、汉学家和收藏家，河井仙郎是无愧于这些称谓的，因为他用行动向世人证明，他热爱中国金石书画、热爱自己的藏品，远远胜过热爱自己的生命。

河井仙郎的不幸遇难，不仅使日本金石书画界为之震惊，也同样引发了西泠印社所有同人的深切哀悼。爱憎分明的西泠人，对孰敌孰友分得清清楚楚。大家都知道，作为海派大师吴昌硕唯一的日籍弟子，河井仙郎爱戴先师，不遗余力地向日本社会及其弟子们宣扬缶翁“强其骨”的精神和缶翁诗书画印四绝的艺术真谛。在他的影响下，其大弟子西川宁、松丸东鱼、小林斗庵，以及再传弟子青山杉雨、高木圣雨等都成为了吴昌硕艺术的推崇和研究者，这些深得吴门学问基因的日籍弟子们，一直占据着日本书道界的领袖地位。西川宁、青山杉雨等均曾获得日本文化界的最高荣誉——文化功劳者表彰和文化勋章，而小林斗庵更是当选为全日本篆刻联盟会长，成为当代日本书法篆刻艺术的泰斗。

青山杉雨在他的《吴昌硕的画与赞》一书中这样说道：“今天，我们能有机会接触如此多的中国书画，有多少人知道，是河井先生做出了何等的努力和贡献换来的。”

是啊，作为西泠印社最早的海外社员，河井仙郎的离世不仅是日本书画收藏界的重大损失，也是西泠印社的巨大不幸。他为传播中国金石书画、推动中日文化交流所做的杰出贡献，将永远载入西泠印社的发展史册。

第十九章

云开雾散胜利来　浴火重生再复社

1945年9月2日，停泊在东京湾的美国密苏里号军舰上，一场世人瞩目的签字仪式正在异常严肃的气氛中进行着。在中国、美国、英国、苏联、法国、荷兰、澳大利亚、加拿大、新西兰等9个受降国代表的注视下，战败国日本外相重光葵和日军大本营陆军部长兼参谋总长梅津美治郎大将分别代表天皇和大本营，在投降书上签字。而在半个多月前，日本天皇裕仁也已向他的臣民宣告结束罪恶的侵略战争，他在告示中说道："朕深鉴于世界之大势及帝国之现状，欲采取非常之措施，收拾时局，兹告尔等臣民：朕已饬令帝国政府通告美、英、中、苏4国，愿接受其联合公告。"

世界反法西斯战争终于取得了最后的胜利！消息传来，举国沸腾。尚在上海躲避战乱的丁辅之、叶为铭和王福庵先生也是欢欣鼓舞。这日，三位老人聚首，在额首相庆之际，不免又言及那桩令他们牵肠挂肚的事情。

“想我西泠印社，受累于战乱，几已停顿。如今抗战胜利，形势向好，我等也该商议尽早恢复印社活动了！”丁辅之的感喟，当即引来叶、王二人的共鸣。

“只是……”叶为铭捋着花白的长须，略略皱了一下眉头。话音未落，丁辅之便追问：“只是什么？叶兄请明言。”

“只是你我三人皆在沪上，且年事渐高，精力有限。而印社百废待兴，复社更是千头万绪，实在有些鞭长莫及、力不从心啊！这可如何是好？”

听叶为铭这么一说，丁辅之不禁默默点头，一旁的王福庵却是微微笑了起来：“叶兄莫急，我倒想到一人，可助我等完成复社之业。”

“是谁？贤弟请说……”叶为铭和丁辅之几乎异口同声地问道。

“日前弟子吴朴堂向我言及一人，名唤邹颂麟，是一位在杭州的西泠社员……”王福庵刚刚道出姓名，丁辅之便似有所悟，“这个人，我好像有点印象，是不是在储丰银行供职的那位？”

“正是！他在浙江储丰银行总行任文书主任，不仅精通文史、雅擅书法，于右军及欧褚诸家致力尤勤，深得晋唐遗韵。更重要的是，他与在杭的社友大都相熟，且为人诚恳热情、办事干练踏实。复社之事，若得此人相助，必可无虞矣。”

丁辅之听罢，高兴起来：“如此说来，倒真是位合适的人选。”

“听贤弟一番介绍，这位邹先生确实不错。不过银行的主任文书，想必也是事务缠身吧？不知他是否会愿意再揽差事？”叶为铭沉吟道。

王福庵见叶为铭还有些担忧，赶紧宽慰道：“待我回去差朴堂再问问他看，如能应承最好，若有不便，我等另外再行物色便是。”

“想我等西泠中人，皆是胸怀公益之士。如今复社又是重大义举，谅邹先生也不会拒绝吧？”丁辅之倒是颇为乐观。

三人散后，王福庵便差吴朴堂传信给邹颂麟，把西泠印社三位创社元老的意思原原本本地复述了一遍。结果正如丁辅之和王福庵所料，邹颂麟非常干脆地答应了下来。他说：“我幸为印社中人，能为西泠印社的复社大业尽一份心、出一份力，既是理所应当，更是我的荣光啊！”

邹颂麟接手西泠印社的复社筹备工作后，立即有条不紊地展开了各项事务。西子湖畔的西泠桥边，从此多了一个沉稳而又干练的身影。不管酷暑严寒、不论刮风下雨，这个身影时刻奔走于印社上下，事无巨细地打理着大大小小的事务——

亭阁楼台上的残垣断瓦全部换上了新砖亮瓦，积满尘垢的门楣匾额都被重新擦拭得焕然一新，曲径小道边疯长的杂草也被一一清除干净。几近荒芜的社址景观，得到了一次较为系统的整理和维修……

庋藏在印社各处的各类藏品，都被一一查找出来，集中在一处进行全面的核查和登记，并将有破损的书画等藏品整饬出来，及时送交修复……

印社的老社员们都接到了重新登记的通知，得知西泠印社即将重新恢复活动，印社中人们都喜不自禁，翘首以盼；与此同时，新社员的发展入社工作也开始重新启动和推进……

那段时间，家住杭州市中心的邹颂麟，几乎每天都要在城区和西湖孤山之间往返一次。他以普通社员的身份，不计酬劳，不求名利，承受着常人难以想象的辛劳和寂寞，默默地为印社的复社工作着。在他踏实而又辛勤的努力下，西泠印社终于面貌一新，重新散发出其独有的魅力。

看到印社整饬和修复工作进展得如此顺利，丁辅之、叶为铭、王福庵三老非常高兴，他们不顾年事已高，也频繁地亲临印社与邹颂麟和其他在杭的印社骨干商讨复社的具体安排。

1943年是西泠印社建社40周年，因为战乱而未能按期进行的周年雅集庆典活动，肯定首先要补上，这个议程毫无疑义，首先被大家确定了下来。然后有人提出，祭拜已故印人也是印社传统，不可偏废，况且时局多变、人世无常，经过战乱，又有部分印人先行作古，理应缅怀，于是，举行秋季仪式就成为印社40周年庆典的重要内容之一。此外，在庆典期间举办金石书画雅集亦是必不可少，经过战事劫后余生重又相逢的印社社员们，更有必要举办一次集中展示作品的机会，以展示成果，表明艺术生命永存的坚韧态度。举办怎样的书画展览形式为好呢？经过众人的反复商议，最后定下来的方案，是举办一次书画扇面展览，既形式活泼，又方便组织。

庆典活动的系列方案敲定后，邹颂麟又毫无怨言地投入活动筹备之中。他从展览作品的征集、送裱、保管，到展览的具体布置、展品的销售汇总、复社时的一应招待事务等，都全程操办，安排得井井有条，为西泠印社40周年庆典、已故印人秋季仪式及书画扇面展览的顺利开展奠定了扎实的基础。

邹颂麟卓有成效的复社筹备工作，使悬在三位创社元老心头的大石终于稳稳地落下了。

然而万事俱备，尚欠东风。这个东风，就是印社尚缺的一位带头人。自从西泠印社首任社长吴昌硕过世后，印社已经整整20年没有掌门人了。其中的原委，可谓一言难尽。

在吴昌硕离世的最初那段时间里，曾有社友推举哈少甫为西泠印社社长。哈少甫当时是上海书画研究会副会长，与同时兼任会长的西泠社长吴昌硕配合默契，因此，曾率上海书画名家前来西泠印社建设湖上题襟馆，并且成为西泠印社的社员。哈少甫对西泠印社贡献良多，不仅促成了书画家与杭州西泠印社的全面合作，而且还曾参与赎买汉三老碑。吴昌硕故世后，哈少甫也确曾主持过西泠印社的一些活动，但终因没有经过正式的会议推选，且他又很快于1934年亦归道山，因此，终难被认定为西泠印社的社长。

此后的10余年战事频发，社会动荡，外敌入侵，境况日益恶化，西泠印社的活动尚且几近停顿，更无法言及社长的推选了。而如今，印社重新焕发生机，各项活动复又启动，群龙无首的局面便有点说不过去了。

一个温暖的春末夏初之日，丁辅之、王福庵、叶为铭等人又聚首在西泠之巅的四照阁。在座的还有张锐、章劲宇、邹颂麟等西泠中人，大家一边品着香茗，一边在为复社的诸多事项做最后的梳理和商议。

阳光透过明亮的窗棂，将四照阁满满地沐了一屋。侧坐在一旁的叶为铭半个瘦削的脸庞在阳光的勾勒下显得格外生动，他略一沉吟，便开口提及了一个议而未决的话题："吴老先生已作古多时，现在复社诸事皆备，目前最重要的，还是得尽快把社长的人选给确定下来。"

"以三位老先生的资历及贡献，其实谁来担任社长都不会有什么异议的……"又有在场社员再次表达了众人的心声。因吴石潜也已故世多年，其口中所指三位老先生，自然是丁辅之、叶为铭和王福庵三位在座的创社元老。然而话音未落，叶为铭和丁辅之便异口同声地打断道："不妥，还是另选他人为宜……"

"我真不明白，你们几位老先生辛辛苦苦创办了西泠印社，却为什么不肯当社长，而非要请别人来当？"刚过而立之年的章劲宇终于按捺不住，也插进话来。这章劲宇乃国学大师章太炎堂弟，亦是丁辅之的内侄。虽然年纪轻轻，便以精鉴赏、富收藏而闻诸西泠印社。

章劲宇态度直白的问话，霎时让气氛变得有些尴尬。丁辅之正想用眼光制止内侄，王福庵却在一旁莞尔一笑，巧妙地回答了众人心中的不解。他说："我们创办印社，并不是想当社长啊！"一句风趣的话，顿时化解了屋内的尴尬气氛，说得大家都忍不住放声大笑起来。

见众人终于不再纠结请不请外人来担任社长的问题，王福庵便顺势谈出了自己的设想："我倒想到了一位先生，挺适合担任西泠社长的。"

"谁呀？"众人齐声问道。

"故宫博物院的院长马衡先生！"说出这个名字的时候，王福庵没有一丝一毫的迟疑。曾在北京主持过印铸局工作的王福庵，与马衡先生是多年的老友，他们交谊深厚，相知甚深。在王福庵看来，马衡先生不仅才学深渊、声望厚重，而且与西泠印社渊源颇深，当年为了保住西泠印社不被中山公园吞并，曾做出过很大贡献，与西泠诸友亦都有很好的往来，人脉基础非常扎实。因此，提议马衡担任社长，王福庵自觉很有把握。

果然此议一出，丁辅之、叶为铭和在座的众社员均表示赞同。

"虽然我等一致推举马先生，但此事尚需致电马先生本人应允，方可最后定夺。"王福庵转首吩咐邹颂麟，"此事还请邹君代劳。"

邹颂麟正颔首应承间，丁辅之又提出了另一设想："社长人选暂时已定，一干社务还得继续抓紧落实，前期邹颂麟君不辞辛劳，做了大量工作。因此我提议，是否还请邹君担任总干事，请吴朴堂配合邹君搞一些具体的工作？"

众人正欲附和，不想邹颂麟却已抢先开口："多谢诸位先生对在下的不弃与信任，邹某只是一名普通社员，理当尽好社员的一点责任。三位先生拥居创社之功，尚不受社长之名，在下只是承担了一些繁杂事务，怎可窃取总干事之职？此议万万不可，万万不可！"

任凭众人如何劝说，这邹颂麟愣是坚辞不受。众人感慨之余，也只得尊重了他的意思。

很快，远在北京的马衡函电回复，同意出任西泠印社社长一职。为了配合远客京师的社长处理好印社的日常事务，经过丁、叶、王三老及其他印社骨干的商议，最终决定聘任韩登安为印社总干事。

韩登安是浙江萧山义桥人，少时随父居杭。16岁起，拜海宁周承德学习书法篆刻，其间，曾以习作求教于叶为铭，被叶称为“后生可畏”。其后他又转而请益于高野侯。1931年起，正式师从王福庵学习篆刻，并经王福庵介绍加入西泠印社。韩登安的篆刻以浙派为根，上溯秦汉，下及明清，广采博收，体貌多样，成为现代印坛工稳一派的代表人物。更重要的是，韩登安不仅篆艺精湛，而且为人严谨细致，热心社务，爱社如家，由他来管理印社的日常事务，亦是再合适不过。

1947年的秋天格外令人愉悦和舒爽。九月九重阳日，风和日暖，天气晴好。因战事而错过的西泠印社成立40周年纪念雅集在修缮一新的西泠社址隆重补行。这一天的孤山南麓，又重现人头济济的欢乐景象，莺莺嘁嘁的欢谈声，让沉寂多时的西泠印社终于恢复了往日的热闹。

饱经战火风霜的80名社员纷纷从各地赶来，大家相聚在既熟悉又陌生的孤山社址，执手相视，滔滔不绝地畅叙着离别多年的思念，每每言及时局之变幻莫测，人事之变化无常，无不涕泪交错，悲喜齐集，感慨万千；谈及毕生难以割舍的金石书画、各式珍藏，又忍不住眉飞色舞，高谈阔论，击节叫好。

上午10时许，已故印人秋祭仪式正式拉开帷幕。谈兴正浓的社员暂时放下话匣子，陆续聚集到仰贤亭内外，目送着赞助社员熊凌霄走上了主祭之位。

这印社的祭拜故人仪式，理应是由社长来主持的。马衡虽已成为新任社长的不贰人选，但由于远在京城，事务缠身无法前来参加庆典活动，便只能另选他人来代为主祭。而丁辅之、叶为铭和王福庵三位德高望重的老先生均相互谦让，于是最后便延请熊凌霄上台宣读祭文。

秋祭仪式结束后，众社员又全体合影留念，并进行聚餐。时间在印社社员们的欢聚中不知不觉地悄然流逝，倏忽间已是午后时分，众人竟丝毫没有怠意，于是又兴致勃勃地参观专为这次周年庆典而设的书画展览。

为了给这次雅集的书画扇面展增光添彩，印社同人们之前纷纷拿出看家本领，精心赶制了一批美轮美奂的扇面书法艺术精品。丁辅之、叶为铭和王福庵三老自然是身先士卒，年届八十高龄的叶为铭，特书石鼓文书法扇面一帧；尤擅篆隶的王福庵，则题写了一帧宋之问的诗词扇面；而丁辅之更是专门创作了一幅鲜活动人的石榴图，火红的榴花和粒粒晶莹饱满的石榴籽，洋溢着浓浓的喜庆气息，预示着浴火重生的西泠印社即将迎来美好的明天。其他印社骨干如张大千、王个簃、唐云、高野侯、高络园、来楚生、童大年、马公寓、唐醉石、方介堪、余绍宋等人亦是八仙过海，各显神通，一共提交了280余件扇面佳作，满满当当地悬挂了一堂，不仅供大家欣赏交流，其间还进行了义卖。由于展品皆出名家之手，佳品连连，精彩纷呈，展览尚未结束，竟已被订购一空。销售所筹的全部款项，都被邹颂麟等人一一仔细登记入册，并全额充作印社经费。

这一天，在补行建社40周年庆典的过程中，全体印社代表们还完成了一件意义非凡的大事，那就是公推马衡为新任社长。自此，西泠印社继吴昌硕之后终于有了第二任社长，马衡这位遥领社职的现代著名金石书画家、印学家、鉴赏家和考古专家，从此成为西泠印社的又一面旗帜，引领着这家浴火重生的印学社团，攀向更高的学术巅峰。

第二十章

世事变幻多无常　改天换日捐印社

春回大地，万物复苏。

当温柔的春风再度拂遍江南大地，在抗战烽火中沉寂了10余载的西泠印社，自1947年秋补行建社40周年庆典后，又开始恢复了传统的雅集艺术活动。

春季雅集是西泠印社传统的社团活动之一，体现了传统文人社团的风雅情致。然而谁也没有想到，在1948年清明这次久违的雅集活动中，当时的印社同人们并没有预料到时局的变幻会如此之快，他们怀着无比的感慨和一丝的欣慰，重又聚首在一起，在艺术的世界里携手畅游。俗话说“酒逢知己千杯少”，人逢喜事精神爽。与志同道合的印人们欢聚一堂，大家都感觉时光倏忽而过。

戊子春季雅集刚刚结束不久，意犹未尽的印社同人们就开始谋划下一次的聚会。

这年的8月，恰逢丁辅之七十大寿。俗话说“人生七十古来稀”。在当时，年届七十已经是高寿的标志了，西泠印社诸友于是决定在丁辅之寿辰之际，向广大社友征集作品，为这位德高望重的印社创始人祝寿。当然，大伙也正好借这个机会再搞次雅集，聚会聚会。

洋洋洒洒的一篇《寿丁辅之先生七秩征金石书画启》，既充分肯定了丁辅之对西泠印社的重大贡献，又高度赞扬了丁翁的人品艺德，更向社内外的印人和艺术家发出了作品征集令：

泉唐丁辅之先生，高门延祚，硕德增纪，茗秀已发其声华，武英更宏其范制。今岁六月二十七日，旧历戊子，七秩览揆（下阙）并介上寿，而先生天怀淡定，尽却虚靡，自以平生心力所殚在西泠印社。创制前朝，盟心六合，乃兵尘数历，台榭迹陈，欲永其胜，同寿金石。社友等仰高标之不私，征美意之延年，用启同怀，各赉精品，或状云烟，或生香色，或挥毫于八体，或运刃于无间。会古今之精能，博风骚之雅赏，寸纸片石，是易飞钱。体先生经营缔造之心，俾印社免风雨飘摇之感，用征金石之交，聚贤五百里，上溯文澜之补，介寿八千春。是为启。

启事正式发出之后，迅速得到了沪杭各地社员们的积极响应。没过多久，45名社友的金石书画作品就像纷飞的雪片一样，密密匝匝地飘到西泠印社。

将印社创始人的寿辰办成一个金石书画作品雅集，这也堪称西泠印社的首创了。为了及时地将社友们对丁辅之先生的敬重和对西泠印社的这片殷切关爱之情保存下来，印社还专门将应征社友的名单逐一记录在册。

然而人生似梦，正所谓天下无不散的宴席，再好的兄弟，也无法逃脱生离死别的自然规律。这年的9月25日，就在丁辅之七十大寿的喜庆氛围尚未完全散尽之际，却忽然从杭州传来了叶为铭不幸病逝的噩耗。

寓居上海的丁辅之几乎难以承受这样的打击。他怎么也不能相信，短短数月之前，还在春季雅集上与为铭兄把茶言欢。那时的为铭兄，虽已八十有二，但犹精神矍铄，谈笑风生，完全看不出年至耄耋啊，怎么转眼间，就偶染小疾，遽归道山了呢？想到这里，丁辅之不禁悲自心起，唏嘘不止。

不知是由于心情的急转直下，还是受了气候变化的影响，随着天气的逐渐转冷，丁辅之的身体状况竟每况愈下。稍一动作，便感觉气喘心慌、浑身乏力，而且还常常会睹物思人，心绪低落。

这年的深秋重阳之际，西泠印社的秋季雅集活动又如期举行。社以印集，人各留名。为了缅怀在乱世中已经故世的社员，并且对当时的社员作进一步的增删补录，这次雅集中还专门举行了戊子题名活动，对社员和赞助社员做了一次较为详尽的统计。

在1947年的重阳节补行印社四十周年纪念活动中，“丁亥重九题名”者达80人，是为抗战之后聚集印社同人、再现早年印社风采的新起点。在丁亥题名的基础上，这次的戊子题名又增录了社员20名，使社员总数超过了百名。同时，题名还特别另附当时已故的社员名单，包括38名社友和45名赞助社员。

看到已故社员名单中赫然新列的“叶品三铭”4个字，丁辅之禁不住潸然泪下。昔日与兄长励精图治创办印社、珠联璧合管理社务、促膝畅谈交流印艺的一幕幕场景，仿佛一帧帧回闪的相片，虽然洒满了岁月的沧桑，却仍是那么清晰，历历在目。

不知不觉间，一种对生命的紧迫感，如覃菌般在丁辅之的心里悄然滋长起来。于是，无论身体多么虚弱，只要西泠印社有重大活动，他都会硬撑着坚持参加。

晚辈们看了十分心疼，忍不住劝慰道："您现在有恙在身，还是多在家养养吧，印社的活动就先别去参加了。"

好友王福庵也多次相劝："辅之兄啊，印社那边，我们会料理好的，你就安心休养吧，等病养好了再去也不迟的。"

丁辅之却不以为然，他轻轻地摆摆手，道："如今这印社的活动啊，我是去一次少一次了，所以，能去的话，还是得尽量去的。"

1949年的清明，在霏霏细雨中，丁辅之拖着病躯和王福庵及其弟子一行数人，专程从上海乘坐火车赶到杭州，主持这一年的印社春祭活动。

孤山仰贤亭内，供果焚香，青烟缭绕，从四面八方赶来参加春季雅集活动的社员们，依次列队，向着供奉在仰贤亭内的印坛先贤们鞠躬行礼。

祭祀仪式结束后，王福庵搀扶着丁辅之，一对志同道合的好兄弟在西子湖畔孤山之巅的绿径上缓缓漫步。望着那漫山遍野的红花绿树，以及掩映其间的亭台楼阁、摩崖石刻、雕梁画栋、碑额楹联，兄弟俩的心潮汹涌起伏。

"福庵贤弟啊，看着这里的一碑一阁、一草一木，又让人忍不住想起了为铭和石潜二位故兄啊！"言语间，已有点点泪花在丁辅之的眼眶间闪烁，"想当年，我们四人在此谋划立社，艰辛创业，虽然辛苦，却也其乐无穷。可是人生短暂，倏忽间，竟已物是人非，阴阳两隔了啊！"

"是啊，人生在世，命运无常。为铭兄和石潜兄既已故去，如今便只有你我相伴了，兄一定要保重身体，切勿再悲伤难过了。"王福庵虽然心中也满是悲戚，但一想到辅之兄的身体，只得强颜欢笑地劝说道。

"嗯，贤弟言之有理，做人嘛，无论如何都得向前看。"经王福庵一番劝慰，丁辅之的心境似乎疏朗了一些。不过随即，他的面色又沉郁起来："如今的时局，也真是让人揪心哪！你听说了吧？共产党的解放大军已经聚集在长江以北，随时准备南下，看来国民党是难以为继了。也不知我们的印社，未来会面临怎样的命运？"

"这个确实让人忧心！"王福庵点了点头，"如今局势吃紧，来参加聚会的社员也比往年少了许多。如果国民党的长江防线被共产党的军队突破，那印社后续如何安置，也得谋划谋划。"

两位年届古稀的老人相互搀扶着站在那细雨迷蒙的孤山之巅，心中惦念的却满是西泠印社的未来。他们既为印社未知的将来而担忧，又满心期盼着战乱之后的印社能有一个新的发展。

回到上海后未过几日，丁辅之就因病情加重住进了医院。

此时，决定着中华民族命运的渡江战役正式打响，中国人民解放军的百万雄师，以排山倒海之势在西起湖口、东至靖江的千里战线上强渡长江，迅速击破了国民党军队部署在长江南岸的防线。

轰隆隆的炮声，从上海城外一声一声地接连传来。病榻之中的丁辅之，心中的紧迫感也随着这此起彼伏的爆炸声变得愈发强烈了。

"贤弟啊，龙华已有炮声了。创社四人，石潜兄、为铭兄皆先我而故，印社的重担，就得由你一人承担了，好在解放已近，可将印社交给共产党……"这天，王福庵前往医院探望老友，丁辅之紧紧握住王福庵的双手，终于把心中盘桓了许久的心愿做了交代。

王福庵闻言，既是难过，又是欣慰。难过的是，丁辅之的病情显然已回天无力，正如其所言，一起创社的四位好友，终将诀别离散；欣慰的是，丁辅之在重病之际道出的心愿，竟与自己思虑了很久的想法不谋而合。一时间，王福庵唯有含泪点头，却什么话也说不出来。

1949年5月27日，中国人民解放军第三野战军主力攻占上海。当解放军的大部队浩浩荡荡进入上海城的时候，躺在四川路家中的丁辅之已经无法起身下楼，汇入欢迎解放军入城的人流中，去亲自感受那种激动人心的场面。但是这么富有意义的时刻，又岂能错过呢？善解人意的孙辈们灵机一动，搞来一面很大的镜子，挂在窗台之上。于是，百姓夹道欢迎解放军进入上海城的欢庆场景，透过镜子的映射，送进了这位病重老人的眼中。

这是一支深受百姓爱戴的正义之师，倘若交到他们手中，印社应该有希望了！望着镜中入城军队与市民和谐相融的情景，丁辅之的心中倍感安慰。

这天，王福庵携蔡康祥和孙智敏二人，再度前往探望丁辅之。孙智敏是杭州人氏，为光绪二十九年进士，曾任浙江高等学堂及两级师范学堂的校长，擅长工稳端庄的楷书，当时居于上海，以鬻书为生；蔡康祥是浙江宁波人，上海著名的“恒”字号钱庄接班人之一，当时正值壮年，年富力强。他擅诗文书画，亦精鼓琴，工金石篆刻，且以收藏印章、字画和竹刻驰名。

谈及印社，大家感慨万千。病榻之上的丁辅之略带焦虑地说道：“想我同道诸友，为了振兴金石艺术，艰辛创业数十年。现在快解放了，也应该对印社做一个回顾总结，编志存世，给后人一个交代了。”

“本来为铭兄是有编过社志之稿的，只可惜，铭兄亡故之后，志稿也不知散落到哪里去了。”王福庵惋惜道。

“所以啊，就只有托付诸位担当采访之役，履行重编之责了！”丁辅之费力地支起身子，双手抱拳欲向众人行礼。

“贤兄快快躺下。”王福庵顿感肩上担子沉重，他赶紧上前扶丁辅之躺好，然后回身望了望蔡康祥和孙智敏，语气坚定地说，“贤兄放心，我等定会竭尽全力，力求完整记录西泠印社之所有。”

蔡康祥和孙智敏也在一旁频频点头。

将心中最大的牵挂交代妥当之后，丁辅之终于长长地舒了一口气。1949年7月12日，这位为西泠印社鞠躬尽瘁了40多年的老人在上海溘然长逝。

在丁辅之离世的前不久，刚刚解放的杭州开始实行军事管制，在这样的局势下，西泠印社这一年的秋季雅集也自然取消了。直到第二年的春上，西泠印社才开始重新酝酿开展活动，在总干事韩登安的操持下，印社向全体员发出了举办春秋两次祭奠故人的活动通知。

中华人民共和国成立初期，百废待兴。社会经济一派萧条，邮路交通均需恢复，孤山上亦是一片冷清。1950年的春祭活动因此规模很小，参加者主要以在杭社员和部分书画家为主，不少外地社员收到通知早已错过春祭之时。印社创始人中硕果仅存的王福庵也因身在上海，未能赶赴杭州参加活动，于是便由印社的总干事韩登安主持了春祭。

终于陆续收到活动通知函的各地社员们，得知西泠印社又重启常规的雅集活动，个个兴奋异常。错过了春祭，当然不能再错过秋祭了！

1950年的重阳节，沉寂了许久的西泠印社重又热闹起来，近百位社员纷纷从各地赶来。在弟子徐植、吴朴堂和蔡康祥的陪护下，已年届古稀的王福庵也专程从上海乘火车赴杭参加西泠印社的秋祭活动。

这次祭祀仪式在孤山脚下印社内的柏堂举行。前来参祭的社员中，除德高望重的王福庵外，还有黄宾虹、陈伯衡等声望甚高的人物。在推选祭祀仪式的执事时，大家毫无悬念地一致推荐王福庵担当。可是行事风格一向低调的王福庵却一边摆手婉辞，一边向大家力推陈伯衡和黄宾虹。

看到福老如此谦逊，黄宾虹和陈伯衡也不禁相互推让起来。最后，不知是谁想出了一个折中的方案，请三老共担执事，一起主持秋祭仪式，三位谦逊的老人见实在推让不过，这才应承了下来。

在王福庵、黄宾虹和陈伯衡三位重量级人物的共同主持下，这一年的重阳秋祭活动进行得非常顺利。百名社员在柏堂前的空地上济济一堂，依次列队向先贤鞠躬行礼。庄重而又简朴的仪式，将西泠同人们的心又紧紧地联系在一起。

这天的王福庵兴致特别高，仪式结束之后，他还一直徜徉在西泠印社久久不愿离去。当天色渐渐暗下来的时候，四照阁内点起了通明的灯火，酒菜上桌，王福庵与陈伯衡、吴朴堂、徐植等围桌而坐，把酒言欢起来。他们畅谈人生、交流艺术，直到一轮明月洒满湖上，这才酒足饭饱。

“瞧今晚的月光，如此皎洁明媚，我等何不乘兴泛舟湖上，共赏此番美景？”陈伯衡的提议甚合吴朴堂和徐植的心意，但两人又担心福师的身体，便都下意识地望向了王福庵。

“好！好！”此时的王福庵，亦是一副意犹未尽的样子。于是一行人乘兴下山，来到湖边雇了一叶小舟，在凉爽的夜风中，缓缓地向着被月光映照得无比明亮的湖面荡漾而去。

可叹在动荡的时局之中，如此安详惬意的时光却总是那么短暂。一晚浪漫之后，第二天的王福庵又不得不面对印社未来何去何从这个沉重的现实。

中华人民共和国成立之初的杭州，百业凋零，经济萧条，西泠印社的游人更是少得可怜，社务活动和社址维护所需的经费因此日渐短缺，几近举步维艰境地。而在这关键的时刻，印社的总干事韩登安却因所谓的“历史问题”，不幸在“镇反”运动中遭受牵连，被列为“革命对象”，处境相当艰难，根本无法行使印社事务的管理职权。

“还是辅之兄有先见之明呀！”王福庵想起一年前丁辅之在病榻前对自己的嘱托，不禁长叹一声。的确，自己年事渐高，身体状况大不如前，加上寓居上海，对印社管理也多有不便。“看来，是到了将印社交给人民政府的时候了。”

王福庵把自己的想法告诉了挚友陈叔通，想听听他的意见。陈叔通是著名政治活动家，时任中央人民政府委员、全国人大常委会副委员长、全国政协副主席和中华全国工商联合会主任委员等要职。听罢王福庵的设想，陈叔通大为赞许，连声说好。

不过，印社虽是一个公益组织，但大部分社产毕竟都是丁辅之和吴石潜两个家族捐赠的，虽然丁、吴二人已经过世，且丁辅之生前也已明确表示希望将印社交给新政府，但吴石潜后人呢？他们的意见又是如何？王福庵是一位办事细致的老人，他旋即又与吴石潜之子吴振平取得联系。二人经过一番慎重的商议后，向人民政府捐献西泠印社的决定终于正式敲定了。

1951年春夏之交，一封决定着西泠印社未来命运的信函，从上海发往了杭州。

第二十一章

国学巨匠写提案　西泠干事相呼应

这封开启西泠印社一段新历程的信函，是由王福庵与吴振平联名从上海发出的，收件人则是在杭州的西泠印社社员邵裴子和陈锡钧。信函的主题只有一项，就是委托二位办理向政府捐献西泠印社的相关事宜。信中还专门提出了两点要求：一项事关重大，就是关于印社的碑刻、摩崖、印人铜像以及汉三老石室中的汉三老碑等固定文物，希望能保留在原地保管，社中所藏的书画书籍印谱等可移动文物，建议交省文管委保管，西泠印社的名称要求保留；另一项，看起来似乎并没有那么重要，但王福庵和吴振平却在信中做了详细的交代，那就是关于印社的看护人叶秋生、叶德生兄弟及其家人的生活善后问题。

他们在信中提及，考虑到印社从创社开始，就由叶六九及其子叶秋生、叶德生管理，其间历经战乱冒险守护，长达40年，叶家两兄弟及其家属19人均以在印社卖茶叶、书籍等土产为生，希望政府在接管之后能给予他们特别照顾，仍将印社内的宝印山房、斯文奥、山川雨露图书室等数处房屋廉价出租给他们，并准许他们借用原有的桌凳和器具，继续经营书籍和土产业务，并建议山上的售茶处仍交给叶秋生承办。貌似有些事无巨细的要求，足见王福庵等创社元老爱社护社、知恩图报的一片拳拳之心。

在杭的印社社员有那么多，为何单单要将捐献印社如此重要之事委托邵、陈二人？这当然也是王福庵和吴振平反复斟酌过的。首先，像这样一件关系到印社未来命运的大事，委托一个人办理责任似乎太过重大，选两位社员同时担此重任，彼此也好有个商议和佐证，显然更为稳妥。而邵裴子和陈锡钧二人，可不仅仅是一般的印社社员，他们当时在社会上的身份地位，对于西泠印社的保护和发展无疑是有很大帮助的。

邵裴子不仅能篆刻、精鉴赏，对历代书法多有研究，更重要的，他还是一位著名的教育家，曾任国立浙江大学校长，当时正受浙江省人民政府的委派，负责组建浙江省文物管理委员会；陈锡钧则是著名的鉴赏家，不仅精于碑版学，而且收藏甚富，当时也是浙江省文物管理委员会的委员人选。

说到这个新成立的文物管理委员会，其重要的职责之一，正是负责接收社会各界捐赠的字画、碑刻等。因此王福庵认为，把这件事情交给邵裴子和陈锡钧办理，是最理想不过的选择了。

1951年7月，在知了声扰得人们心绪不宁的时候，邵裴子和陈锡钧收到来自上海的信函。看了信件的内容后，二人既感觉责任重大，又觉得有些棘手。

“西泠印社乃金石书画圣地，内藏珍贵字画文物无数，福庵兄建议由我委接收，倒也合情合理。”邵裴子略略皱了皱眉，有些为难地说道，“问题是，西泠印社不仅有这些藏品，还有苦心经营起来的社址和屋宇，这个文管委怎么接收呢？”

陈锡钧闻言，频频颔首道：“是啊，金石书画一类的可移动文物，我们文管委接收下来后，可存放于文史研究馆，但是山上的地产和建筑，还有那些碑刻之类的固定文物，该交由谁去管理呢？这个确实得好好斟酌。”

“按文管委的规定，应该是由管辖地负责接收吧，福庵兄不是也提到了可以交给园管处？”邵裴子沉吟道，“西泠印社地处西湖风景区，我看，杭州市建设局园林管理处来接管，的确是比较合适的。不知锡均兄意下如何？”

“邵主任所言极是！由园管处接管最合适不过了。”陈锡钧随即又建议道，“除社藏文物外，不如将露天文物与土地、房产等一并转交，既可保印社的完整性，也符合福庵兄提出的固定文物原址保留的建议。”

“对！而且‘西泠印社’的名称也必须保留！”

两人议定之后，当即将王福庵和吴振平关于捐献西泠印社的联名信函转呈给杭州市建设局园林管理处，要将西泠印社所属的土地、房产及文物全部捐献给人民政府。

杭州市建设局接信后非常重视，经与园管处协商，基本同意由园管处来统一管理。但是考虑到西泠印社是一个社团组织，最好先请主管社团事务的部门进行核办。为慎重起见，市建设局以建秘字第1687号公函的形式，将信函转递到杭州市民政局。

1951年9月10日，市民政局局长冯萌东签发了第5905号文件，专门就西泠印社的捐献问题提出了处理意见，并呈请杭州市人民政府批复。

民政局在呈请报告中表示同意西泠印社的房地捐献，建议由房管处接交、由园林处管理，社中所有文物准予保管；关于叶秋生和叶德生的生活问题，民政局认为可由园管处按建设局的具体情况予以酌情照顾，但不能作为接收房屋以后的限制条件。

仅仅过了半个月时间，当时的杭州市代市长吴宪就迅速做出批复：同意民政局意见。

当时正值中华人民共和国成立初期，政府的精力主要集中在巩固政权、恢复生产和发展经济上，对一个民间社团组织的要求能做出如此迅捷的反应，已属相当重视了。在这印社性质由私而公的关键转折时期，虽然远客京师的社长马衡鞭长莫及，难以直接参与，本应主持大量具体事务的总干事韩登安也由于“历史问题”丧失了发挥作用的权力，但好在还有创社元老王福庵和邵裴子、陈锡钧以及吴石潜之子、丁辅之义子吴振平和叶为铭之子叶良本等骨干社员，在重要关头发挥了中流砥柱的作用。

有了代市长和民政局长的批复意见后，印社开始组织人员对社址范围内的建筑、文物、碑刻、器具逐项重新造册登记，而后再由邵裴子、陈锡钧、吴振平和叶良本代表印社，向杭州市房屋管理处和浙江省文物管理委员会签名递交《西泠印社移交清册》，并办理了实物的移交。

西泠印社正式移交之后，印社社址是保留下来了，但让社员们有点失落的是，社团活动却因各种原因戛然而止了。

接管西泠印社后，市建设局园管处按照他们的行业管理模式，对孤山园林实行了统一管理，叶秋生一家因此未能如王福庵等人所建议留在孤山继续管理西泠印社，而是被迁离社址另行安置。印社原有的书画、印泥、印谱等特色经营，也随即消失了。整座孤山成为一处景区，而西泠印社也仅仅成为其中一个供人游览的“名胜景点”了。作为新的管理者，园管处力所能及的，也仅仅是对“西泠印社”这处景点的管理和维护，而依托于“西泠印社”开展的各种艺术研究、雅集活动，他们是不可能也无法组织起来的。

这一停就是整整5个年头。其间有多少社员都翘首盼望着西泠印社的活动能够重新恢复起来啊！但受当时的社会状况的制约，大家只能在期望中等待着艺术春天的到来。

随着社会形势的逐渐好转，从20世纪50年代中期开始，各种文化艺术活动开始逐渐复兴，省内外不断有金石书画爱好者前来询问西泠印社的现状和产品。

1956年5月，中共中央正式提出“百花齐放、百家争鸣”的繁荣科学和文化事业基本方针。毛泽东同志在5月2日的最高国务会议第七次会议上颇为形象地说：“现在春天来了嘛，一百种花都让它开放，不要只让几种花开放，还有几种花不让它开放，这就叫百花齐放。”而后，他又说：“百家争鸣是诸子百家，春秋战国时代，二千年前那个时候，有许多学说，大家自由争论，现在我们也需要这个。”

对西泠印社来说，这无疑是恢复活动千载难逢的好时机！各界有识之士纷纷翘首以盼。这时，一位颇有有分量的人物站了出来，他就是浙江省图书馆馆长、省文史馆副馆长张宗祥先生。

张宗祥是浙江海宁人，现代学者、书法家，不仅同时兼任省图书馆和文史馆的要职，还是省人大代表和省政协常委，是一位影响力很大的国学巨匠。虽然他并非西泠印社的社员，但却一直关心着印社的命运，与许多社员交往密切，并在各种场合为西泠印社的复社鼓与呼。

这年的5月26日至31日，也就是党中央提出“双百”方针后不久，浙江省第一届人民代表大会第四次会议如期召开了。会上，张宗祥提交了一份关于恢复西泠印社的议案。他在议案中指出，西泠印社的传统产品都是祖国的文化之一，建议尽快在西泠印社恢复售卖篆刻印泥、书画及碑帖之类的文化产品，让友邦人士在游览西湖之际，可以随意购买。

国学巨匠登高一呼，立即引来一片赞和之声，浙江省政府的有关部门也开始对沉寂多时的西泠印社重新关注起来。

就在张宗祥为西泠印社的复社运动勇担领军之责的时候，另一位身份颇为特殊的人物，也在积极地发挥着急先锋的作用，他就是重新走到台前的西泠印社总干事韩登安。

也就是在1956年，曾因“历史问题”被剥夺了印社社务发言权的韩登安，被浙江文史馆聘为馆员。这年5月的一天，他忽然收到一份来自杭州大学的信函，打开一看，是杭大教授夏承焘写来的，夏教授在信中这样写道：

省委黄源部长到我处座谈浙江的剧种问题和浙派印学及西泠印社问题，浙江的剧种问题我已向他介绍钱南扬，浙派印学问题我介绍了你，请你写篇浙派印学概要和你的自传，于6月3日亲去断桥北山路见黄部长。

阅罢来信，韩登安的心中掀起了久久难以平静的波澜。

那些年可谓是韩登安遭遇的最艰难时期，性情低调的他除了主动接受劳动改造外，对印社事务已经心有余而力不足。直到听说张宗祥在省人代会上提出了复社的建议，深埋心中的那份情怀才又重新绽开。虽然他深知自己人微言轻，但夏承焘的来信，还是让他感到了一份义不容辞的责任。当时的韩登安身体状况很差，经常咯血，但他还是拖着虚弱的病躯，一次一次上门拜访黄源局长，向他详细汇报了西泠印社的发展过程和有关浙派篆刻艺术的情况。

黄源在详细询问了有关情况后，对印社文化用品的销售业务表现出很大的兴趣。他认为，西泠印社要恢复活动，应该先从筹备金石书画营业部做起，使印社有一定的经济支撑，既可以解决生存问题，又能广泛团结印人和书画家。按照他的要求，韩登安在很短的时间里拟就一份恢复印社营业部分的计划，内容是参照原先孤山所售物品制订的，包括书画字帖、篆刻印谱、印泥图章、笔墨颜料、宣纸文具、风景图片等。

计划送到黄源手中，他阅后反复思考了很久。这年冬天，黄源终于派人又把韩登安叫了过去：“这份计划你要重拟，把国营性质改为企业性的。”

“什么是企业性的？”韩登安一时有些不解。

“就是公助民办，由政府拨一笔资金给你们自己去办，政府不负盈亏责任。”黄源解释道，“一些省级单位的经营就已采用这样的模式，你们也可以试试。”

韩登安感受到了一份对恢复西泠印社的希望。于是在并没有人授权的情况下，一种强烈的责任感促使着他又重新履行起了印社总干事的职责。他开始频繁地拜访张宗祥、沙孟海、陈锡均等人，就如何恢复西泠印社的经营和活动提出自己的设想。然而不知是何原因，复社的工作一直没有得到实质性的推进。

1957年6月，省文联召集省市美术家举行座谈会，商谈如何贯彻落实“双百”方针。曾经背负过沉重历史包袱的韩登安为了替西泠印社争取一席之地，在会上直言不讳地提出自己的意见。他说：“印学是特有的一朵花，但近年来却处在存亡绝续之中，曾有人提出要求恢复西泠印社原有的面貌和风格，充实其内容和设备，但文化局领导却不重视。”他还说，“中国印章具有两三千年的历史，可是在百花园中，印学这朵花似乎被弃在园外了。因此，文化局领导要重视百花齐放，不要专管戏曲，形成一枝独放的现象。”

会后没过多久，省文化局艺术处来了4名干部，征询韩登安对恢复印社和如何继承发扬金石书画艺术的意见。又过了个把月，韩登安接到通知，请他再去省文化局局长办公室谈谈。

8月1日下午2时，韩登安如约来到省文化局，让他有些意外的是，接待他的并不是黄源局长，而是一位名叫许钦文的副局长。

“来来来，快请坐。”许副局长热情地招呼韩登安落座，“省文化局决定恢复西泠印社营业部，就按照你拟订的计划做。”

韩登安这才晓得，黄源已被打成“右派”，这项工作由许钦文接手分管了。

“局里决定调李自新同志来负责联系，你们凡事要协商进行，把营业部办好！”许钦文一边嘱咐，一遍又关切道，“你身体不好，等在家里就行，工作上的事，李自新同志会上门跟你商量的。”

有文化局专门派来的同志一道开展工作，韩登安心里顿时觉得踏实多了。但是他自感身体不好、能力薄弱，学识也有限，便向李自新建议，能否组建一个筹委会，以便共商进行？

李自新带着韩登安的建议回局里请示，得到了局领导的同意。不过，考虑到西泠印社营业部的性质是公助民办，政府人员不宜参加，省文化局要求筹委会人选由他们自行商定。

获悉上级的态度后，韩登安立即向张宗祥进行汇报，并先后征求了陈锡钧、潘天寿、沙孟海、诸乐三、阮性山等在杭做学问的艺术家，大家都表示愿意出来为印社做事。

李自新将韩登安征询来的情况汇报给省文化局后，很快就获得了同意。

1957年11月7日下午2时，位于龙兴路6号的张宗祥寓所内，不时传出热烈的讨论声。张宗祥、陈锡钧、潘天寿、沙孟海、诸乐三、阮性山、韩登安等济济一堂，正式召开了西泠印社筹备委员会第一次会议，李自新、吴洪也列席了会议。会上首先推举了张宗祥为筹委会主任，陈锡钧、潘天寿为筹委会副主任，沙孟海、诸乐三、阮性山、韩登安为筹委会委员，同时，由韩登安兼任秘书并负责筹备营业部、吴洪兼任干事。随后，韩登安报告了开办营业部的计划及预算，均获一致通过。大家还就今后的经费使用办法和会计、销售制度等问题逐一进行了讨论。

至此，西泠印社的复社工作迈出了实质性的步伐。

第二十二章

齐心协力编志稿　金石书画开门市

得知杭州这边张宗祥、韩登安等人正在紧锣密鼓地张罗着西泠印社的恢复活动，身在上海的王福庵颇感欣慰。他虽然年事已高，但却并没有闲着，因为他的心中，始终惦念着丁辅之在弥留之际托付给他的另一件事，那就是编写志稿，完整地记录西泠印社之所有。

其实早在解放伊始，王福庵联袂吴振平致函委托邵裴子和陈锡钧，完成了向政府捐赠西泠印社这件大事之后，就开始着手组织编纂社志的准备工作。此时的王福庵早已年过古稀，眼力衰退，体质也日渐孱弱，好在他有孙智敏、秦康祥两位得力的助手，终于能将牵挂在心的这件大事付诸实施。

根据丁辅之的遗愿和王福庵的安排，由年富力强的秦康祥负责采访社员、收集散失的资料；由相对年长、经验丰富的孙智敏负责篇目的编辑，最后，再将编辑而成的志稿交由王福庵审定。

其实秦康祥出身于富商之家，却一点没有沾染公子哥儿的气息，他对经商挣钱并不热衷，而是醉心于艺术收藏。他在收藏方面不惜千金散尽，而生活却简朴得让人觉得有些寒酸。朋友们甚至从未见过这位雄睨上海的秦氏钱庄的继承人坐过一回黄包车，每次出门总见他去挤电车，于是就有人跟他打趣："康祥兄，什么时候请我们哥儿们几个吃个饭喽？"

秦康祥只是憨憨地笑笑，又闷头去搞他认为最有价值的艺术品收藏了。

在很多人眼中有些吝啬的秦康祥，却把难以计数的时间、精力和才华，都无私地奉献给了西泠印社。

领受了志稿的收集和采访任务后，秦康祥将其在收藏过程中练就的高度敏感性充分发挥出来，他时时留心、处处在意，多方搜寻散落各地的印社相关资料。更让人钦佩不已的是，他还赶去坐硬座火车、挤公交汽车，一趟一趟地自费奔波往返于沪杭之间，四处采访分散在各地的印社社员。

春夏秋冬，年复一年，秦康祥孜孜不倦地坚持做着这份既劳心又吃力的工作，没有报酬、没有赞誉，只有默默无闻的付出。而且这项基础性的工作，秦康祥一做，就整整做了8年！

当张宗祥、韩登安等西子湖畔的一群艺术家们正在为西泠印社的恢复群策群力，终于取得了实质性进展的时候，秦康祥漫长而艰辛的采访社员及资料收集工作也取得了丰硕成果。从1949年起至1957年，历经八载，秦康祥终揽得积稿盈寸，规模初具，当年领受在身固不敢辞的使命，终于可以交出圆满的答卷了。

负责篇目编辑的晚清翰林孙智敏，及时地将秦康祥手中的接力棒接到手中。他不顾年事已高，披星戴月，连续作战，将秦康祥收集和采访得来的厚厚积稿一遍一遍地仔细阅读。为了更好地搭建志稿的基本框架，他多次来杭州与西泠印社总干事韩登安会晤，商讨编写思路，最终按照志地、志人、志事、志文、志物、志余等六大篇目，拣选分类，裁正体例，写定稿本，终于将社志的初貌清晰而完整地勾勒出来。

初稿编纂完成后，行事一向十分慎重细致的孙智敏又专门修书一封发往杭州，征求韩登安的意见。他在信中说："登安我兄大鉴，在杭三度晤谈，实未罄所怀。承大笔治印，感纫无既。敏此次来杭，来去匆匆，殊不自料西泠印社由私而公。此一变迁以印社言为以段落，以私人一方言乃一结束。因之，社志之作似不可缓。"信中还希望韩登安能够再提供一些相关的史料。

韩登安接信后，心中甚是激动。福庵师和秦、孙二人苦心积纂了这么多年，终于有了成果，如今志稿即成，此乃印社一大幸事啊！作为印社总干事，他当然也是义不容辞、全力而为。

书稿最后提交到王福庵手中，经审核定稿之后，王福庵又再次致信给韩登安："登安世兄台鉴：久不通信，殊念，近想，起居佳胜。为祝印社志稿，弟与智敏兄编辑业已就绪，陆续付印，年内可以成书。请兄写签条一纸，式样附上，新即挥就寄下。弟近来血压甚高，欲想回杭扫墓而不敢行，奈何率上敬颂。台祺。弟王福庵奉，十一月二十五日。"

虽然谦逊而又务实的韩登安一直觉得自己人微言轻、学识有限，但从王福庵、孙智敏等人在编纂西泠志稿的过程中累次致信给他，请他审读修改，并为志稿题签中就不难看出，其实在西泠印社创社元老王福庵的心中，对韩登安这位后辈显然是高看一格的，二人的关系虽非师徒，却早已远远超越师徒之情。在信中，王福庵甚至对韩登安以世兄相称，并屡屡自谦为"弟"，这就足见王福庵对韩登安的特别倚重和对他之前担任印社总干事所付出的辛劳的充分肯定，真可谓是良苦用心啊！

而事实上，韩登安也确实没有辜负王福庵的一片信任和殷切期望，他不仅在西泠印社志稿的编纂过程中默默地付出了自己的心血和汗水，更为西泠印社金石书画经营部的创办呕心沥血，立下了无人可比的汗马功劳。

就在西泠印社筹备委会员第一次会议召开后的第二天，被筹委会正式明确为专门负责筹备营业部的韩登安，就和李自新一道去西泠印社，现场踏看了即将用作营业部经营的房子。

走进久违了的西泠印社，韩登安的心中久久不能平静。回想当年在这里组织雅集活动时的情景，仿佛就在昨天，都还历历在目。谁想到因为时局变幻，这位老实巴交、整日埋首几案的文化人，竟因历史问题被送去劳动改造，生活陷入困窘不说，还落下了肺结核和支气管扩张等重症。好在党和组织并没有忘却他，在他处境最困难的时候，省文史馆给他送来了聘任信和生活费。之后，又重获文化局赏识，让他参与西泠印社的复社筹备工作。

人生真是变化无常哪！

看到西泠印社营业部的房子已经都腾空，韩登安立即赶往园管局，联系房屋的拨用事宜。他的心里，有一种莫名的紧迫感，似乎要将失去的时间夺回来，要让西泠印社重新向世人展现它的魅力。

营业部的经营场所初步落定，工作人员还得有个办公场地，这选在哪里合适呢？经协调，最终借用了位于中山中路的省文联画室六所，从这年的11月26日起，李自新、韩登安、吴洪和阮吉人等4人在这里开始了全日制的筹备工作。

过了三天，李自新忽然给韩登安带来一个好消息：“省局给营业部下拨开办费了！”

“这么快呀？”韩登安自然是大喜过望。

“是啊，你们明天就可以去局里领款了！”

次日，韩登安赶紧约上会计阮吉人，一同赶往省文化局，领到了一张5000元的支票。经办人一边把支票交到韩登安手中，一边说：“这是政府给印社的借款，今后如何归还，你们回去商定一个计划送过来吧。”

哦，原来这笔钱是借款，要还的啊！韩登安这才明白了公助民办的意思，不就是等于给了无息贷款吗？不过对于一无所有的印社筹委会来说，也好的。有了这笔启动金，就不怕赚不回来今后的运作经费！这么一想，韩登安心里又是美滋滋的了。

二人拿着支票，又赶去拜见张宗祥，商讨怎么规范今后的经费使用制度。经商量，决定以西泠印社的户名在银行开户，先将省文化局下拨的5000元入账；今后所有开支均需以张宗祥、韩登安和阮吉人三人的印鉴为凭；同时，还商定了还款办法，即每季度结算一次营业额，将纯盈余部分一半用于归还省局借款，一半留作发展基金。

这个还款计划征询了筹委会的各位委员的意见，并盖章确认后，一份报送省文化局，一份留在印社存档。

1957年正值吴昌硕先生辞世30周年，为了缅怀这位西泠印社的首任社长，浙江省文化局决定整修观乐楼，并设立吴昌硕纪念室，计划陈列展出吴昌硕各个时期的绘画、书法、篆刻作品，以及手稿、照片和创作用品等历史资料。

具体任务落到了省博物馆头上，兼任着博物馆历史部主任的沙孟海，便责无旁贷地挑起了负责纪念室内容布置的重任。他动员各方力量群策群力，在吴昌硕先生之子吴东迈和华东美术分院等单位的大力支持下，顺利完成了展品实物的征集工作，纪念馆的展厅布置工作也进展顺利。

这天，韩登安等人正在即将开业的金石书画营业部里紧锣密鼓地布置着场地，屋外忽然传来了一阵阵的脚步声。韩登安步出门外一看，原来是省文化局的许钦文副局长来印社检查工作了。

在布置得已经有模有样的经营部仔细察看了一圈后，许钦文满意地点了点头，转身对韩登安说道："省博物馆正在筹办的吴昌硕纪念馆25号就要开幕了，到时候要搞个开幕仪式，你们这个营业部如果来得及的话，我看可以跟纪念馆同时开门。先不做生意，只做展览，供来宾参观，给纪念馆的开幕造点声势，正式开张营业可以等之后再搞一次。"

金石书画营业部原计划是在1958年元旦开张的，筹备工作本来就争分夺秒，如此一来就又得提前了。但是一想到都是为了给重振西泠印社雄风造势，韩登安等人都感到了肩上有一份责任。

"许局长放心，我们一定办到！"没有豪言壮语，只有简简单单的一句保证，还有就是夜以继日的加班加点。

西泠印社筹备委员会第二次会议在国货街22号迅速召开，会上首先研究了金石书画营业部的物资准备情况，随后，大家又把话题转向了社员的联络和发展工作。

"我觉得吧，现在应该把整理和联络社友的工作摆上议程，全面地考虑一下了。"沙孟海首先提出了自己的想法，"过去西泠印社是马叔平任社长，韩登安任总干事。马社长在北京，具体负责社务的，还是韩先生。今后无论是整理老社员，还是吸收新社员，都应该从政治面貌及具体情况各方面去考虑，最后应提名请文化局决定，再开社员大会。"

沙孟海的发言，引起了与会者强烈的共鸣，大家你一言我一语，畅谈设想，各抒己见，气氛十分热烈。显然，深思熟虑过很久的沙孟海，不仅在发言中对社员的发展程序和印社的具体负责人提出了自己的意见，还对社员的基本构成和管理体制提出了颇为独到的建设性意见。他说："至于新社员，当然不一定都是篆刻家，要把书画家吸收在内。当然也不可以喧宾夺主，上海有篆刻学会，是全国性的，可作参考。"

“是的，我们要以金石篆刻为基础，但绝不能画地为牢、故步自封，营业部要征集书画陈列出售，可以为书画家们打开出路，这也应该是我们的主要任务。”很多人都纷纷表达了这样的想法。

经过热烈的商议，最终拟定了营业部的经营范围，除古代印章、印谱、石刻、拓片之外，还包括文房四宝、自制印泥和承接篆刻制作，甚至还拓展到了各种美术画册、艺术剪纸、绘画理论书籍等。按照这样的经营范围采购营业用具和货品，金石书画营业部销售的商品种类顿时变得丰富起来。

1957年12月25日，西泠印社金石书画营业部的所有经营商品在山川雨露图书室全部如期布置到位，为配合吴昌硕纪念馆的隆重开幕当好绿叶的角色。

在圆满完成了省文化局交办的这项任务之后，光阴的脚步转眼就迈入新的一年。此时，西泠印社金石书画营业部正式开张前的各项准备工作基本就绪，只等商业局的营业许可证和税务局的经营发票到手就可以了。

1958年的元旦刚过一天，李自新就兴冲冲地跑来告诉阮吉人：“税务局来通知了，可以去买发票了！”

随后，韩登安就向张宗祥等人请示，并于1月16日再次召开了西泠印社筹备委员会第三次会议，经大家商议决定，定于3天之后举行西泠印社金石书画营业部正式开张仪式。筹委会一结束，韩登安和吴洪立即赶写请柬，并送到邮局寄发。

1月19日，简朴而热烈的开张仪式在孤山凉堂举行，省市文化部门的领导和西泠印社的在杭社员们济济一堂，共同见证了这一标志着西泠印社重新开始活动的重要时刻。张宗祥的主持简练而又庄重，许钦文副局长的讲话则显得语重心长，他要求艺术家们继承吴昌硕先生在艺术上的刻苦钻研精神，同时，对金石书画营业部的发展提出了要求，要求他们要在严格遵守政府法令的前提下积极开展业务；生产质量只能提高，不能下降。

西泠印社金石书画营业部的开张，迅速引起全国文艺界的关注，《新民晚报》等新闻媒体作了及时的报道，前来参观访问的团体也越来越多。4月5日，全国人大常委会委员长朱德在省市领导的陪同下赴西泠印社进行视察，这天不巧韩登安因做胃切除手术住院，没能赶上这次重要的接待，而是由阮吉人代表印社向朱德委员长介绍了有关情况。

不久，由日本著名书法家丰道春海和青山杉雨率领的日本书道代表团也专程来西泠印社访问交流。这是新中国成立后西泠印社首次举行的对外交流活动，除了参观和座谈，西泠印社的部分社员还与日本书法家举行了笔会交流。

这年春天，对于重新萌发生机的西泠印社来说，可谓好事连连。继吴昌硕纪念室和金石书画营业部的陆续建成开放之后，伴随着全国乃至国外文化交流团体的络绎而至，编纂了8年之久的《西泠印社志稿》也终于正式面世，而所有的出版费用，全部都是由秦康祥个人出资赞助的，这不禁让人对这位貌似节俭有加的西泠印社普通社员再一次产生由衷的敬佩。

然而，《西泠印社志稿》的出版只是对印社过去历史的一个全面回顾，金石书画营业部的开张，也不过是印社重新迈开的第一步，要让西泠印社全面复兴，后面要做的事情还有很多很多，其中最为迫切的，就是召开全体社员大会。

张宗祥、潘天寿、沙孟海等筹委会成员都一致认为，西泠印社仅有一个营业部是远远不够的，应该尽快把分散在全国各地的社员召集起来，召开社员大会，推动印社全面开展工作，到那时，筹委会才算真正完成使命。

于是，筹委会的各位成员纷纷开始行动，积极联络省内外社员，为召开社员大会做准备。

第二十三章

印社命运再转变　国庆十年新亮相

正当西泠印社筹委会的同人们踌躇满志地憧憬着印社活动全面恢复的时候，印社命运却再一次发生了转变。

1958年4月，为探索计划经济体制下增强企业活力的新途径，中共中央和国务院发布了《关于工业企业下放的几项规定》，提出国务院各主管部门所管理的企业除极少数特殊重要的企业外，一律下放给地方政府管理；9月，中央又发布了《关于改进计划管理体制的规定》，要求将原来由国家计委统一平衡、逐级下达的计划管理制度改变为“以地区综合平衡为基础的、专业部门和地区相结合的计划管理制度”，实行以地区为主、自下而上逐级编制和进行平衡，使地方经济能够“自成体系”。

中央的政策迅即引起了地方的效仿。根据中央关于体制下放的要求精神，浙江省有关领导认为，省文化局应该转移工作重心，从过去直接管理具体的业务单位，转向以抓全省文化工作的大政方针、部署检查和经验交流为主。

为了落实这一要求，省文化局于9月30日向杭州市文化局下达了化办〔59〕第428号通知。通知这样写道：

西泠印社成立于1957年12月，当时成立的目的是为了保护文化古迹，供国际友人游览，由张宗祥馆长等八人组成了西泠印社筹备委员会，负责对社的筹备组织与领导，并由本局拨款5000元作开办经费。社中现有工作人员三人，美术品等商店一间。该社成立后做了一定的工作，也起了一些作用，但是由于该社无专人领导，因而在工作上与政治上存在着一定的问题。为了贯彻中央关于体制下放的指示，加强对该社的领导，将西泠印社下放到杭州市，归文化局领导。请即派人前来办理移交手续。

在当时特定的政治环境下，这份文件对西泠印社筹委会的工作虽然做出了肯定，也做了一些并不十分恰当的评价。但不管如何评价，唯一改变不了的情况就是：西泠印社的主管单位从省文化局下放到了杭州市文化局。

这年年底，省文化局专门召集了一个会议，对下放文化单位的移交工作做出进一步布置。会上，省文化局的领导对杭州市文化局的负责人说："今后西泠印社就由你们具体抓了，省里给政策。"言语中，还是透着对西泠印社浓浓的关爱。

会议结束后，市文化局立即指派社会文化科的同志专赴西泠印社，向韩登安、阮吉人、蔡彦才等人详细了解了西泠印社的情况。针对省文化局的下放文件中提到的"无专人领导"的问题，杭州市文化局经研究，决定成立专门的领导机构——西泠印社办公室，负责管理孤山社址，并全面接管金石书画营业部的日常运作。

1959年春末的一天，省文化局的李自新最后一次来到印社，他对韩登安、阮吉人说："西泠印社下放给市文化局领导了，你们要做好准备工作，我就不再来了。"

这年的8月，气候如往年一般炎热。这天，韩登安和阮吉人等人正顶着酷暑在金石书画营业部内盘点货物，忽见市文化局社会文化科的幽建坤科长陪着一位面容清瘦的中年男子走了进来。

"这位是部队转业的王树勋同志，刚刚从市委组织部调来文化局工作，今后将由他来领导印社办公室的工作。"幽建坤刚刚介绍完毕，韩登安等人就赶紧起身鼓掌表示欢迎。

随后，韩登安在前面引导，陪着幽建坤、王树勋等一行山前山后、山上山下走了一圈，对印社的社址情况做了大致的熟悉。

"这里的房屋建筑，要想再扩展，看来是没有什么空间了。"幽建坤若有所思地说道。原来，市文化局正在考虑如何扩大印社服务规模的问题。

"是啊，要扩大业务的话，就只得另外再选地方了。"

几天后，杭州市文化局颁发的任命文件寄到了印社，王树勋被任命为西泠印社办公室主任，全面主持西泠印社工作。

印社工作终于有了专人领导，韩登安和阮吉人等人都感到非常高兴，因为有了组织依靠，心里也感觉踏实了许多。

初来乍到的王树勋对印社的业务还不太熟悉，平时也经常在文化局上班，并非每天都来印社。为了不影响金石书画营业部的正常业务开展，王树勋召集大家开了会，明确营业部的日常工作仍然由韩登安来负责。

"为了庆祝国庆10周年，局里决定，由我们印社举办一个盛大的金石书画展览会……"到任后不久的王树勋，一天突然在会上宣布了这样一个消息。于是，筹备国庆10周年的金石书画大展，就成了西泠印社办公室成立之后迎来的第一件大事。然而此时，距离国庆之日不到一个月时间了！

“现在印社里已经没有一件藏品了，要办大规模的展览，有难度呀……”几位工作人员都觉得比较棘手。

“所以就得我们大家群策群力，一起来想办法了。”王树勋颇有信心道，“你们都先考虑一下，过几天我们再议一议。韩老师经验丰富，不妨多提提建议。”

几天后，文化局幽建坤亲自来印社召集会议，除了王树勋、韩登安和阮吉人等印社办公室的人员，还邀请了博物馆、图书馆的一些同志，对展览场地、展品范围和设备要求等一一作了细致的商议。

会议最后确定，展览放在印社内的柏堂、题襟馆和还朴精庐同时举行，展品的水准一定要求精、求高，宁缺毋滥。等各个细节商议得差不多后，幽建坤代表市文化局宣布：由王树勋担任国庆金石书画展览会筹备组组长，韩登安担任副组长。

当时，中华人民共和国虽然已经成立10年了，但书画艺术的交流还存在一个很深的断层，一方面，艺术品展览可谓凤毛麟角，寥寥无几的展览也都是展品简单、内容单薄，文化艺术的发展水平与群众的需求之间严重脱节；另一方面，文化领域的艺术家们也缺乏一个适当的平台，来表达他们的艺术见解、展示自己的艺术成就。

国庆10周年之际，全国各地都在筹办各种庆祝活动，如何趁此良机，向国庆献上一份厚礼？杭州市委领导对西泠印社提出了明确的要求，并给予了特别的关照。要求是，献礼活动除了要在孤山西泠印社举办盛大的国庆金石书画展览外，还要专门再建立一个面向广大艺术家和社会大众的书画社。

“要拿出地方给你们，办一个杭州没有的文化艺术活动场所。”时任市委书记王平夷对文化局长的同志说，“这个地方要‘谈笑有鸿儒，往来无白丁’，全是高级知识分子，有书法家、绘画家。这个单位既有古旧书籍，又有书法，又有绘画，可买卖、可欣赏，也可装裱字画，是大家喜欢来的场所。”

听到市委书记提出这么明确的要求，市文化局的同志感觉非常振奋，于是就把面临的难题和盘托出：“可是我们具体负责书画社筹办工作的幽建坤同志已经去考察过了，孤山上实在再难有拓展的空间了……”

“现在市委正在抓紧解放路和湖滨转弯处的旧房改造工作，今年秋天就可完工。你们赶紧去看看，有没有合适的房子？”王平夷当即拍板道，“我给你三四百个平方，这个地方你挑，筹备、名字、用人都你来定！”

有了市委领导的全力支持，市文化局立即将任务落实了下去。幽建坤叫上韩登安等人，跑到湖滨去选地看房。最终，他们选中了湖滨路与解放路交叉口的一块三角地带，这里从前是一个资本家的小花园，旧房被拆除后，正在兴建带檐廊的新屋，无论是地段还是环境都十分理想。

场地落实了，杭州书画社的筹建就进入了实质阶段。市文化局专门从越剧团借调了一位舞台美术设计人员，把房屋装修和内部装饰的任务下达给了他；关于经营商品的货源组织，则落到了叶经瑗、朱德班等人的身上。

“这个书画社国庆节要开幕的，时间紧张，韩老师请你也一起参加筹办工作。”幽建坤给韩登安也下达了新任务。

于是韩登安一人分作二人用。他一边跟王树勋一起，与杭州各相关单位和收藏家联系，征集印社国庆金石书画展览的展品，一边见缝插针地跑去采办杭州书画社的商品及布置道具等物品。

大部分物品都得去上海采购，当时全国各地都在为庆祝国庆而紧张地忙碌着，大家蜂拥而至地会集到上海，物资顿时变得异常紧张。

韩登安与一同前去的王汉春就像两台上紧了发条的机器，在各厂家和商店间来回不停地奔波。所幸两人对上海的情况比较熟悉，配合得也很默契，王汉春负责联络、办货、付款，韩登安负责验货、查收。连轴转地忙了几天，物品总算基本采办就绪了。

当两人吭哧吭哧、大包小包地将采办来的货物随身带回杭州时，累得都快趴下了。9月25日，圆满完成任务的韩登安连夜赶到市文化局，向幽建坤科长销差。因为西泠印社的金石书画展览会那边还有许多筹备工作等着他去落实呢。

在韩登安的穿针引线下，王树勋也亲自出马，两人一道赶赴上海，先后拜访了张鲁庵、钱镜塘、高络园、葛昌楹等一批著名的收藏家。

58岁的张鲁庵不仅是名驰遐迩的收藏家，还以精篆刻、善制印泥著称。他戴着一副阔边眼镜，面容清瘦，颊蓄短须。虽然在社员中并不属长者，但此时体态已显非常虚弱。

见两位肩负重任的西泠社友风尘仆仆地从杭州赶过来，张鲁庵手握一柄须臾不离的烟斗，操着浓重的乡音，与他们畅谈起对振兴篆刻艺术、繁荣民族文化的感想。

“西泠印社应该尽快恢复活动，担负起复兴中国传统印学艺术的时代重任！”张鲁庵满怀激情地说道，言谈中透露出了壮心不已的浓浓情怀。

“是啊，所以我们打算借国庆10周年之际，筹办一个大型的金石书画展览，作为恢复印社活动的预热。”王树勋赶紧接话茬儿，“可是印社目前已经没有任何藏品了，我们这次过来，正是为了商借展品，收集一些历代的金石书画，为展览和后续的出版和研究提供更多实物。”

“唉！”张鲁庵闻言，长叹一声道，“说起昔日咱们的浙籍社友，印章和印谱收藏最多的当属丁、高、俞、葛诸家，遗憾的是，这些收藏家或因故世，或因生活困难，藏品大都变卖散失，难再见赏了。

真是世事沧桑啊！一些收藏家也就这般销声匿迹了……”

“先生的藏品之丰，也是名声在外的，不知可否支持西泠印社收藏？”王树勋热切地试探道。

“我收藏的都是印章和印谱，现在尚需整理，还要使用。不过我可以答应你们，待我身后将这些藏品全归西泠印社！”张鲁庵爽快地表了态。

“那太好了，请容许我们代表印社先向您表示万分的感谢！”王树勋和韩登安闻言，都大为感动。

“今后能将这些藏品集中保存下去，我也就安心了。”张鲁庵也颇为动情。他兴致高昂地邀请王树勋和韩登安，一行三人来到附近一家名为“绿杨”的酒家，继续边酌边聊。从张鲁庵的口中，王树勋和韩登安对当时上海的篆刻活动情况有了大致的了解。

为了全力支持西泠印社办好这次展览，张鲁庵不仅热心地帮助提供和联络上海收藏家的情况与线索，还从自己最心爱的藏品中精选出一部分，专程送到了杭州。

展览日益临近，展品基本征集就绪，可王树勋和韩登安紧绷的心弦并没有松弛下来。为了确保展出质量，他们把征集来的展品全部送交专家，一件一件地仔细鉴定，并确认都是真品无异后，两人的心，这才终于放了下来。

1959年10月1日，伴随着中华人民共和国成立十周年的喜庆锣鼓阵阵敲响，规模盛大的金石书画展览会在孤山西泠印社隆重揭开了帷幕。500多件艺术精品闪耀着摄人心魄的魅力，灿若繁星般汇聚在了孤山之巅的柏堂、题襟馆和还朴精庐，为当时尚显贫瘠的群众文化艺术领域带来了一场丰盛的艺术大餐。

出自公元前1562年的商朝文癸爵、如雷贯耳的周朝青铜器散氏盘和毛公鼎拓片、精美的汉代上林宫各种青铜器的全形拓本，悠远而神秘的气息令人心驰神往……

从秦汉的玺印，到汉龙纹钮的铜印和玉印，再到明“新安派”金石家文彭与何震、清“皖派”鼻祖邓石如、清“浙派”创始人丁敬等“西泠八家”，以及西泠印社四位创始人的印章等近代流派印实物，可谓古为今用、推陈出新，让人目不暇接……

南宋刘松年的《新年接喜图》、元代卢师道的《雪江罢钓图》、明代戴进的《春耕图》、明代蓝瑛的《松岳高贤图》以及清代蓝孟、石涛和“扬州八怪”的绘画真迹等，堪称琳琅满目、美不胜收……

宋拓的唐代柳公权玄秘塔碑、颜鲁公的争座位帖、明清的旧拓碑刻和家藏印谱，还有明代宋濂的草书、清代姚鼐的行书、清代邓石如的篆书，以及明代陈洪绶的手稿、辛亥革命志士徐锡麟的信函手札等，更是蔚为壮观，叫人流连忘返……

这场展览，是西泠印社创办50多年来所举办的各次金石书画展览中内容最为丰富的一次，展品几乎涵盖了浙江历代名家的作品。一时间，全城轰动，观者如潮，在浙江省内外文化交流中产生了很大的影响。

在没有任何自有藏品的前提下，只用了不到一个月的时间，就奉献出了这样一场高规格高水准的专业艺术展览。新成立的西泠印社办公室给社会大众交出了一份精彩的成绩单。此时的王树勋和韩登安，心中充满了自豪，因为这500多件精彩绝伦的展品，全是他们一件一件从上海和杭州两地的艺术家、收藏家手中筹集来的。

满怀自豪与成就感的还有孙晓泉，这位上任仅仅一年时间的文化局长，在国庆10周年的重要时刻，一举圆满完成了振兴杭州文化艺术的两件大事：一件是西泠印社的金石书画展，另一件就是杭州市书画社的正式成立。

就在孤山上的金石书画展隆重开幕，迎来各方文人雅士的流连赞叹之际，位于湖滨的杭州书画社也闪亮登场了。

全新亮相的杭州书画社也在大厅里搞了一场别具特色的书画展览，展出了马一浮、潘天寿、吴茀之、诸乐三、张宗祥、沙孟海、阮性山、余任天等艺术名家的百余幅作品，受到了书画爱好者的广泛欢迎。杭州大学的数位教授齐聚开幕式，中文系的郑晓沧教授还乘兴赋诗，尽情抒发了对西泠印社的深情厚谊。

第二十四章

省市领导亲过问　蓄势待发征藏品

杭州市委领导对新成立的杭州书画社十分重视，并寄予厚望。有关领导专门提出要求：“杭州书画社要服务于广大艺术家和人民群众，因此文化氛围要浓一点、重一点，文化经营要淡一点、轻一点。”

然而此时的西泠印社书画经营部，与杭州书画社在经营内容上却产生了严重的同质化倾向，而且从经营角度考虑，地理位置也远不及杭州书画社理想，因此，营业额一直上不去。加上经营部的资金有限，又添装了电话，每月的开支骤增至百元左右，以致每月都在亏本。

具体负责西泠印社经营部的韩登安和阮吉人心里都非常着急，他们跑到省文史馆，向西泠印社筹委会主任张宗祥汇报情况，又跑到市文化局，向幽建坤科长做了反映。

对于西泠印社经营部的窘况，市文化局及时进行了研究。1960年春，杭州市文化局做出决定：西泠印社与杭州书画社实施合并，由杭州书画社统一领导。

为了凸显重氛围轻经营的原则，杭州书画社的负责人称“主任”，而不称“经理”。西泠印社办公室主任王树勋调任杭州书画社主任。韩登安也调至书画社，专门负责资料抄写、画室布置、访客接待等工作。

在一个新的时代，西泠印社这个走过了半个多世纪的民间社团，凭借着自身的独特魅力，不仅没有因为岁月和时局的变幻而湮没消弭，反而成功地实现了由私而公的华丽转身，并且在国庆10周年的重要时刻，以一种特殊的组织架构形式，向世人展现出了新的姿态和顽强的艺术活力。以金石书画营业部和柏堂、题襟馆等展厅为艺术创作和交流的主要场所，西泠印社继续在孤山之巅绽放着迷人的光彩。同时，借助杭州书画社这个新的平台，还不断组织各种书画篆刻创作活动，先后举办了“明清金石书画展”“吴昌硕书画展”“四任画展”“西湖风景国画展”“阮性山百梅图”等十余次艺术展览，接待了郭沫若、何香凝、王稼祥、廖承志、肖劲光等国家政要，以及西川宁率领的日本第二回访中书道使节代表团、山田正平率领的日本第三回访中书道使节代表团的到访。

这年早春的寒意尚未消退，韩登安忽然接到从上海传来的噩耗：西泠印社的最后一位创社元老王福庵先生因病开刀术后愈合不佳，引发重症肺炎，3月2日不幸病逝于上海静安四明村的寓所之内。

闻此噩讯，韩登安忍不住潸然泪下。虽然他从未向福老投帖拜师，并非王福庵的正式弟子，但却非常仰慕福老的人品和才艺，得到过福老的许多指点，书法和篆刻技艺因此大进。想当年，韩登安一度生活非常窘迫，王福庵获悉后，深知无端接济的话，他一定不肯接受，便特意想了个“曲线救国”的办法：他嘱咐韩登安篆刻一组西泠胜迹的印章，亲自为其审定后，拿出一大缸上等印泥，让他钤拓成60册《西泠印社胜迹留痕》印谱。

. 印谱制作完成后，韩登安揣着那缸价值不菲的上等印泥给福老送去。谁知王福庵却说：“吾老矣，尚能用几多？你就留着用吧！”说罢，又为韩登安修改润格，并以每册3块大洋的价格，亲自替他全部推销出去。整整180块大洋的收入，对于韩登安来说，简直就是雪中送炭。

不但用心授艺，而且关心生活，帮助排忧解难，这样的恩情，无论放谁身上都是没齿难忘的。王福庵与韩登安虽非师生，但却有着超越了师徒之交的深厚情感。闻听这位对自己有着父执之恩的师长不幸仙逝，韩登安自然是难抑心中的痛惜。他不顾自己身体孱弱，立即动身赶往上海悼唁福老，并在先生的灵堂前代师母接待前来的致哀者。

时光就像流水，任世事更替、物换星移，都不会改变历史的前行步伐。尽管西泠印社的初创者们都已随着岁月的流逝而逝去，但这个生生不息的印学社团，却在后继者的不断努力下，继续探寻着自己的发展之路。

1960年冬日的一个下午，阴云沉重，飞鸟四散。孤山题襟馆内，张宗祥、马一浮、邵裴子、韩登安等一群骨干人员正在忘情地商讨着印社的恢复活动事宜。待会议结束，大家方才发现，天空中早已下起了阵阵的寒雨，于是暂留避雨，继续聊天。

“依我看，西泠印社规模太小。如果能把文澜阁划进来，推倒界墙连成一片，以青白山居作为印社的南正大门，那印社就背山面湖、廓庑宏大、回环曲折、气势堂堂了，那才真像个国际性学术团体的气象呢！”说着，张宗祥哈哈大笑起来，“须知，西泠印社在国内外的名气和影响都是很大的啊！”

此时的张宗祥虽已是79岁高龄，但作为西泠印社的筹委会主任，仍是精神饱满，对印社的未来充满了信心。

众人闻言，也都会心地笑了起来。是啊，这么大胆的设想、这么美好的建议，想必众人也一定会赞成吧？

没想到邵裴子老先生却面带凝重地说了句："根据现实情况，恐怕是难以实现啊！"说着，还向马一浮望了一眼。

"西泠印社向以古野拙朴著称，小也是它的特点，扩大规模，恐未符合先贤原意。"德高望重的马一浮直言不讳地表达了自己的见解。

韩登安在一旁，聆听着各位大家的发言，心中不禁暗暗赞叹：果然都是性情中人啊！虽然大家各抒己见，意见各有不同，但众人期盼西泠印社良好发展的拳拳之心，却在这种心无城府的坦诚表达中展露无遗。

作为西泠印社的上级主管部门，市文化局面临的压力是挺大的，因为与这些在艺术界德高望重的老社员不同，文化局的同志对西泠印社的社员情况其实并不十分熟悉。而要把这个学术机构恢复起来，主管单位肩上的担子并不轻。

于是，阮性山、朱醉竹、吴寅等文化系统中的西泠印社老社员都被请来谈话，调查了解基本情况。可是，大家都说，西泠印社是搞篆刻的，但具体都有哪些社员，也说不准确。

这下可棘手了，该怎么恢复西泠印社呢？市文化局于是向省里的有关领导汇报了此事，没想到，竟引起了省委书记林乎加的高度重视。

1961年12月，林乎加书记在湖滨书画社三楼亲自召集了一次会议，与会人员有省委副书记李丰平、省委宣传部副部长于冠西、省人委秘书长王黎夫、杭州市委宣传部部长胡景瑊，还有就是市文化局和西泠印社办公室的负责人。

“今天这次会议，主要是研究西泠印社的工作。”见人员都到齐了，林乎加开门见山道。说着，他转向市文化局的负责人，“现在先由你汇报一下情况，然后讨论。”

“西泠印社下放杭州后，我们派了王树勋同志和几位工作人员，虽然做了一些工作，如展览、收购等，但主要还是以书画社名义开展活动，也未开过社员大会。现在我们正对旧有社员进行调查研究，实际上是处于筹备阶段。但工作中困难不少，如缺乏专业人员、经费不足、没有经验等。但我们正在进行研究，准备逐步解决。现在请各位领导指示！”

“书画社成立两年多来，做了大量的工作，成绩显著，开幕式搞得很有影响，展览、经营、裱画等也很有起色，有了一个欣赏书画的场所，也活跃了文化气氛……”与会的领导纷纷给予了肯定和表扬。

“社会上对西泠印社还不太了解，所以，恢复活动的工作也应该抓紧，要加大宣传力度，发扬我们的传统文化……”大家同时也表达了殷切的期望。

“你们工作不错，特别是书画社，现在有这么个窗口，吸引了那么多人。”忽然，李丰平话锋一转，提出了一个意想不到的问题，他说，“有一个问题，我看你们得引起重视。西泠印社名气大、影响远，隶属关系应该倒过来。书画社应作为西泠印社的下属单位，工作关系要倒过来归西泠印社领导。你们配备干部、使用经费、确定工作职责和范围，都应该这样考虑……”

“对西泠印社的工作，一定要从思想上重视起来，并且把这个工作做好。文化工作，包括戏剧、电影、图书、文物、音乐、舞蹈等，这些容易重视，但对金石篆刻，则不容易提到议事日程。这在其他城市或许是可以的，在杭州市则不行，因为你们有个西泠印社嘛！西泠印社不仅是浙江省的，也是全国的，甚至是全世界的！所以西泠印社一定要从思想上重视起来，一定要把工作做好！”听完大家的发言，林乎加显得很高兴，开口就对西泠印社的地位给予了高度的肯定，然后他非常明确地指示道，“你们要把西泠印社及其社员情况了解清楚，做到心中有数。比如还有多少社员，姓名、职业、分布在哪里……”

众人一边在本子上唰唰唰地记录着林书记的讲话内容，一边纷纷在心里琢磨开了：看来，今天的会议实际上是一次思想发动，主要就是解决思想上是否真正重视的问题。会前，大家都觉得市文化局对西泠印社工作已经挺重视了，专门派了王树勋担任西泠印社办公室主任，实行专人领导，自己也经常过问印社的工作，这难道还不够重视？不过刚才听了李丰平副书记的发言，大家才突然意识到，把西泠印社作为书画社的一个部门，就不能算是重视。现在，林乎加书记又对社员情况调查提出了具体的要求，于是，市文化局局长孙晓泉便赶紧补充道：“报告林书记，调查工作我们已经着手开展了，主要是从文化系统现有的社员入手，开始逐步扩展……”

“你们搞社员调查，不光要摸清楚这些社员在哪里、在做什么，还要了解他们现在对印社有些什么想法、什么要求等，全部调查清楚，然后，把他们请上来开个会，订个计划，宣布西泠印社恢复活动，并且要登报宣传。这个会议一定要开好，你们造个预算，住得好一些、吃得好一些。开会地点就在杭州饭店。这是统战工作，都是知识分子嘛，要团结好，心情愉快，发挥作用！”

林乎加的一番话，说得众人频频点头：是啊，把西泠印社的工作同知识分子统战工作联系起来，真可谓是高瞻远瞩！

“收购金石字画，对于西泠印社来说，也是很重要的任务，要抓紧抓好。收购不能局限在杭州，绍兴、宁波、上海等地都可以去收购，那里东西多。当然，收购有个经费问题，你们经费困难，可以要求市财政拨一点。这个问题我和王平夷同志说说，叫他从市财政中想想办法。”林乎加继续说着，又冲着李丰平点了点头，“还有，领导体制问题，李丰平同志的意见很对，要倒过来，书画社归西泠印社领导，这样比较顺。”

林乎加的讲话引起了大家的共鸣，众人纷纷表态说好。就在这个时候，忽然“哗啦”一声，不知什么东西从天而降，不偏不倚，正好砸在了于冠西的头上。众人一阵紧张，待定睛细看，才发现原来是屋顶的一块石灰片掉了下来。

众人赶紧起身察看，只见于冠西的额头被掉落的石灰片蹭掉了一小块皮。

“啊呀不好，破皮了，要不去医院处理一下吧？”大家焦急起来。

“没事没事。”于冠西摆摆手道，“再接着开。”

“西泠印社的房子、建筑，有些已经破烂了，要好好整理，不要破破烂烂的。如果需要修理或者再盖一点，把杭州饭店的边角、零料拨一点就行了，也用不了多少的。下次开会，不要再掉下泥块来砸破头了！”林乎加最后说道，“西泠印社今后有什么困难和问题，就找李丰平解决，经常领导还是归杭州市。”

会后，市文化局立即组织人员落实林乎加的指示精神，他们首先请张宗祥提供了一份相对比较详细的社员名单，在此基础上，通过“滚雪球”的方式，一共找到了30多位健在的社员，终于把西泠印社社员的基本情况调查清楚了。这些社员包含了杭州籍的邵裴子、阮性山、诸乐三、沙孟海、韩登安等；上海籍的王个簃、钱君匋、张鲁庵、马公寓、叶潞渊等；南京籍的丁吉甫、罗叔子；武汉的唐醉石；温州的方介堪；合肥的童雪鸿等。

社员调查初步告捷，藏品征集和收购也刻不容缓。几天后，孙晓泉去市里开会，碰巧王平夷书记和分管财政的副市长周凤鸣都在，他趁机向王平夷汇报了收购文物要求拨款之事。

“你们书画社不是办得不错嘛！怎么经费又不够了？”王平夷问。

“我们原来的想法，西泠印社是书画社的一个部门，现在省里领导讲，要以西泠印社为主，要做好。林乎加书记要市里拨一部分经费。”

王平夷听完汇报，当即与周凤鸣商议，由市财政局拨出七八万专款，用于支持西泠印社收购金石字画。末了还嘱咐道：“收购文物，一定要搞好鉴定。一般性的，可以请阮性山、张宗祥、余任天来鉴定；档次高一点的，你们还可以请省博物馆的朱家济来鉴定，这个人很好、很严肃，文物鉴定水平很高。”

不久，省委组织部部长郑平召集省文管委、省博物馆和西泠印社三家单位，在省文管委办公室召开了一个专门研究文物征集的会议。郑平在会上要求：“文物收购不能光在杭州，要到上海、宁波、绍兴去，但也不能满天飞，要有重点对象。”

按照这个思路，与会的人员进行了热烈的讨论，最后，大家把征集目标集中在了高、钱二家，高家就是高络园，藏品很多；钱家，则是钱镜塘，收藏的书画精品也不少。

“你们省市两家单位要分分工，杭州可以收钱镜塘的为主，浙江省主要收高家的。”郑平部署道，“明年我们在杭州饭店办一个展览，由浙博、浙江美院和西泠印社三家单位出展品，把你们的藏品拿出来展览，一家展一个星期，你们看怎么样？”

在省市领导的亲自过问和大力支持下，西泠印社正蓄势待发，加紧着正式恢复活动前的各项准备工作。

第二十五章

爱社如家主人翁　无私捐赠显大义

那阵子，征集和收购金石字画等藏品，成了西泠印社的头等大事。

1962年的春天悄悄来到，姹紫嫣红的盛开百花，并没有让孙晓泉留意到大自然又在发生着一年一度的神奇变化，因为他的注意力，都被曹漫之的一番话吸引住了。

曹漫之是一位受人敬重的山东南下干部，曾任山东人民抗日救国军第三军政治部主任、胶东北海区保安司令员、胶东区支前司令员，中华人民共和国成立后，又担任过上海市民政局局长。曹漫之为人热心，乐于帮忙，与上海文艺界关系密切，尤其跟谢稚柳、唐云、钱镜塘、方去疾、高式熊等艺术名家接触甚密。对西泠印社，也是关心备至。

一个偶然的机会，听说西泠印社正在为筹备恢复活动而征集书画藏品，曹漫之就向孙晓泉透露："你们西泠印社有一位久住在上海的老社员，名叫张鲁庵，是浙江慈溪人，他一生专门制作高级印泥，名气很大的。"

"张鲁庵，我的确有听其他社员提起过，好像他还是一位蛮有名的收藏家。"因为前期正好开展过社员调查工作，孙晓泉对张鲁庵这个名字并不陌生。

"是啊，他收藏着大量的印章和印谱，不但数量多，而且都是精品。你们不是正在搞藏品征集吗？如果他的这批藏品能够捐献给你们，那西泠印社就称得上全国性的印学研究机构了！"

获得这一线索后，孙晓泉赶紧把韩登安找来了解情况。

"在筹办国庆十周年金石书画展的时候，我和王主任就去拜访过张先生，当时张主任也动员过，希望张先生能把藏品捐给西泠印社……"韩登安若有所思道。

"那张先生是什么个态度呢？"孙晓泉急切地问。

"他倒是愿意捐献的，不过他说还需要整理。而且还要使用……"

"愿意就好！愿意就好！"孙晓泉开心了，"那你和树勋就再去趟上海吧，动员动员看，争取让张先生早点把藏品捐出来！"

5月，王树勋和韩登安肩负着重任来到了上海。他们先去拜访了比较熟悉的高式熊先生，想听听高先生的意见，怎么动员张先生将其藏品捐献给西泠印社更好。没想到高式熊听罢二位的来意，却面色沉重地说道："唉，你们还不知道啊？张鲁庵先生上个月已经因病过世了！"

闻此噩耗，王、韩二人顿时愣在那里，心中既难过又失落。难过的是，又一位热心印社的老社员不幸离去；失落的是，张先生都已经离世了，那动员捐献的事，可就更加没有着落了吧？

"生老病死，此乃自然规律，你们也不要太难过。"见二人面色沉郁，高式熊宽慰道，“先生在弥留之际，曾留下遗嘱，要将这批藏品捐献给国家的。我这就带你们去拜访张鲁庵先生的家人吧！”

来到张家，慰问过后，高式熊向张鲁庵夫人叶宝琴挑明了话题：“他们二位从杭州赶来，除了吊唁张先生，还有一件事，就是商议藏品的捐献问题……”

“先生确有此遗愿，所以，捐献是不成问题的。”面色憔悴的叶宝琴望了望儿子张永敏，缓缓说道，“只是具体捐献给哪个机构，我们还得商量商量。”张永敏在一旁也频频点头。

“张鲁庵先生是西泠印社的老社员，而西泠印社又是全国性的印学研究团体，所以，这批印品捐献给西泠印社，应该是最理想的归宿。”王树勋耐心地说服。

“是啊，这样做，肯定也符合鲁庵先生的意愿。”韩登安也劝道。

张鲁庵家属们听了，也都觉得是这个道理。叶宝琴难过地说：“捐给不专门搞印的单位不一定很好，这个道理我懂。先生在世时就一直惦念着西泠印社，说印社就像自己的家一样。把他最心爱的藏品永久保留在印社，倒也确实是最佳的选择。不过……”

“不过什么？”见叶宝琴话锋一转，王树勋和韩登安心头同时一惊。

“先生的遗愿是说要将这批藏品捐献给国家的，可西泠印社是学术团体，不是政府机构，不代表国家呀……”

“那这样吧，藏品就先初步决定捐给西泠印社，这个问题我们带回去向领导汇报，我相信一定能够妥善解决的。”

于是，将这批印章印谱捐献给西泠印社的事，就这么初步商定下来了。王树勋、韩登安等当即帮助张家，将这批珍贵的藏品进行了初步的清点，以备随后的造册登记。

初战告捷，王树勋和韩登安回到杭州向领导汇报情况。

“这批藏品不得了！不仅何雪渔、文三桥、赵之谦等明清大家都有，而且秦汉铜印也是既多且精，历代印章共有1500余方，印谱400多部，其中善本、孤本、明拓等版本，多为罕见之物……”韩登安兴奋地介绍道。

领导们听了，自然是大为高兴，都说：“经过战乱，我们接管西泠印社时，社内没有一颗印章，也没有一本印谱。这次捐献如果成功，我们西泠印社才称得上是名副其实的全国性印学团体。所以，你们也立了大功呀！”

“但是张家提出，按照张鲁庵的遗愿，是将这批印品捐给国家，可西泠印社不是国家机关，这事如何办才好？”王树勋面带难色地汇报。

“张先生有此遗愿，这是事实，我们确实应该尊重。”有人建议：“要不这样？我们向市委市政府报告，让张家把这批东西捐给杭州市人民委员会。人民委员会是政府，我们请副市长代表市人委接受捐献，并以市人民委员会的名义颁发奖状和奖金，然后，再由副市长宣布，将这批东西交给西泠印社保管、使用，可以出版、展览、交流，发挥这些藏品的作用，大家看如何？”

大家听了这个方案，一致表示赞成。于是，马不停蹄地向市人委作了汇报，市领导当即表示同意，支持西泠印社的这一做法。

10月9日，王树勋带着韩登安、俞言德和郑荣根等几位同事，再次赶赴上海办理捐献藏品的具体事宜。他们和高式熊一起，清点、整理了整整两天时间，终于将印章、印谱悉数分类清楚。在张鲁庵家属的通力合作下，很快又办好了交接手续。

本以为可以顺利地带着藏品回杭州了，没想到这时，却突然生出了一个意想不到的新情况。

“不好了，不好了，又遇到麻烦了！”这天，刚从上海赶回杭州的王树勋，气喘吁吁地跑进了市文化局的局长办公室。

“别急别急，又遇到什么麻烦了，你慢慢说。”

“事情很复杂！”王树勋接过水杯，咕噜咕噜喝了几口，继续说道，“上海方面说，这批藏品应该留在上海，不同意捐献给杭州！”

“不同意？是哪个单位不同意？”

“主管单位文化局呀。”

“那你找过曹漫之同志吗？”

“找了，他说，这个问题比较棘手，要你到上海去跟他具体商量。”

这事非同小可！孙晓泉赶紧放下手头的工作，心急火燎地赶到上海。一下车，他就直奔曹漫之家。

“听说文化局不同意把张鲁庵先生的藏品捐给西泠印社？这是怎么回事呀？”还未落座，孙晓泉就急切地问道。

“是啊，上海市文化局确实已经明确表态：这批印品不能让杭州运走，他们想留给自己。”

“那可怎么办呀？这批东西大橱子小柜子的，他们不同意运走，难道叫我们搞秘密行动不成？看来得去上海文化局，找他们交涉！”

“别，别，找文化局不行的。”曹漫之赶紧制止，“关键是两个人，一位是上海市委书记处的王一平书记，他是分管文化的；还有一位是上海市委宣传部的陈其五部长。他们管整个上海的文化宣传和思想战线，不一定会关注图章这东西，只要他们同意放就行。”

“好，那我们马上行动，去拜访两位领导！”

在曹漫之陪同下，两人首先找到陈其五，把张鲁庵家属向西泠印社捐献藏品的情况作了大致的汇报，然后请求道：“这本来是件好事，可是你们主管部门不同意，能否请陈部长帮我们做做工作？”

“印章这些东西，不像剧团天天演戏、看戏，主要就是收藏保管，还是需要专业负责的。”曹漫之在一边帮衬地说着。

“我们上海的事情够多的了，像篆刻、印谱之类的东西，就交给你们西泠印社保管好了！”弄清了事情的原委后，陈其五爽快地表了态，“我回头跟文化局打个招呼。”

得到了陈部长的支持后，两人马不停蹄又赶到了王一平的办公室。听了汇报后，王书记也明确表示了支持，他说："我们上海大事都够管的了，像篆刻、印谱之类的东西，还是交给你们西泠印社保管好，物尽其用嘛！我也跟陈部长说说。"

经过这一波三折，这批珍贵的印品终于从上海安全运送到了杭州。

然而，如此宝贵的印品，杭州市人民委员会接收下来，转交给西泠印社之后，又该存放在哪里最为稳妥、最为安全呢？市文化局？肯定不合适，杭州书画社？或者直接放在孤山的西泠印社社址内？好像这些房子也都不太安全，都不保险。

这可怎么办？一帮人研究来研究去，合计了半天，仍然没有找到理想的存放之处。这时，市人委的秘书长王黎夫提出了一个方案。他说："葛岭山上有一座黄色的小洋房，现在空着，倒是很适合收藏金石书画的。"

"葛岭？你说的是静逸别墅吗？那里已经不是西泠印社的地界了啊……"众人有些迟疑，猜想着王黎夫秘书长所指的黄色小洋房，应该就是葛岭路5号院内那座位于半山腰上的黄墙黑瓦西式建筑，那是原国民政府首任浙江省长张静江的私宅，号称"静逸别墅"。

"对，就是那里。这房子现在归省机关事务局管理，如果能报请林乎加书记批准，那省机关事务局的杜承钧局长一定会同意的。"

王黎夫的一番话大家茅塞顿开。按照这一思路，市文化局迅即向林乎加书记进行汇报请示。

"这个人不简单！"听了有关张鲁庵及其家属捐献藏品的汇报后，林乎加感慨地说道，"他一辈子就干收藏印品这一件事，干得很出色，贡献很大！就按照你们的建议，把葛岭山上的那座小楼拨给西泠印社，作为藏印之用。"

又一个难题就这样顺利解决了。为了表彰张鲁庵先生爱社如家、无私奉献的精神，西泠印社决定在静逸别墅内专门辟出一室，用于存放张鲁庵先生捐献的藏品，室名就沿用张鲁庵的斋号“望云草堂”，并由时任印社社长张宗祥题写了“望云草堂”4个大字，制成匾额，悬挂在了这座藏印小楼的门楣上。

1962年10月，连绵数日的阴雨天气终于放晴，人们的心情也不知不觉地随着这晴朗的天气变得格外舒朗。在西子湖畔的杭州湖滨路31号杭州书画社三楼，沙孟海、诸乐三、韩登安、阮性山、朱醉竹、王树勋、刘江等人聚集在并不宽敞的会议室内，准备对其家属代表张鲁庵先生捐献的这批印章和印谱进行入库前的最后一次清点和审定。

韩登安首先向大家详细介绍了接收这批捐献物品的前后过程，以及这批物品从杭州一波三折运至杭州的经过。随后，大家一边清点，一边发出频频的赞叹。在这批捐献物品中，被定为国家一级文物的印谱就有38部，其余的395部印谱也均为国家二级和三级文物，《十钟山房印谱》《飞鸿堂印谱》《学山堂印谱》《松谈阁印谱》等很多印谱已是绝世珍品，其中一部明代隆庆壬申年辑成的《顾氏集古印谱》，更是收录了1600余枚铜印和150余枚玉印，为我国存世最早的一部古玺印汇录。在上千方印章实物中，也不乏明代何震的“放情诗酒”、邓石如的“燕翼堂”五面印、浙派篆刻创始人丁敬的“烟云供养”等被定为国家一级文物的印作精品。

这是西泠印社自1959年恢复工作以来收到的最为珍贵、最有价值、数量也最多的一笔捐献文物。望着这批琳琅满目的历史文化遗产，几位西泠印社的骨干格外精神振奋，他们仿佛看到了西泠印社的文物收藏工作，从此将拉开崭新的一幕。

清点和审定工作全部完成后，近2000件珍贵的捐献文物，就从暂时寄放的杭州书画社三楼，被安全运送到葛岭山上的“望云草堂”内。西泠印社办公室还根据工作需要，专门从浙江美术学院国画系挑选了一名青年教师，负责文物的整理和保管工作。

12月15日，杭州饭店内一派喜气洋洋，与室外凛冽的寒风形成了鲜明的对照。杭州市副市长陈礼节、张鲁庵的家属、市文化局和西泠印社相关人员，以及张宗祥、马一浮、沈尹默、邵裴子、王个簃、潘天寿、沙孟海、唐醉石、钱君匋、诸乐三、丁吉甫、叶潞渊、罗叔子、韩登安、方去疾、高式熊等众多文化艺术名人济济一堂，共同见证了张鲁庵先生所藏印品的捐献仪式。

张鲁庵的儿子张永敏作为家属代表，首先，向大家介绍了其父亲的生平及其遗愿；随后，张宗祥代表西泠印社致答谢辞，对张鲁庵家属表示了诚挚的感谢；最后，陈礼节副市长代表杭州市人民委员会接受捐献，并向张鲁庵家属颁发了奖状和奖金1万元。

“这批珍贵的印品，将交给西泠印社保管，并可以展览、研究、出版、观摩，要充分发挥其作用！”陈礼节副市长说着，当场将印品的清册转交到了王树勋手中。

这一年，对于西泠印社来说可谓是丰收之年。除了张鲁庵之外，还有一批对印社充满了深情厚谊的社员们，都纷纷将自己珍藏的金石字画捐献给了西泠印社，彰显出了一份爱社如家的大义。早期社员高络园首献汉代铜印500方，后又赠送印社晋代铜鼓2只、汉晋有纪年或纹饰的古砖数百块；积极促成张鲁庵藏品捐献的曹漫之，也把自己从绍兴购得的一幅清代徐渭的丈二匹草书轴捐给了西泠印社；“传朴堂”主葛昌楹得知西泠印社正在筹办60周年纪念大会，更是毫不犹豫地将珍藏多年的43方印中精品无偿捐献出来，其中，明代文彭的“琴罢倚松玩鹤”、何震的“听鹂深处”、清代邓石如的“江流有声断岸千尺”、吴让之的“瑶圃手模秦汉金石”、赵之谦的“竟山拓金石印”等均成为西泠印社的镇社之宝。在交付这批名印时，他动情地说：“这回，是小女儿出嫁了！”

第二十六章

凤凰涅槃再翱翔　印社渐次复生机

1962年12月，对于堪称当时杭城最高档的杭州饭店来说，热闹的可不仅仅只是15日这一天。除了这天隆重举行的张鲁庵藏品捐献仪式外，其实从12月的12日至17日，这里一直是高朋满座、名流云集，来自上海、南京、温州、武汉和杭州等地的30多位西泠老社员及著名篆刻家、书画家、收藏家、鉴赏家会聚在一起，共同出席了一次全国性的西泠印社社员大会。

对于再次蓄势待发的西泠印社来说，这是一次再整行装的务实会，更是一次声势夺人的演习会。为了保证这次社员大会的成功召开，确保会议取得实质性的成效，杭州市政府、市文化局、杭州书画社和西泠印社办公室早在半年前就已经开始紧锣密鼓的谋划。1962年的5月16日，市文化局出面邀请了省市金石书画界、收藏鉴赏界的名家和省文化、文物主管部门的领导在杭州市电影公司召开了一个小型座谈会，专题研讨恢复西泠印社的准备工作。张宗祥、潘天寿、邵裴子、沙孟海、孙慕唐、吴寅、朱醉竹、余任天、陆维钊、韩登安、程二如等印社老社员和著名艺术家纷纷发表见解，对召开社员大会的基本框架及后续的机构成立、学术研究、展览出版、文物收购、人才培养等一系列问题都做了细致深入的研究。

“从现在起，我们准备做一些恢复西泠印社的工作。”座谈会记录本上这句平实的誓言，预示着西泠印社将在建社60周年之际恢复运作的帷幕，已经徐徐拉开。

会后，市文化局和杭州书画社加紧了文稿出版和文物征集等各项准备工作的步伐。8月9日，西泠印社分别致函浙江省文物管理委员会、杭州市房屋管理处和杭州市园林管理局，申请返还西泠印社的社址建筑、固定文物、图书资料及器具设备等原有物件。

此时，从省里到市里，各部门对恢复西泠印社的认识都已取得了高度的共识：这是进一步贯彻落实“百花齐放、百家争鸣、推陈出新”的方针，更好地联系和团结全国著名金石书画艺术家，继承和发扬祖国的优秀文化遗产的重要举措。

在这样的思想指导下，西泠印社提交的申请报告很快就得到了各有关部门的回复支持。浙江省文物管理委员会批复同意，将社址内的汉三老石室及其碑刻、砖石等文物重新移交西泠印社保管；杭州市园林管理局也将“暂时借给西泠印社使用保管”的孤山印社社址，正式交还到了西泠印社手里。

在省市领导的热切关注和各有关部门的大力支持下，经过半年时间的认真准备，中华人民共和国成立后的第一次社员大会，终于在12月12日正式开幕。这次久违了的全国社员大聚会，既引起了全国金石书画艺术界人士的热烈关注和积极响应，也得到了浙江省、杭州市乃至国家领导人的高度重视。国家副主席董必武、全国文联主席郭沫若、文化部部长沈雁冰等领导专门为印社赋诗题词，祝贺社员大会的胜利召开；省委书记林乎加、省人委秘书长王黎夫等利用会议间隙，专程会见了与会社员，听取大家对西泠印社发展的意见和建议；省委宣传部副部长商景才、杭州市副市长陈礼节代表省市到会讲话，勉励社员们群策群力，为重振西泠印社的盛况而携手努力。江苏省书法印章研究会、上海书法篆刻研究会、上海社会科学界联合会、上海出版局等单位也都纷纷派出代表到会祝贺。

整整一周的会议，围绕着讨论研究庆祝西泠印社创建60周年活动的筹备工作这一主题，大家各抒己见，畅所欲言，对印社恢复组织与活动、重建数峰阁、社址维护、文物保护管理、社务领导力量的加强等方面都提出了很好的建议。会议期间还举办了“赵之谦金石书画艺术专题学术讨论会”、张鲁庵印章印谱捐献仪式以及两次集体书画创作活动。

目睹此般盛况，专程从上海赶来参会的秦康祥既是感慨万分，又是兴奋不已，他逢人便说：“想不到哇！想不到哇！过去我们在编修印社的志稿时，原以为西泠印社的组织和活动就此结束了，最多也只能在西湖孤山留一个遗迹作为纪念罢了，想不到党和人民政府对西泠印社如此重视，涅槃的凤凰又要飞得更高了！”

在这次会员大会上，最浓重、最具特殊意义的一笔，就是成立“庆祝西泠印社创建60周年筹备委员会”。这是一个专门负责恢复西泠印社组织和庆祝活动各项筹备事宜的临时性组织，其组成人员是在1957年成立的筹备委员会基础上，经过严格的政治审查和调整扩大，经大会选举产生的，张宗祥为主任委员，潘天寿、傅抱石、王个簃、许钦文、孙晓泉为副主任委员，委员有张英田、诸乐三、邵裴子、方介堪、沙孟海、高式熊、钱君匋、唐醉石、罗叔子和阮性山。

筹委会刚刚成立，马上以务实的姿态进入角色，不仅座谈讨论了《西泠印社章程（草案）》，还具体研究了庆祝西泠印社创建60周年的活动计划，并把计划中所列的各项活动逐一进行了分工落实。

在那个寒风呼啸的日子里，热烈的气氛却像弥漫在会场内的浓重热气，让所有在场的人都情不自禁地变得血脉偾张。新当选的筹委会主任张宗祥更是情绪极其高涨，在发言中，这位身材魁梧的八旬老人声音洪亮地向大家畅述他对振兴西泠印社的宏大理想，再次强调了要扩大西泠印社的设置范围。

“西泠印社地处西泠桥畔，孤山之巅的湖山最佳处。清末印学诸子在此集会、建社，遂以地名名社，这就是西泠印社的由来。”说到兴奋处，张宗祥忽然话锋一转，“从前，西泠印泥都是名牌货，驰名中外。它的特点是工艺精湛，选料讲究，不但永不褪色，而且永葆鲜艳，受到国内外名家的欢迎。西泠印泥是我们印社的特色之一，应积极恢复制作……”

一番慷慨激昂的话，说得在场的人都十分振奋，大家情不自禁地热烈鼓起掌来。

“金石篆刻这门艺术很重要，是祖国百花园中的一朵奇葩，万万不可忽视啊！”当选为筹委会副主任的王个簃也是心情十分激动，他对同为筹委会副主任的孙晓泉说，“在旧社会，旧政府对西泠印社不重视、不关心，发展不起来。现在好了，有共产党领导，政府管理，一切事情都好办了。”

会议结束后，杭州市文化局向杭州市政府递交了《关于西泠印社召开筹备庆祝60周年座谈会的情况的报告》，对这次大会所取得的成果进行了全面的小结，其中最大的亮点，是会议明确了西泠印社在新时代的性质、任务和发展方向：

西泠印社的性质，是在党和人民政府领导下的、国内印学家自愿参加的学术团体；

西泠印社的任务，是坚决贯彻“文艺为工农兵服务，为社会主义服务”的方向和“百花齐放、百家争鸣、推陈出新”的方针；

西泠印社的发展方向，是团结全国的印学家，培养新生力量；运用篆刻艺术，体现爱国主义思想和革命传统的精神，努力做到古为今用；继承和发扬祖国传统的印学艺术，并兼及文字学和书法、绘画的研究，通过整理、出版、座谈会、报告会、展览会等方式，积极促进印学艺术的繁荣和发展。

新的定位、新的方向，预示着命运多舛的西泠印社再次获得了勃发的动力。按照建社60周年庆祝活动的计划，一场规模和声势都更为空前浩大的艺术盛事正在步步临近。

庆祝西泠印社创建60周年的纪念会被正式确定在1963年的秋季举行。会上将正式通过西泠印社章程；吸收发展新会员；讨论西泠印社的发展规划；制订学术研究和艺术创作计划；通过报告会、讨论会、座谈会等形式交流学术研究心得和艺术创作经验。

在这次盛会上，还有一项极为重要的议程，就是重生的西泠印社将选举产生首届理事会和印社的第三任社长。

由谁来挑起印社领军人物这杆大旗呢？俗话说，“火车跑得快，全靠车头带”。这可是关系到西泠印社未来发展的大事！

作为筹委会主任的张宗祥，自然是社长最合适的人选了。但是孙晓泉的心中还是有些担心，这倒不是因为张宗祥似乎与印关系不大。西泠印社的宗旨就是“保存金石，研究印学”，张宗祥虽然鲜见直接治印，但对金石和碑版之学是极有研究的。况且张宗祥还能书善画，造诣精深，在医药、戏剧、文史考古等诸领域也颇有建树，是位德高望重的渊博学者，在当时拥有非凡的学识、资历和社会地位，绝对堪当社长之任。孙晓泉所担心的，是张宗祥毕竟已经年过八旬，又担负着很多重要的社会职务，他个人会不会接受这副重担呢？

于是，在前往张老家商谈筹备工作的时候，孙晓泉就试探性地询问张宗祥：“如果大会选举您当社长，您可不要推辞哟！”

张宗祥果然哈哈大笑地推辞起来：“我这部机器已经运转了82年了，社长一职，还是让小弟弟潘天寿担任吧！他年富力强，且又才高。可以胜任的。”

“潘天寿教授主持浙江美术学院的工作，任务已经够繁重了。您德高望重，颇孚众望。如果大家选您，请万勿推却呀。”孙晓泉赶紧耐心地说服道。

见孙晓泉说得理由挺充分，态度又那么恳切，张宗祥便没再坚持。孙晓泉的心这才踏实下来。

组织架构和后备人选一一敲定，各项展览活动也正在有条不紊地推进之中。其中，印社所藏印章的钤印面和拓边款，便是一项十分庞杂烦琐而细致的工作。

在葛岭山上的印社库房内，身形瘦削的韩登安终日埋首在4000多方明清至近代各篆刻名家的原石印作之中，带领着柴子英、唐长茂、郁重今等几位助手，把这些珍贵的篆刻作品一件一件钤拓出来。而这当中的半数印作，是他代表印社跑遍了上海的62位藏家，费尽心力借来的。其中，800多件王福庵过世后的遗物，更是在韩登安和陈叔通的游说下，经王夫人首肯捐给了印社收藏。

1963年的重阳之日，风轻云淡、秋高气爽，西泠社友们期盼已久的60周年大庆活动终于在沁人心脾的丹桂飘香中到来。这一天的杭州饭店，热闹的场面赛过了以往，40余位新老社员济济一堂，共庆西泠印社的六十华诞。董必武、郭沫若、陈叔通、魏文伯、沈雁冰、齐燕铭等中央有关部门的领导同志纷纷给大会亲笔题诗题字祝贺，浙江省省长周建人不仅题写了贺词，还亲自到会发表了热情洋溢的讲话。特别惹人瞩目的，还有一批新发展入社的会员：傅抱石、沈尹默、潘天寿、谢稚柳、程十发……个个都是如雷贯耳的著名书画篆刻大家。

大会取得了喜人的累累硕果：一致通过的《西泠印社章程》，明确了印社面向未来的宗旨和任务；选举产生了由19人组成的西泠印社首届理事会，张宗祥任社长，潘天寿、傅抱石、王个簃、许钦文、孙晓泉为副社长，孙晓泉兼任秘书长的新一届领导集体；制订了西泠印社的五年发展规划；组织了以“篆刻史上的几个问题”和“西泠八家的艺术特点及其影响”为题的学术研讨；举办了“历代金石家作品展览会”“西泠印社社员作品展览会”“西泠印社社员捐献印章印谱展览会”三场展览。《人民日报》《光明日报》《文汇报》以及上海、江苏、安徽、湖北和浙江的主要报刊都刊发了西泠印社60周年纪念活动的消息。一时间，“西泠印社”这个词风靡大江南北，成为大众心目中的艺术殿堂的象征。

的确，从1957年以来沉寂了数年的西泠印社，依托其深厚的文化底蕴和坚实的历史基础，这一次终于以凤凰涅槃的姿态，迎着灿烂的曙光奋力起飞，为中国的篆刻艺术发展竖起了一座重要的丰碑。

细心的人们注意到，这次大会在继承了“保存金石，研究印学”宗旨的基础上，进一步补充强调了要坚持“政治标准第一，艺术标准第二”。其核心思想，是要大胆创新、积极实践，努力使篆刻艺术通俗化、群众化，使之更好地发挥教育人民的作用，更好地反映社会主义的时代精神。这一顺应形势发展的微妙转变，让艺术家们清醒地认识到了艺术必须走出象牙塔、扎根于群众的重要性。这也许正是西泠印社适者生存，历尽时局变幻而成为屹立百年的“天下第一社”的奥秘吧！

“印社恢复了，就要有活动。”老当益壮的张宗祥果然不负社长的重任，他提议从今往后，西泠印社要坚持开展艺术活动，每月组织一次座谈会，召集会员交流学术、开展创作、共议发展。按照这一要求，西泠印社的春秋两季雅集活动得到了恢复，印社社员们也结合新形势新任务积极开展创作活动，如方去疾、吴朴堂、单小天合作刻成《毛主席诗词印谱》《养猪印谱》，韩登安刻成36方毛泽东诗词印等。学术研究成果也不断涌现，沙孟海著述的《印学史》下编、钱君匋和叶丰编撰的《中国玺印源流》、罗福颐和王人聪合辑的《印章概述》、罗叔子撰写的《试论西泠四家的篆刻艺术》、傅抱石撰写的《齐白石老人的篆刻艺术》等著述纷纷面世。82岁高龄的社长张宗祥更是以饱满的热情投身学术研究，用独特的个人历史观编辑和撰写了500多万字的《明文海》。为了赶写这部巨著，寒冬里他脚踩着火炉，夏日里挥汗如雨，忙到1964年的秋季，手腕累得小腿般粗肿，用药布包上后，继续夜以继日地不停编撰和抄写着。

1964年是西泠印社首任社长吴昌硕诞辰120周年，筹备相关的纪念活动，也成为西泠印社恢复后的一件大事。经申请，1957年由浙江省博物馆筹建、设在观乐楼的吴昌硕纪念馆，也正式移交给西泠印社管理和使用。依托纪念馆，西泠印社制订了一系列的活动计划：举办一场吴昌硕作品展览会、召开一次吴昌硕艺术座谈会、编辑出版吴昌硕诞生120周年纪念专刊，内容以学术论文为主……

重生后的西泠印社，就像那历经了寒冬腊月的枯树，正在一点一点地恢复着动人的生机。

第二十七章

风云突变情势急　员工自发巧护社

凭借着成立60周年大庆的东风，终于恢复了组织和活动的西泠印社，正踌躇满志地实施着60周年纪念大会所制订的各项宏伟计划，打算进一步推进书画社的经营，积极发展金石书画产业，向着全面振兴西泠印社的目标大踏步迈进。可就在这个时候，全国的政治氛围突然发生了新的变化。那些沉浸在金石书画之中、憧憬着迎来艺术春天的印社社员们怎么也没有想到，一场史无前例的浩劫，正在向着他们扑面而来。

“不好了！不好了！上面来通知，说要拆除华严经塔了！”1964年12月初的一天，孤山上的西泠印社内，一个严酷的消息，忽然寒风般在工作人员间传播开来。

“不会是真的吧？去年省文管委不是还专门给文化局发了通知，要求我们切实保护汉三老石室的碑刻呢，怎么可能突然又要拆除华严经塔了？”

“咳，你没听说吗？杭州正在开展文物大清理，西湖周边许多历史文化名人的坟墓都被拆掉了！”

就在人们既惶恐又担忧的时候，官方的正式消息见报了。12月8日，《杭州日报》刊发了一篇题为《西湖风景区大力破旧立新》的消息，报道了景区正在开展“文化大扫除”，清除一批旧牌坊、旧石碑、旧匾额、旧墓葬的情况。

看来，政治风向的确有了新的变化，西泠印社的命运堪忧了！大约过了半个月后，忧心忡忡的西泠印人们终于得到了一个喜忧参半的确切消息：12月26日，省文管委已经正式致函给省文化局，在这份题为《报告省级文物保护单位的调整问题》的公函中，附有一份较为详尽的各省级重点文物保护单位的整理意见。让人颇感安慰的是，西泠印社作为“全国范围内最有历史性的刻印组织”，仍被列为省级重点文物保护单位；但同时让人感到不安的是，文中还明确指出“对该单位中的糟粕部分需要剔除”。

那么究竟哪些历史遗存是属于“糟粕”，需要被剔除的呢？在这份公函的附录中也有了明确的指向，这些“应被剔除”的遗迹分别是：

——柏堂走廊上的12幅“蒋果敏公治浙勋绩之图”刻石；

——四照阁内叶翰仙撰、孙锦书对及赵士鸿书对；

——题襟馆门中郑孝胥题“隐闲”匾；

——华严经塔；

——王震书“金仙阅世”“石室遁形”；

——沈寐叟题岳亭像赞年款书“宣统辛酉”；

——王一亭画吴昌硕题佛像线画石刻；
——华严经塔旁小佛像连龛；
——弘一写经幢下的“隐闲”二字刻石；
——释迦牟尼像；
——俞樾篆书“笋禅”刻石；
——后门石坊“以文会友”“与古为徒”对联。

华严经塔！果然有华严经塔！这可是西泠印社最高的建筑，是印社的一大标志符号呀，怎么能轻易拆除呀！而且这份清理名单上所列的其他楹联碑刻佛像等，也都是极为珍贵的历史文物，一旦剔除凿毁都将无法恢复，这可千万要慎重啊！

杭州书画社、西泠印社和市文化局的相关领导获悉此事后都开始了多方的奔走，经过大家的努力争取，包括华严经塔在内的大部分文化遗迹终于保留了下来，只有少部分楹联碑额和佛龛不得不进行改头换面的“整理”。

然而，这股浩浩荡荡的从1964年12月一直刮到了1965年3月的“西湖文化大扫除”之风，却让西泠印社真真切切地闻到了浓烈的火药味。在这样的大环境下，人们的美好憧憬又被严酷的现实生生地打碎，包括韩登安在内的工作人员纷纷被调离，主持工作的王树勋患病住院，只留下一名工作人员独守孤山，社务工作顿时陷入停滞，原定的吴昌硕诞辰120周年纪念活动、印社春秋雅集和其他学术活动、出版计划也不得不全部终止。

刚刚复苏的西泠印社，似乎又从春天骤然跌回到了寒冬。雪上加霜的是，在这疾风来袭的时刻，西泠印社的一面大旗也訇然倒下了。

1965年8月16日，西泠印社第三任社长张宗祥因病在杭州与世长辞。消息传开，许多故友都难以接受这个现实。这位刚刚接过印社帅旗的魁梧老人，谈笑风生、指点江山的音容笑貌还历历在目呢，怎么转眼就撒手人寰了？

曾与张宗祥有赠印馈书之缘的印社理事钱君匋痛惜万分地说：“印社60周年纪念会上，张老还对我说，‘照我的身体，活100岁是不成问题的！’看他那时的状态，是那般的声如洪钟、精神饱满。后来听说他有点腰酸背疼，也总以为只是小毛病，怎想到才隔两年，他竟患了癌症，离我们而去了……”

各界的挽联和悼词如大雪，在那个炎热的夏季铺天盖地，使人们因西泠印社的再度凋零而显得万分沉重的心情，变得更加凄凉与悲怆。

马一浮借挽思人：嗜酒见天真，醉后清言犹在耳；写书成性癖，生前珍籍已惊人。

陈叔通以诗为悼：六十年前赋鹿鸣，晚逢赤运放光明。异书影写堪传世，医学精研为养生。已是耋期勤未倦，骤婴恶疾酷无情。遥闻倚枕犹潇洒，大好人间正向荣。

陆维钊亦有挽曰：频年典吾浙藏书乙丹黄，每话文澜思手迹，余事熟艺林掌故兼通岐扁不徒翰墨见心期。

朱醉竹更是连书八诗，“惊闻北斗殒杭城，竟使文坛谢老成。古癖书淫背六书，龙蟠凤逸失韩荆。岂因位重轻寒士，曾以年忘结旧盟。他日如敲深巷宅，何人更出笑言迎”。痛失忘年师长的哀悼之情溢于言表。

然而，这还仅仅是厄运的开始。1966年，正当我国的国民经济调整基本完成，国家开始执行第三个五年计划的时候，一场长达10年的“文化大革命”开始了。这年夏天，大中学校的学生率先起来“造修正主义的反”，由学生组成的“红卫兵”组织在各地蜂拥而起，他们到处揪斗学校的领导和教师，一些党政机关也遭受冲击。而且这股如火如荼的“斗、批、改”洪流，很快席卷整个社会，身着绿军装、佩戴红袖章的红卫兵纷纷走上街头，横扫“四旧”，用一种近乎失去理智的狂热摧毁着旧社会遗留下来的“一切污泥浊水”。在一片破除旧思想、旧文化、旧风俗、旧习惯的革命口号声中，红卫兵小将们冲出学校，奔向社会，对大批知识分子、民主人士和干部进行抄家、批斗，将无数文物古迹和文化艺术品焚烧、砸毁。

已有2200多年历史的中国七大古都之一的杭州，在这股革命洪流中自然是损失极其惨重的。高举着“破四旧”大旗的红卫兵，对西湖周边的寺院庙宇、文物古迹发起了猛烈的冲击，他们捣毁牌匾、塑像，焚烧字画、古籍，将遗存着我国数千年历史文化的古迹场所搞得面目全非。

与孤山近在咫尺的岳王庙，本是历代人民纪念爱国民族英雄岳飞的场所，却在这场浩劫中在劫难逃，先是被革命小将乱砸一气、推倒墓阙、夷平墓地，随后，又被改造成风马牛不相及的“四川省大邑县恶霸地主刘文彩”的收租院。

另一处被誉为江南禅宗五山之一的古迹灵隐寺，被视为“四旧”俱全的封建遗存，自然也成了红卫兵“破四旧”的重要目标。获悉消息后，浙江大学的师生自发前往守卫，成千上万的市民群众也纷纷赶去声援。最后在周恩来总理的过问下，这座千年古刹才侥幸逃过一劫。

在这样的局势下，西泠印社自然无法幸免。这年的8月，炎热的空气中到处都充塞着浓浓的火药味，仿佛只要一丁点星火，就能将空气瞬间燃爆。往日里安详宁静的西湖之滨杭州书画社门前，传来了阵阵的嘈杂之声，聚集在这里的一批红卫兵高呼着口号，正在举行示威游行。

忽然，游行队伍中冲出几名红卫兵小将，径直冲进书画社，抡起手中的工具就是一通乱砸。霎时，场面一片混乱，蜂拥而入的红卫兵小将犹如蝗虫过境，转眼间就将原本秩序井然的书画社砸得一塌糊涂。“砸烂封资修黑店”的醒目大字报，被触目惊心地张贴在了展览橱窗上。

突如其来的冲击，让杭州书画社的领导们真切地感受到了一种紧迫感，为了将书画社和西泠印社的文物字画藏品妥善保护起来，以免遭受更大的破坏，他们赶紧组织员工行动起来，用“革命实际行动”进行自我保护。他们迅速拿出一批“无价值的烂字画”，当着企图冲进库房的红卫兵造反派的面全部撕毁，成功地转移了造反派的视线，保护了库房内大批珍贵的印谱和字画文物。

造反派小将们刚刚离开，书画社领导又立即部署员工赶赴孤山，把西泠印社社址内的各种有价值的石碑匾额和其他文物，全部因地制宜掩护起来：

仰贤亭内的丁敬像、二十八印人像、吴昌硕书西泠印社记等，或卸下来，或用石灰掩盖……

缶庐内日本雕塑家朝仓文夫创作的吴昌硕塑像，其铜质的头像被取下，藏到了解放路书画社的职工淋浴房内……

其他能卸下来的楹联匾额，也全被一一取了下来，转移到其他地方保存起来……

汉三老石室无法搬动，为了使里面那块稀世珍贵的汉三老石碑免遭破坏，印社员工颇具智慧地在铁门上张贴了毛主席像和毛主席语录……

金石书画营业部的柜台内，只保留了印石、刻刀和一些绘有西湖风光的折扇，其他所有与“封资修”可能沾上边的古今书画，全部都撤离下架，剩下的几本印谱，也只能偷偷地半卖半送。

事实证明，这些保护措施是那么的及时、那么的英明！

8月24日，另一批红卫兵果然又对西泠印社的大本营发起了扫荡。他们从岳坟出发，边走边砸，一路向孤山进发。刚进入西泠印社的地盘，造反派们就像打了鸡血似的，展开了新一轮的捣毁行动：后山牌坊被连根拆除，片甲不留；浙、皖两大篆刻流派创始人丁敬和邓石如的石像被敲成碎块，不知所踪；小盘谷的石刻，也被砸烂了好几处……

被藏在解放路书画社职工淋浴房内的那尊吴昌硕铜雕头像也未能幸免，不久后的一天，工宣队长在这里发现了这件“封资修”的东西，毫不犹豫地举起铁锤，“砰砰砰”几下，就将这个日本人创作的铜像给砸扁了。“把它卖了！”工宣队长一声令喝，这件被员工们辗转抢救出来的文物铜像，就被扔到了废铜烂铁堆里去了。

尽管西泠印社未能躲过“破四旧”的风潮，但万幸的是，由于抢先采取了保护措施，大批有价值的文物和艺术品最终得以保存下来。

当瑟瑟秋风渐起时，被如火如荼的“文化革命运动”列为“四旧”之地的西泠印社，已变得门庭冷落、人迹稀少。但即便如此，仍然磨灭不了它在金石书画艺术爱好者心目中的神圣地位，许许多多来自全国各地的人们，还是会悄悄地利用各种机会，走进这片令人神往的艺术圣地。

这天午后，寂静的孤山小径上，传来一阵脚踩落叶的“沙沙”声，一位衣着朴素的年轻人正气喘吁吁地拾级而上。年轻人名叫王成发，是一位来自北方的普普通通的金石艺术爱好者，趁着出差来杭的机会，去向往已久的西泠印社看看，他匆匆吃过午饭就来到了孤山。

孤山上的萧瑟景象让王成发感到有点意外。整个山上到处都被贴上了封条，几乎见不到一个游人，只有金石书画经营部的柜台后面，还默默地坐着几位神情严肃的店员，其中一位正在翻看着一本《吴昌硕印谱》。

“请问师傅，这山上的石刻怎么都被水泥封上了？”

一脸忧郁的老店员四下里看了看，小声道：“眼下都在‘破四旧’，只有这样或许才可以保存下去……”

王成发买了几块印石，又挑选了一把绘有西湖风光的折扇，打算留作纪念。这时，他看到了店员手中的印谱，就小心翼翼地问道：“这印谱能卖给我吗？”

“这个不允许卖的。”店员一副无奈的样子。望着满脸失望地转身要走的王成发，店员好像又改变了主意，忽然变戏法似的不知从哪里摸出了一本《西泠四家印谱》，飞快地塞进王成发的军挎包，嘴里还嘟囔着：“这本就卖给你吧，保存一本算一本……”

刚付完款，店员就神情紧张地催促道：“小伙子，快离开这里吧，红卫兵随时都可能会来这里‘破四旧’的，要是被撞上，你喜欢的这些东西就可能被收缴了……”

店员的担心并非杞人忧天。到西泠印社造反后不久，红卫兵又成立了“西泠印社专案组”，开始对西泠印社及其相关人员实施进一步的“革命”。他们将西泠印社视为“黑窝”，为西泠印社冠上了“裴多菲俱乐部”之名，认为印社六十周年大庆时通过的《西泠印社章程》是一个“彻头彻尾的修正主义的黑纲领，是打着红旗反红旗的大毒草”，是这个“黑窝”开展“反革命复辟活动”的铁证，必须批透批臭。

西泠印社的各地社员和与之相关的领导、专家学者都被打成“牛鬼蛇神”，有的被游街批斗，有的被关进牛棚，有的被勒令反省，有的被抄家改造，有的甚至被迫害致死。几年前还在为西泠印社奔走努力的复社骨干们，都首当其冲地成为迫害的对象。

沙孟海先是被多次抄家，后又被隔离审查，遭到批判，甚至连春节也不准回家；

潘天寿被诬为“反动学术权威”“文化特务”以及“国民党特别党员”，成为浙江美院造反派的重点揪斗对象，游街、陪斗、示众，受尽凌辱、吃尽苦头；

韩登安被扣上“封建余孽”“反动文人”等帽子后横遭抄家，红卫兵拿着一份清单，将其手刻印存和治印用具、印谱字画、信件日记等悉数装箱运走，并将余下的近人字画、金石拓本等付之一炬，之后，又勒令他隔离反省；

诸乐山被打成“资产阶级反动学术权威”后，下放到梅蓉大队接受贫下中农再教育；

陆维钊被打成“资产阶级反动学术权威”，接受审查。

西泠印社的4位创始人及首任社长吴昌硕的后裔也都受到了不公正对待。早已被单位精简在家的叶为铭之子叶良本，又被红卫兵作为“资产阶级分子”而拖出来揪斗，连续三次抄家，并将其收藏的两大捆名人字画卷轴全部烧毁。刚刚病故的印社第三任社长张宗祥所藏的图书也难逃厄运，全部被抄没。

在那段不堪回首的岁月里，历尽沧桑的西泠印社正遭受着空前的浩劫。在这场浩劫中，大批印社的精英人物如盛开后的鲜花纷纷凋零，傅抱石、吴朴堂、罗叔子、童雪鸿、马一浮、邵裴子、秦康祥、马公愚、潘天寿、沈尹默……一个一个闪耀着艺术光芒的灵魂，带着深深的遗憾离开人间。

在这极为艰难的非常时期，西泠印社所坚守的弘扬金石艺术的信念并没有改变，他们以杭州书画社等新的阵地为依托，与青少年宫联手，举办各种旨在普及金石书画艺术，培养青少年书画篆刻兴趣的培训班，与各级工会组织合作，积极开展书画篆刻创作与展览活动，先后举办了多种展览、讲座和培训，编辑出版了《吴昌硕印略》《历代印章简编》《毛主席诗词行书帖》，以不同的形式坚持着印学研究和艺术创作。尤其是以简化字入印、以“革命样板戏”唱词为印文创作的《新印谱》，成了特定时期下“古为今用”、保留篆刻艺术的一种特殊形式。

第二十八章

拨乱反正大修整　对外开放显异彩

20世纪60年代末，西方各国敌对和封锁中国的坚冰开始逐渐消融、松动。

随着美国总统尼克松入主白宫，一股新的“均势外交”战略思想逐渐占据主导地位。美国开始调整其亚洲政策，多次通过巴基斯坦、罗马尼亚等国传递口信，主动向中国抛来橄榄枝，希望通过改善中美关系，增强美国对付苏联的力量。

面对这样的新形势新情况，党中央从调整中、美、苏大三角关系的外交战略需要出发，也有了接受橄榄枝、缓和与西方关系的意愿，于是通过邀请美国乒乓球队访华、请美国作家斯诺传话等方式，发出了愿与美方接触，争取打开中美关系僵持局面的信息。1971年7月，肩负重任的美国国务卿基辛格秘密访华。5天后，中美两国同时发表公告，正式向全世界发布消息：美国总统尼克松将于1972年5月前的适当时间访问中国。

美国总统即将访华的消息引起了全世界的关注，也给其计划行程中的所到之处带来了大量的改造任务。美轮美奂的人间天堂杭州是其中的一个访问城市，道路、园林和城市环境的整治理所当然就进入了政府的视线。西泠印社作为一处重要人文景点，接到了要求整修被损毁建筑的通知。借着这股东风，在各有关单位的支持和扶助下，西泠印社开始着手进行有计划的庭院修复治理。

1972年2月21日上午11点30分，尼克松总统乘坐的“空军一号”飞机降落在北京机场，开始了对中国为期七天的正式访问。自此，中美两艘大船，在波涛汹涌的世界大潮中冲破坚冰相向而行，开启了全球政治、经济与文化大流通、大融合的新里程。

冰雪消融尽是春，难掩满城温润雨。同样的变化，也在与中国一衣带水的日本悄然发生。这一年的7月，田中角荣出任日本首相，两个月后就率领庞大的代表团正式访问中国。9月29日，两国政府首脑在北京签署了具有里程碑意义的《中日联合声明》。两国在声明中这样写道：

中日两国是一衣带水的邻邦，有着悠久的传统友好的历史。两国人民切望结束迄今存在于两国间的不正常状态。战争状态的结束，中日邦交的正常化，两国人民这种愿望的实现，将揭开两国关系史上新的一页。

日本方面痛感日本国过去由于战争给中国人民造成的重大损害的责任，表示深刻的反省。日本方面重申站在充分理解中华人民共和国政府提出的“复交三原则”的立场上，谋求实现日中邦交正常化这一见解。中国方面对此表示欢迎。

中日两国尽管社会制度不同，应该而且可以建立和平友好关系。两国邦交正常化，发展两国的睦邻友好关系，是符合两国人民利益的，也是对缓和亚洲紧张局势和维护世界和平的贡献。

日本从此承认中华人民共和国政府是中国的唯一合法政府，台湾是中华人民共和国领土不可分割的一部分，并坚持遵循波茨坦公告第八条的立场；中国政府则宣布为了中日两国人民的友好，放弃对日本国的战争赔偿要求。

中日邦交关系的正常化，为两国重续了人为阻断的悠久文化渊源，艺术交流活动也在这股暖风吹拂下，犹如破土的春草在大地上勃然生发。1973年11月下旬，应文化部的邀请，由日本前众议院议长中村梅吉为团长、日本书道艺术院理事长香川峰云为副团长的日本书道代表团一行来中国访问。

书法家组团访问中国，朝圣书法艺术先祖，是“二战”之后日本书法界的一大传统，新中国成立之后曾先后有数批日本书法家组团来访。在“文革”期间，这个国际间的文化艺术交流传统被打断。因此对于这次重新恢复的艺术访问活动，日本艺术家都非常踊跃，青山杉雨、金子鸥亭、村上三岛、梅舒适、田中冻云等日本一流书法家都参与其中。

深秋的杭城气候已经很有些寒意，而在孤山之巅的题襟馆内，却是一派喜气洋洋的温暖景象。在沙孟海、陆维钊、郭仲选、诸乐山、商向前、孙晓泉、吕国璋等人的陪同下，刚刚饶有兴致地参观了西泠印社的日本书法界同道们，在古色古香的木质茶几前逐一落座。大家一边品着香茗，一边畅谈着对书法艺术的见解，憧憬着能将这种愉快的交流活动延续下去并且发扬光大。

“来来来，我们去外面合个影吧！”座谈结束后，沙孟海笑着招呼道。于是众人鱼贯而出，来到了华严经塔前的一片空地上。

一排溜儿的7张椅子早已在空地上摆好了。十分讲究礼数的日本客人见状，纷纷邀请沙孟海居中就座。青山杉雨、金子鸥亭和梅舒适等则纷纷主动地走到椅子后面的第二排站好。

“不可不可，以客为先，先请日本客人落座！”沙孟海客气地礼让道，自己却坐到了最边上，而让香川峰云、村上北海、田中冻云等日本客人坐在了前排的中央。

腿脚不便的村上三岛拄着一根拐杖站在人群中，工作人员见状，赶紧上前将他引到前排椅子上就座。

一帧久违了的中日书法艺术家团圆照，就这样幸福满满地定格在西子湖畔的孤山上。

这次交流虽然时间短暂，却在中日两国艺术家的心中留下了美好的印象，为其后日本书法和篆刻艺术家的频繁来访建起了新的纽带，从而打开了西泠印社与海外书法篆刻界文化交流的新局面。

日本书道代表团访问结束后，西泠印社的整修步伐却并未停下，因为开放的大门已经徐徐打开，作为中国国粹艺术的典范社团，西泠印社必须做好再展魅力的准备。

此时的西泠印社，许多在“文革”期间毁坏的景观都亟待恢复，而前来印社参观访问的外宾开始不断增多。这可是关系到对外形象的大事啊！为了适应对外开展文化交流的需要，计划筹资全面恢复各景点的工作就摆上了更重要的议事日程。

涂抹在印社各处石刻上的伪装保护层，被小心翼翼地剥了下来，经过印社员工巧妙掩护的这些历史文物，终于重新向游客展露出了独特的魅力。难度更大的，是那些已经被彻底毁损的景观。这些待恢复的景观面广、量大，几乎遍布全山，而印社的自有资金几乎没有，恢复重建所需的经费全都得靠临时筹集。

该从哪一处景观先动手呢？印社的骨干们展开了热烈的讨论。

“先重建宝印山房吧？这里位居全社核心地域，可以跟仰贤亭连成一片，形成规模！”

“现在外宾越来越多，不妨在重建的宝印山房设个外宾接待室，专门对外供应金石书画及文房用品……”

宝印山房是西泠印社的重要建筑之一，位于印社东面，在抗日战争期间因失火而遭焚毁。集思广益的结果，是大家一致同意先行重建这一历史建筑，并根据当时的新形势新需要，赋予其新的特殊功能。

这年的12月，印社通过多方努力筹集到13000余元资金，而后邀请了曾经设计过汉三老石室和后山石坊、小龙泓洞等工程的古建筑专家吴寅继续担纲，正式启动了宝印山房的重建工程。经过了短短8个多月时间的奋战，一座面积为120余平方米的古式建筑，终于在孤山的苍松翠柏间拔地而起。这座崭新的山房建筑虽然体量并不宏大，但却设计精致、施工巧妙，准确地复原了毁损前的宝印山房之原韵。更令人叫绝的是，在山房的西面，通过新建一排幽雅古朴的小曲廊，与仰贤亭有机地连接了起来，起到了有分有合、相得益彰的效果。站在宝印山房前的小平台上极目远眺，宁静幽雅的湖光山色似乎就在脚下，让人心胸不禁豁然开朗。

宝印山房于1974年9月底正式落成开放后，成了来杭参观外宾的必到之处。在境外游客的追捧下，充满着东方神秘艺术气息的金石书画和文房用品，从这里络绎不绝地传播到世界各地。

宝印山房成功重建后，原本坐落在印社社址内的丁敬石像、邓石如石像以及龛藏有吴昌硕石身铜首像的缶亭，随后也都被列入了恢复重建的目标之中。

空空如也的缶亭内，西泠印社首任社长吴昌硕的铜雕头像早已不知了去向。虽然印社员工曾将这尊由日本友人制作的铜像取下来藏在隐蔽的地方，但最终还是没有逃过红卫兵的扫荡，被当作废品卖掉了。为了恢复缶亭的塑像景观，印社委托浙江美术学院雕塑系的邹广明设计制作新版的石身铜首吴昌硕像。与此同时，又邀请了浙江美术学院雕塑系的另一位高手奚鹤鸣来设计浙派篆刻和皖派篆刻的两大鼻祖丁敬、邓石如的塑像，并请杭州园林工程处的侯兴发配合完成两尊石像的雕刻制作。

接到设计任务的时候，奚鹤鸣是颇有压力的，因为印社内原有的那尊丁敬石像，是印社创始人之一的丁辅之在杭州九曜山上偶然获得的象形石，经过杭州画像师和石刻工匠一起略加凿刻而成的，风格浑厚古朴，浑然天成，极难模仿复制。况且这尊原像被毁后，根本没有留下任何影像资料和关于细节的文字描述，如果仅凭几位当事人的回忆，是很难进行复原的。好在设计师经验丰富，最后，参考了仰贤亭内的丁敬石刻画像，终于重新设计制作了一尊栩栩如生的丁敬石像。

邓石如塑像的复原工作也遇到了相同的挑战，在原作石像被毁后缺乏参考资料的情况下，设计师根据《邓石如作品集》中的图像，成功设计出了新的邓石如石像。为了取得更好的视觉效果，设计师还将石像的大小尺寸适当做了一些放大。原来的邓石如石像个头较小，高度仅为1米左右，经过调整之后，两尊石像的大小都接近真人。加上细腻流畅的雕刻线条，更加准确地凸显了两位篆刻大师的神韵风貌。

此后，西泠印社还陆续修复了后山的石牌坊等景观，遗憾的是，还有一些景观和石刻因为缺乏可供参考的史料而无法修复，彻底湮没在了历史的洪流之中，令人扼腕叹息。

十年浩劫不仅使大量珍贵文物不幸被毁，也使广大群众的精神思想遭受了禁锢，然而，群众的文化生活需求却是无法遏制的。到了“文革”后期，这种精神上的渴求更是呈厚积薄发之势，在大众的心底里春草般滋长蔓延。当时在湖滨一公园附近的杭州书画社门外，每到年关，晚上就会冒出密密麻麻的排队人群，蜿蜒的长龙一直会排到东坡路上，惹得不明就里的路人纷纷停下脚步，好奇地打探这里究竟发生了什么事。

其实，这只是因为杭州书画社门市部印制发行了少量年历卡，对外公开发售。获此消息的市民就纷纷从这个城市的四面八方涌来，连夜排起了长队，只为能够买到一张最新的年历卡。群众对文化生活的渴求是何等的迫切！

20世纪70年代末期，西泠印社还试售过两部印章手拓本，一部是《鲁迅笔名印谱》，拓制了650本，另一部是《历代印章简编》，拓制了500本，两部印谱也都是甫一面世就被抢购一空。那种对艺术和知识的渴求，实在让人唏嘘感叹！然而，由于没有出版权，西泠印社只能以内部资料的形式，小批量地尝试着销售这些印谱书籍，却无法当作正式出版物进行公开发行。

其实，编撰出版印谱拓本和印学资料，一直是西泠印社研究印学的一个重要方式，从印社诞生伊始，历经前清、民国和中华人民共和国成立，这种研究印学的传统方式都一直有所延续。在西泠印社60周年的社庆大会决定中，更是把“陆续选编出版一些印谱，借以介绍各个不同流派的篆刻艺术”作为重要的工作内容之一。遗憾的是，因受客观条件的限制，解放后，西泠印社仅出版过一期《西泠四家印谱》。这与人民大众对西泠印社的期望显然是有距离的。

“西泠印社该有个自己的出版社了！”在这样的指导思想下，拨乱反正之后的西泠印社开始向上级有关部门申请自主出版的权力。1978年4月，经国家出版局和浙江省委宣传部的同意，西泠印社经登记备案正式成为出版单位，业务范围包含了金石篆刻、书法、年画、挂历、绘画及有关理论专著与技法图书，与浙江人民出版社一道并列为当时全省仅有的两家正式出版单位。

为了全面拓展出版业务，西泠印社办公室增设了“美术编辑组”，专门负责编辑出版业务，开始创业。1979年1月，西泠印社隆重推出拥有出版权后的第一本出版物——《革命胜迹印谱》。这本篆刻作品集以革命胜迹为主题，收录了沙孟海、王个移、诸乐山、单孝天、钱君陶、韩天衡等十几位名家的印作，并特别邀请叶剑英元帅为印谱题写了书名。

这本意义非凡的印谱出版后，被新华社以电讯的方式向国内外播报，并引起了很大的轰动。一时间，求者若鹜，一版再版，一本印谱产生了极大的社会影响。西泠印社也由此走上了一条利用社有藏品优势和社会资源，不断发展壮大自己的道路。

《革命胜迹印谱》成功出版发行后，极大地激励了西泠印社在印学出版方面的积极性，趁着《革命胜迹印谱》的热销之势，印社一鼓作气，组织力量立即又投入了手拓出版《西湖胜景印集》的新项目中。

时光匆匆流逝，饱经沧桑的西泠印社，此时已经走过了70多个春秋。尘世风雨的击打磨砺，已在这个艺术社团的身上刻下了难以磨灭的痕迹。大批学养精深的老社员相继辞世，对于百废待兴的西泠印社来说，可谓最为痛切的损失。但是不论经受怎样的风吹雨打，一股顽强的生命活力，却像潜藏在地下的汹涌暗流，一直支撑着西泠印社不断冲难破阻、持续前行。从十年浩劫的阴霾中彻底走出来的西泠印社，通过拨乱反正的大修整，正逐渐恢复原有的神韵和异彩，包括书画、装裱、文物、印刷和出版在内的业务已经重新开始全面展开，新的发展蓝图正等待着新一代的西泠印人去尽情描绘。

第二十九章

体制调整增活力　改革开放走新路

1978年，伴随着春天的脚步，国内的政治局势开始转变。这年的5月11日，一篇题为《实践是检验真理的唯一标准》的特约评论员文章在《光明日报》头版发表，《人民日报》翌日进行转载，不久新华社也转发了这篇文章。

犹如一石激起千层浪，这篇评论员文章在全国各地产生了巨大的反响，一场声势浩大的解放思想大讨论由此在全国迅速展开，进而引发的关于真理标准问题的探索，使禁锢人们思想多年的冰雪开始消融化解。经过半年时间的思想激荡，党的十一届三中全会终于在1978年的12月18日召开。会议全面纠正了“文化大革命”的“左倾”错误，确定把工作的重点和全国人民的注意力转移到社会主义现代化建设上来。

这是中华人民共和国成立以来中国共产党历史上具有深远意义的伟大转折，预示着中华大地终于从漫长的冬眠中开始苏醒。随着改革开放号角的吹响，人们仿佛感受到一场充满着希望的春雨，正纷纷扬扬地洒向960万平方公里的大地，未来的美好蓝图已呈现在眼前。

命运多舛的西泠印社，在这场春雨的滋润下，也如枯木逢春般焕发出新的活力。在“解放思想，实事求是”思想的指引下，西泠印社开始再一次正视自我，寻求新的突破。

学术刊物是学术机构对外交流的重要窗口，对于一个学术机构来说，是否拥有属于自己的一本学术刊物，既是学术机构专业实力的象征，也是抢占专业领域领先位置的有效手段和途径。

1979年2月，一本名为《西泠艺丛》的刊物横空出世，立即引发了全国印坛乃至整个艺术界人士的关注和追捧。方12开本，3个印张的全彩印刷，无不显示着办刊人的一流艺术品位，整整3万册的首期印量，更是将影响力覆盖到了全国。这本中国改革开放后最早出版的篆刻书画专业刊物，使西泠印社从此有了彰显自己艺术理想的交流平台。

“万紫千红，争妍斗艳，这是西湖的春天，也是文艺的春天。”翻开崭新的杂志扉页，映入眼帘的是“编者的话”。这段充满了诗意的文字，向读者倾诉着发自艺术家们心底的呐喊与心声：“文艺的春天，比西湖的春天更加鲜艳！”

这是一本研究金石书画、繁荣创作的艺术刊物，以篆刻为主，兼收书法、绘画作品，可谓古今并蓄、古为今用。它热切地盼望着新老艺术家们进一步解放思想，充分发挥独创精神，在艺术上继承传统而不因袭前人，敢于探索和创新，敢于超越前人、攀登新的巅峰，创作出更多更好的无愧于伟大时代的优秀作品。《西泠艺丛》杂志的创刊，与前期刚刚成立不久的西泠印社出版社一道，为印社的体制变更打下了很好的基础。

当时的西泠印社，已经积聚了相当的社会美誉度和影响力，而且这种无形的力量正在持续不断扩大。然而由于体制原因，西泠印社隶属于杭州书画社领导，这在一定程度上反而不利于西泠印社的进一步壮大。这个问题，其实早在十年之前就有不少领导和有识之士提出过，但是，由于随后进入了“文革”阶段，体制调整的设想便被束之高阁。

正是这场对全中国意义深远的改革开放，给西泠印社带来了调整体制的新机遇。经过认真慎重的研究，上级主管单位杭州市文化局决定将书画社改制为西泠印社，单位以西泠印社命名，领导机构定名为“西泠印社办公室”，并按照这一设想向市政府递交了报告。1979年9月底，杭州市政府批复同意：撤销杭州书画社体制，由原杭州书画社领导下的西泠印社反过来统辖杭州书画社。经过这次体制调整之后，西泠印社被正式确立为科级事业编制单位，并且实行企业化管理；西泠印社办公室成为实际行政领导机构，全面负责履行行政管理和协调职能。

这不仅仅是一次“儿子”与“老子”之间的身份置换，其真正的意义在于，通过这样的调整，最大化地凸显了西泠印社的品牌效应，使西泠印社的社会地位进一步得到提升，从而获得了更为良好的生存环境和更加广阔的发展空间。

进一步理顺关系之后的西泠印社，以一种崭新的姿态，昂首阔步地迎来了建社的第七十五个年头。

这年的12月，西泠印社建社75周年庆典大会在风景秀丽的花港饭店隆重召开。深秋的西湖南岸，碧波在阳光的映照下荡出层层的金晕，令人心旷神怡。依旧青翠葱郁的松柏和香樟树下，一群面带喜色的人们正在聚首欢谈，其中大多已两鬓斑白，却一个个都是谈兴正浓。

他们是来自北京、上海、山东、江苏南京和浙江杭州等地的新老西泠印社社员，赵朴初、沙孟海、启功、诸乐山、王个簃、方介堪、钱君匋、程十发、吴作人、罗福颐、朱屺瞻、陈巨来、朱复戡、余任天、方去疾……一位位耳熟能详的著名金石书画艺术家，在经历了10年的痛苦与磨难后，终于再次相聚西子湖畔，那种激动与喜悦的心情是难以言表的。大家满怀着主人翁的豪情，重新讨论了印社的发展规划，确立了加强学术研究、繁荣艺术创作、重视培养人才、加强中外文化交流的发展方向，重点讨论了社章修改草案，并且组织开展了一场题为“加强学术研究，繁荣艺术创作”的大讨论，对《明清篆刻流派简述》等论文进行了交流。

每次召开社员大会，都能收到一批社员的捐赠作品，这早已成为西泠印社的一大优良传统。正是有了这种众人拾柴火焰高的主人翁精神，西泠印社的藏品才得以不断充实。这次大会也不例外，一共收到了社员捐献作品150件，已故社员王福庵、张宗祥、沈尹默等的家人还按照各位先生的遗愿，将他们生前的作品及部分遗物捐赠给印社。当然，在这次大会上最引人关注的捐赠，当属来自受到表彰的王个簃，他向大会一次性捐献了“文革”后政府发还给他的家藏“八大山人”和吴昌硕、董其昌、沈石田、仇一洲、王一亭等书画大家的50余件珍贵的字画作品，得到了政府的嘉奖表彰，大会为此还专门举办了一个“王个簃捐献授奖仪式”。

自1965年第三任社长张宗祥辞世之后，西泠印社的社长之位已经空缺近15个年头，这对印社的发展肯定是不利的。因此，这一次的社员大会，还有一个十分重要的任务，就是选举产生新一届的印社领导班子和印社的掌舵人。

为了在大会上推选出众望所归的新任社长，市文化局负责人带着一枝半开的蜡梅来到沙孟海家中，感慨地说道：“现在‘文化大革命’结束了，西泠印社百废待兴。但冷老（指张宗祥社长）已经去世，今后的任务很重，所遗社长一职，只有请您担任了……”

沙孟海听后连连摆手道：“不行，不行。”然后就积极推荐上海的人才。

“我们考虑，从工作需要和方便出发，社长一职还是要从杭州社员中推选。从德行、学问和艺术修养各方面着想，社长一职，非您莫属，这是诚恳的考虑，望勿推辞。”

于是，沙孟海就作为社长候选人被提交到建社75周年大会上进行推举。经过大会选举，沙孟海当选为第四任社长，赵朴初为名誉社长，王个簃、方介堪、启功、诸乐山、钱君匋、程十发等8位当选为副社长；同时，还选举产生了由21名理事组成的西泠印社第二届理事会。至此，西泠印社的社团组织终于又全面恢复了生机。

75周年纪念大会结束后不久，西泠印社再添新机构。在15年前的建社60周年社员大会上，西泠印社曾明确提出将“兼及书画”作为对“保存金石，研究印学”办社宗旨的补充。如今中断了多年的西泠印社活动终于全面恢复正常，为了把全国各地乃至海外的著名书画家进一步团结起来，将“兼及书画”的宗旨理念落到实处，1979年12月25日，西泠书画院正式宣告成立。书画院与西泠印社办公室合署办公，虽然实行的是“一套班子，两块牌子”的工作机制，人还是那些人，但业务范围却得到了名正言顺的拓展。

从此，西泠印社办公室踏着改革开放的鼓点，担负起了印社全面发展的职能，他们从服从服务于发展的需要出发，从原有的单一经营机构，向着多门类多品种的文化经营开拓，印社的经济发展与社团建设同时迈开了前行的步伐，艺术交流的层面更是从国内向海外进一步拓展。

就在这个时候，日本友人又专程为西泠印社送来了吴昌硕先生的复原胸像。

那是1979年的春天，日本读卖新闻社社长小林与三次等人利用游览杭州之际来西泠印社参观，当他得知原存放在缶龛内的那尊日本雕塑家朝仓文夫塑造的吴昌硕半身铜像已在“文革”期间不幸遭到破坏，心中万分痛惜。回国之后，这件憾事一直记挂在他心中无法释怀。于是，小林与三次便与青山杉雨、柳田泰云等日本艺术界的同人进行商议，发起成立了“吴昌硕先生胸像复原委员会”，打算集众人之力来恢复这尊意义非凡的被毁铜像。

因为铜像的原作者朝仓文夫已经过世，于是他们首先联系了朝仓文夫的女儿朝仓响子，希望能找到塑像的原模，以便重新再范铸一尊出来。遗憾的是，原模在1933年的大地震中已遭毁损，而朝仓响子对典式范铸技术也并不在行，因此，按照原样复制出吴昌硕的胸像几乎已经没有可能。

正当众人失望之际，朝仓响子忽然又给大家指点迷津：“你们可以去找找西常雄先生，他或许会有好办法。”

这位西常雄是朝仓文夫的高足，也是日本的著名雕塑家，对于先师的雕塑手法，他是再熟悉不过的。吴昌硕胸像复原委员会的几位艺术家闻讯后大喜过望，当即找到西常雄说明意图。

对于这样一件特殊而有意义的任务，西常雄自然满口答应、全情以赴。在朝仓响子的配合下，西常雄依据吴昌硕的有关资料，很快就重新塑造了一尊高约85厘米的吴昌硕先生铜质胸像。这尊铜像配上底座后高达1.1米，基本保持了原来的风貌。日本文学界和书法界的3位名家中哲村、西川宁和柳田伊秀，还分别应邀为铜像撰文和题写了碑名。

1980年5月，应日本政府和大平正芳首相的邀请，华国锋总理赴日本进行为期6天的正式访问。其间，日方将西常雄等人重新制作的吴昌硕铜质胸像作为礼品，赠送给华国锋总理。铜像被带回中国后，仍然存放在西泠印社。但是，由于印社已经委托浙江美术学院雕塑系的邹广明正在设计制作缶亭内的新版石身铜首吴昌硕像，经研究，决定将这来自日本的第二尊吴缶翁铜像安放到位于观乐楼内的吴昌硕纪念馆中。

1980年11月，由小林与三次为团长，青山杉雨、村上三岛、小林斗盦、梅舒适等日本篆刻家、书画家和知名人士组成的“吴昌硕先生胸像赠呈友好访华团”一行数十人，踏着爽朗的秋风，又从东瀛漂洋过海，专程来到杭州参加铜像赠呈和揭幕仪式。

临行之前，日本客人提出了一个要求：希望在西泠印社赠呈完吴昌硕先生的铜像后，再去一趟先生的安葬之地余杭超山，为先生扫墓祭拜。

访问团的几十位日本艺术界友人皆是缶翁的海外拥趸，且年龄大多六七十岁。人家怀着如此虔诚的态度，不辞辛苦大老远地从日本赶过来，为的就是对自己心目中的艺术大师表达一份敬仰之心，这点要求不能不满足吧？

消息传到超山林场，可着实把人吓了一跳。这在当时可算是一次大型的外事活动了，当然得组织落实到位，不能有任何的失误。可问题是，吴昌硕的墓地在“文革”期间也遭到了破坏，除了一点石磡和石级还保留在那里，别的就什么也没有了。“文革”结束后，吴昌硕的孙辈吴长邺曾提出过修复先墓的请求，但当时的客观现实是，给活人落实政策都还来不及，哪里还顾得上修复先墓这种事？

可现在，日本客人马上就要来扫墓了，总不能让他们对着一片白地凭吊祭拜吧？必须急事急办、特事特办！

余杭县委书记曹征南闻讯后，亲自赶到超山召集相关人员召开紧急会议。

“吴昌硕先生的墓要赶紧修好，钞票县里会出，事情必须做好。不弄好，要撤职！”县委书记在会上掷地有声地下达了命令。

会后，塘栖区委书记金庆昌马上与超山林场场部的同志们进行商讨，就先墓的修复事宜做出了一系列的安排落实，林场员工全员发动起来，兵分数路展开行动：

有的被指派前往采购砖石，并且重新垒砌坟墓、修复墓道……

有的被组织起来，负责将缶翁及夫人的骨殖挖掘出来，并且入甏安存……

有的被派往杭州，前去邀请缶翁的弟子诸乐山先生，为修复的墓穴书写墓碑……

更多的员工则参加到了兴修道路之中。因为原本从山外公路通往缶翁先墓所在地的大明堂，只有一条大约400米长的窄窄的人行走道，为了便于客人前来扫墓时的车辆进出，必须对这条道路进行扩修重建。

经过短短几天的奋战，一条3米宽的柏油马路，赶在客人到来前的三天浇好了。

而整个缶翁先墓复建和环境整修工程，总共才花了3000元钱。

11月7日，在暖阳普照的孤山之巅观乐楼前，远道而来的“吴昌硕先生胸像赠呈友好访华团”的日本艺术家们，与吴昌硕的后裔、门生及部分在杭的西泠印社社员依次站立，凝神仰望，大家怀着崇敬的心情，共同见证了缶翁胸像的赠呈和安放。随后，参加仪式的人员移步不远处的题襟馆，进行了座谈和学术交流，小林与三次更是兴致高昂地挥笔写下了“真、善、美”三个大字。

此时，西泠印社办公室的工作人员则还在超山林场的会议室里来回踱着步，对会议室里的布置情况做再一次的检查。待会儿西泠印社的座谈结束之后，日本客人就马上要赶来超山扫墓了！

为了妥善安排好这次扫墓活动，他们其实提前一天就来超山了。可一进林场那一刻，心里不由得倒抽了一口冷气：缶翁的墓穴倒是修复了，进出的道路也建好了，看得出，林场的同志们已经做了很大的努力。但林场的条件实在太简陋了，环境脏乱不说，会议室里连个桌椅都残缺不全，这可怎么接待日本客人？

心里顿时像揣进了一个烫炉子，急得火烧火燎的，来不及多想，他们就赶紧抄起电话向杭州市委副书记陈侠求援。接到这个十万火急的电话后，陈侠当即派人给超山林场送去藤椅、桌布等。这边，西泠印社的同志已和林场的员工紧急行动起来，连夜清落叶、打扫卫生、整理环境，一直忙到了后半夜。

当晨曦渐起的时候，合眼休息了没几个小时的工作人员又早早起身，在林场前前后后转了一大圈。但见深秋的超山一派天朗气清，满坡的青松翠竹间，一簇簇染上了秋色的红黄树叶显得分外美丽；洁净肃穆的墓地，正焕然一新地静待着宾客们的到来。看到这一切，他们的心里这才踏实下来。

“嘀——嘀——”随着一阵轿车的鸣笛声，满载着百余位中外宾客的车队缓缓驶入了超山林场。面对着景仰崇敬的大师的安息之地，这些头发花白的日本老人，一个个都虔诚地跪拜在地，磕头焚香，唏嘘不已；看到先师先祖的坟墓终于修缮一新，吴昌硕的后裔和弟子们也都感慨万千、欣慰不已。

第三十章

社长亲为力推动 印学研究更凸显

进入20世纪80年代的西泠印社，无论是社务活动、产业拓展还是对外交流，都步入了一个稳定发展的可喜阶段。这个阶段有一个特别明显的变化，就是印学研究得到了进一步的凸显。社长沙孟海对印学研究尤为重视，他在许多场合反复强调“我们必须抓学术”，并且明确提出：“西泠印社这块牌子现在还很响亮，这不容易，下一步应该在学术研究方面多搞一些。全国印社很多，我们是老大哥，老大哥应该带头！”

沙孟海先生学问渊博，在语言文字、文史考古、书法篆刻等诸方面均有精深的研究，他的书法远宗汉魏，近取宋明，于钟繇、王羲之、欧阳询、颜真卿、苏轼、黄庭坚诸家用力最勤，且能化古融今，形成自己独特的书风。他的榜书大字雄浑刚健、气势磅礴，十分受人推崇。由此还曾引发过不少传颂甚广的逸闻故事，其中一则有关柬埔寨元首西哈努克亲王的故事尤为令人赞叹。

那是10年前的一天，西哈努克亲王在周恩来总理的陪同下来杭州访问。游览了西湖之后，西哈努克提出要到灵隐寺进香。然而，此时的灵隐寺，却因“文革”早已被封闭了整整3年多时间，突然要接待一位外国元首的到访，这合适吗？

说起这灵隐寺，当初还多亏了周恩来的一封电报才得以保全下来的。在1966年6月的红卫兵运动中，灵隐寺差点成为攻击的目标，周恩来闻讯后，立即以中共中央、国务院的名义给浙江省委发了电报，紧急指示“暂将灵隐寺封闭，留待运动后期处理”。借着这种“封闭”的方式，灵隐寺内的佛像等才保存下来。

如今，对于一位身为虔诚佛教徒的友好邻邦领导人提出的进香要求，实在是难以拒绝。几经权衡后，周恩来决定开放灵隐寺，让西哈努克入庙进香。

进香过程十分顺利，陪同的人员都悄悄地松了一口气。可没想到的是，当众人鱼贯走向大雄宝殿的时候，西哈努克忽然停下了脚步，抬起头端详着大殿正上方的匾额，用手指了指上面的“大雄宝殿”4个大字，好奇地问陪同参观的中方官员：“这几个字是谁写的？为什么没有题款呢？”

这突如其来的一问，使不明就里的陪同官员蓦地愣了一下。他望了望站在西哈努克身边的周恩来，有些惴然地说道：“这字是古代留传下来的，已经不知是何人书写了。”

西哈努克似乎接受了这个“无名氏作”的说法，他没再问什么，抬腿跨进大殿。一旁同行的周恩来虽然也没说什么，但他的心里其实很清楚，这所谓的“无名氏作”说法，其实是无稽之谈。因为周恩来知道，这块匾额的书写者并非古人，而是著名的书法家沙孟海。

这位沙孟海，就是当时被错划为右派分子的原浙江省人民政府省长沙文汉的大哥沙文若。

送走西哈努克亲王后，周恩来就把当时的省革委会负责人找来了。

“沙文汉是沙文汉，沙文若是沙文若嘛！怎么能够因为沙文汉是右派，连沙文若的名字也抹去呢？不能搞株连。这不是党的政策！”周恩来有些生气地批评道。

这位负责人挨批之后，赶紧派人找到沙孟海，要他补题一个名字。没想到沙孟海竟然“不识抬举”，带着一股倔劲说道：“名字就不补了，要么重写一块匾！”

来人好不尴尬，但是写字的事又强求不得。怎么办才好呢？无奈之下，只得另外请来一人，勉强拼凑了“沙文若”3个字，补在了“大雄宝殿”的匾额之上。

沙孟海不仅是书法大家，他的篆刻造诣同样令人景仰。作为西泠印社的领头人，无论是在篆刻创作方面，还是在印学理论方面，他都取得过辉煌的成就。在篆刻创作方面，他身体力行，出版有《兰沙馆印式》等作品集；在印学理论方面，更是成果卓著，他的《沙印话》《印学概论》《印学形成的几个阶段》《印学史》，无一不是开风气之先的皇皇巨著。同时，沙孟海还是一位在文物考古学术研究方面极具开创性的大学者，曾任浙江博物馆名誉馆长。他认为学术研究是立社发展之本，强调应把学术研究大张旗鼓地搞起来。自担任社长开始，他就积极扶持创办社刊《西泠艺丛》，有组织地规划学术研究方向和课题。

开展印学研究，其实一直是西泠印社长期坚持的办社宗旨之一。在印社60周年的时候，就掀起过一个学术研究的小高潮。1962年12月的筹备建社60周年会议上，曾举办过“赵之谦金石书画艺术专题讨论会”，由钱君匋作中心发言，与会社员一起开展学术研究交流；

1963年10月的60周年庆典大会期间，又举办了以《西泠印社的历史作用和今后的任务》为主题的报告会，并且围绕“篆刻史上的几个问题”“西泠八家的艺术特点及其影响”“书法与篆刻的关系”“篆刻艺术的源流及其发展”4个课题举行了学术座谈。在“文革”后的1979年12月，印社在庆祝建社75周年之际，则举办过“加强学术研究，繁荣艺术创作”大讨论，对《明清篆刻流派简述》等论文进行了交流研讨，学术研究之风又在西泠印社重新受到重视。

沙老担任社长后，大力倡导印学研究，推动西泠印社的学术研究进入了一个新的历史阶段。每逢五和逢十周年社庆时都要举办印学研讨会，并将研讨成果汇集起来，编辑出版印学论文集，在西泠印社逐渐成为了一种学术上的约定俗成。

1983年11月，在建社80周年庆典之际，西泠印社举办了首届国际印学研讨会，在印坛引起极大的反响。研讨会获得了一批具有高水平的研究成果，共收到论文28篇，其中有两篇来自日本篆刻家，学术研究的质和量均跃上了一个新的台阶，研讨范围和深度都有了明显的拓展和提升，为印学界树立了一个标杆，更为后人积累了一批宝贵的印学史料。会后，还精选出22篇论文结集出版成《印学论丛》，内容涉及篆刻发展史、印学理论、篆刻审美理论、篆刻创作技法、历代篆刻名家研究以及金石文字、书画理论、文物鉴赏等多个领域，西泠印社国际印学研究的中心地位由此更加凸显。

1985年6月10日，酝酿多年的《西泠艺报》顺利问世，面向全国发行。这份由西泠印社与西泠书画院共同创办的4开4版月报，使西泠印社又成功地拓展出一片研究社史、交流印学、促进印社与国际交往的平台。

《西泠艺报》的发刊词这样写道：“西泠印社以其独特的作用，已在我国文化史上写下了瑰丽的一页。然而，由于历史的原因，有关西泠印社的史料的搜集和整理，是一个相当薄弱的环节，一些有意义的事情，由于没有及时地记载下来，可能已随着时光的流逝，在人们的记忆中消失了。这无论对祖国的文化事业，还是对西泠印社的建设，都是一种损失……《西泠艺报》当可弥补此中不足。”因此，“《西泠艺报》将传播篆刻、书画艺术的信息，汇搜印社史料、记载印社社员活动；介绍书画篆刻家创作经验；分析、欣赏他们的艺术作品；并对书画篆刻界关心的一些问题做出及时的反响。”

一刊一报的诞生，都倾注着社长沙孟海的一片心血。面对着日益壮大的西泠印社和不断凸显的印学研究，沙孟海的喜悦心情溢于言表，他每逢重要场合都会强调：“随着国际文化交流的进展，印学这门学科越来越受人欢迎，前途未可限量！”

西泠印社的学术研究从进入20世纪80年代开始逐渐蔚然成风，骨干社员的学术成果更是呈井喷式涌现，印学研究内容延伸到了金石文字、书画理论、文物鉴定等诸多领域，出现了一大批具有较高学术价值的研究成果。在篆刻发展史、印学理论、篆刻审美理论和篆刻创作技法及历代篆刻名家研究等方面，更是取得了重大进展，涌现了大量的优秀学术著作和论文。

社长沙孟海身先士卒，撰写了《印学形成的几个阶段》《书法史上的若干问题》《中国书法室图录分期概述》（第10—19章）等一批极具学术分量的著作论文，他的《沙邨印话》开始在香港《书谱》杂志连载。社员精英来楚生发表《然犀室印学心印》；罗福颐编撰出版了《古玺印概论》《近百年来对古玺印研究之发展》，辑成《隋唐官印集》《西夏官印汇考》《汉印文字征补遗》；叶一苇编著出版了《篆刻丛谈》；韩天衡编订了《历代印学论文选》2册，撰写了《五百年印章边款艺术初探》和《九百年印谱史考略》；刘江编写了《篆刻技法》；陈振濂撰写了《关于印谱的创始者》；等等。

社员们还纷纷将历代金石印作和自己的篆刻作品编辑成谱，出版发行。例如：方去疾编订了《明清篆刻流派印谱》和《吴让之印谱》；

王伯敏编释的《古肖形印臆释》由上海书画出版社出版；顿立夫辑成《顿立夫印存》；钱君匋辑成《钱刻鲁迅笔名印集》；丁吉甫辑成《现代印章选集》；等等。此外，西泠印社还出版了《吴让之印存》《黄牧甫印存》《吴昌硕作品集》《张宗祥藏印集》《刘海粟常用印集》《个簃印存》《西泠四家印谱》（第三版）、《西泠后四家印谱》《二百兰亭斋古铜印存》等一大批历代名家名作印谱。

学术并不是最终目的，通过学术交流推动创作实践，进而促进篆刻艺术的发展，才是印学研究的真正目标。鉴于此，1986年初夏刚至，富有创新意识的西泠印社便又首开先河，在全国推出了一项影响深远的篆刻赛事——首届全国篆刻作品展。从7月到10月，3个多月时间的征稿，共有2318件印稿、2万余方印作，像雪花似的从全国28个省市自治区和港澳地区飞来。参赛者上自88岁的耄耋老人，下至6岁的青葱少儿，涵盖了各个年龄段，足见篆刻艺术早已在我国民众中深入人心。

评奖的过程是艰辛的，更是艰难的。望着一帧帧凝聚了参赛者心血的印屏印稿，参加评奖的副社长方去疾、刘江等人都觉得万分不舍。但名额有限，既然是一场必须经过选拔的赛事，那就只有忍痛割爱，好中选优了！经过反复而慎重的评议和筛选，最终选出了250名入选者，并从中挑选了最优的50位作者成为优秀奖获得者。经过整整一年的精心筹备，“西泠印社首届全国篆刻作品展获奖、入选作品展”终于在西湖之滨的西泠印社展厅与大众见面，成为轰动一时的艺坛美事，授奖仪式上有很多外地参赛者专程赶来领奖。

在首开篆刻创作赛事的同时，西泠印社的学术交流也开始面向了海外。1987年8月15日，在杭州新侨饭店的会议厅内，一场别开生面的“中日书法学术交流会”正在热烈地进行。

“参加这次研讨会的日方嘉宾有：梅舒适先生……杉村邦彦先生……鱼住和晃先生……”主持会议的西泠印社副社长郭仲选在

一一介绍了双方参会的专家后，声音洪亮地宣布："下面，请西泠印社社长沙孟海先生致辞！"

在一片掌声中，沙孟海面带笑意走到了台上，他情绪高昂地说道：

各位来宾、朋友们，大家好！中日两国文化界、特别是书法界同人，随着时代的发展，接触越来越频繁，这是大好的现象。今天，我们在这里跟日本朋友交流书法篆刻的学术问题，感到格外亲切。浙江省在中日两国书法交流史上，是重要的一页，因为中日两国最早发生交流关系的是我们浙江书法界、篆刻界的前辈。早在4世纪，书圣王羲之，虽然出生山东，但15岁时，他就跟着东晋政府到了浙江，定居绍兴，直到老死。所以他实际上是浙江人。8世纪70年代，王羲之书法东渡日本，受到日本朝野人士极度推重，流风余韵，被泽于今。再说篆刻学，从17世纪清顺治年代开始，浙江杭州的独立和尚第一个把篆刻传到了日本，当时他定居在日本长崎。稍后，康熙时浙江金华一位心越和尚，应聘到日本江户定居，后来成为日本篆刻"江户派"的领袖……

沙孟海如数家珍般的回顾，让所有在场的人仿佛倒回在了逆转的时光之中，重新认识了一遍中日书法的交流历史。随后，钱君匋、刘江、陈振濂和梅舒适、杉村邦彦、鱼住和晃分别代表中日双方，作了相当精彩的学术报告。

1988年11月，西泠印社迎来建社85周年大庆。在修缮一新的孤山社址，来自大江南北的79位社员、已故社员家属、闻名全国的专家，还有国内各印学书法团体和美术馆、出版社的代表、香港友声印社社员，以及来自全日本篆刻联盟和日本篆刻家协会的60名成员济济一堂，共同见证了由89岁高龄的沙孟海社长亲自撰书篆额的《西泠印社八十五周年纪念碑记》揭幕仪式。在85周年社庆期间，又一场高水准的全国印学研讨会再次举行，会上共交流学术论文30余篇，香港特别行政区、台湾地区及日本均有论文参加研讨，初步显示出西泠印社的学术研究有了迈向国际化的可喜趋势。因此，沙孟海在开幕词中高兴地说："印学这一朵艺术之花，好比杭州市定为市花的桂花，花朵虽小，却是天香云外飘，影响很大啊！"

说到西泠印社的国际交流，1988年还有一件值得一提的事，就是在日本东京、大阪和岐阜三地巡回举办的"西泠印社展"。这场旨在向日本民众介绍西泠印社的艺术展览，汇集了"西泠八家""扬州八怪"和西泠印社历届正副社长的书法、绘画、拓本、印谱、篆刻和印屏，引起了日本文化界的强烈反响，可谓盛况空前。《读卖新闻》以整版篇幅选刊了部分展出作品，日本著名书法家青山杉雨还专门撰写了评论文章。这一年的6月中旬，应日本福井市日中友好协会邀请，副社长郭仲选率领朱关田、金鉴才等组成了西泠印社代表团，出席了在福井市举行的"日本友好书道交流展"。这场展览也获得了极大的成功。

1989年11月，西泠印社联手中国书协浙江省分会、君匋艺术院，共同举办了纪念晚清金石书画大师赵之谦诞辰160周年学术研讨会，来自上海、河北、浙江等地的50多位学者和书画篆刻家出席研讨会，会上宣读交流了18篇研究赵之谦艺术的论文。从此，西泠印社的印学研究从原来的逢五逢十举办研讨会，开始转向与专题研讨多元化并举、社团组织与社会化联办协作结合的新模式，学术研究的路子越走越宽、越走越广。

进入90年代后，西泠印社几乎每年都要举办一次以金石印学研究为主题的学术研讨活动，从2004年开始推出的四年一届"孤山印证"国际印学峰会，更是成为篆刻界的学术研讨品牌活动。

第三十一章

海纳百川选新帅　印集天下建场馆

1988年9月，在西泠印社庆祝建社85周年的时候，已是88岁高龄的社长沙孟海不仅亲手为周年碑记篆书碑额，而且还热情高昂地参与讨论印社的发展蓝图。这期间，他与副社长钱君匋、刘江等共同提出了筹建中国印学博物馆的倡议。

此议一出，立即引来一片声应气求。开始虽然也有人表现得比较冷淡，甚至还有个别持消极意见的，但绝大多数人，则表现出了支持的态度。慎重起见，印社理事会多次组织商议和论证，最后取得了共识，大家一致认为西泠印社有很多藏品，不应该锁在深闺，而应展示给社会，变“死物”为活物，使之产生更大的社会价值与文化意义。

消息传开之后，更是引发了国内印学界乃至日本书道界的热烈反响与特别关注。为了推进此事，1991年11月20日，杭州市文化局会同市城乡建委、市计委、市规划局、市园文局和西泠印社一起，在孤山西泠印社召开关于筹建中国印学博物馆可行性方案论证会。

“浙江是文化之邦，传统文化醇醪深厚；杭州作为省会城市，也是我国七大古都之一，又是历史文化名城和旅游胜地，特别是西泠印社历史悠久声誉远播，有着众多历代印学名家丰富的金石篆刻和书画藏品。从中央到地方，各级有关领导对印社发展都十分关心。在改革开放年代，抓住机遇，挖掘文化资源，发展自己，把西泠印社建设成为弘扬民族优秀文化和对外文化交流的重要阵地，是我们的职责。”西泠印社的代表首先进行表态，阐明了建设印学博物馆的重要意义。

“没错，建造印学博物馆，将有利于增加杭城的文化氛围、增添人文景观和旅游景点、激励人民群众的爱国精神，也有利于印学文化的发展、促进杭州旅游业的繁荣。”

“目前西泠印社90周年社庆临近，筹建中国印学博物馆的确已属当务之急，选址也非印社联结之地莫属。鉴于印社在西湖的特殊位置，建议对选址问题进一步磋商。”

参加会议的各方代表都作了积极的发言，对建设印学博物馆给予了充分的理解和支持。大家还对建馆的资金、选址、规划等问题发表了很好的建设性意见。

然而，就在各方为印学博物馆的筹建积极努力的时候，此议的主要倡导者沙孟海先生却因年事渐高，终未能坚持到见证成果的那一刻。1992年10月10日，当代书坛泰斗、西泠印社第四任社长沙孟海不幸在杭州病逝，享年93岁。

逝者已矣，生者如斯。料理完沙老的后事，印社理事会的一班人收起沉重的心情，聚首富阳召开四届五次理事会，商讨印社下一步该怎么走。大家首先审议了印社秘书长所作的年度工作报告，随后，又听取了印社办公室关于90周年社庆筹备工作情况的汇报。

放眼世界，能有几个艺术社团能够葆有90年的生命活力？对于刚刚痛失了领头羊的西泠印社来说，这90周年的社庆活动，更是一件重振精神的大事。参加会议的理事们你一言我一语，都毫无保留地提出了自己的建设性意见。

“明年是印社逢十大庆之年，沙老已经故世，印社不能群龙无首啊。所以我们还有一项重要的任务，就是要在90周年社庆之时推选出新任社长。”

“是啊，有道理！”众人纷纷点头。

于是有人提议：“关于新任社长的人选，目前最合适的，看来非赵朴老莫属了。不知各位觉得如何？”

这位赵朴老，就是我国杰出的爱国宗教领袖、著名学者、诗人和书法家赵朴初先生。从1983年起，赵朴初就担任了西泠印社的名誉社长，对印社的发展一直是关怀备至。他不但才学广博，而且极富人格魅力。傅抱石的女儿曾经这样评价赵朴初：“在我的心目中，他似乎是个幻化了的人物，不但性情、人格极其完美，文才、诗思更是令人倾倒。他是位居士，佛学禅理造诣之深，自不用说，养身修心超然妙术，更是令父亲咂舌。”因此，推举赵朴初担任印社社长，胡效琦觉得应该是众望所归。

“以赵朴老的学识和声望，担当西泠印社社长一职绝对没有问题。只是西泠印社为浙人所创，历任社长也都是浙籍人士，推举非浙籍的赵朴老会不会有什么不妥？”有人谨慎地提醒道。

“这有什么？我们西泠印社虽然立足浙地，但一直都是抱着一种开放的姿态，从未因此故步自封啊！”

“是的是的，我也觉得赵朴老是最佳人选。推选一位非浙籍的社长，不正好向世人展示我们西泠印社海纳百川的胸襟吗？”

在七嘴八舌的议论中，顾虑很快打消，意见得到了高度统一。

“可是现在距离90周年大庆还有整整一年时间，社务工作还是需要有人来领导的。”针对这个现实问题，大家又进行了一番热议，最后决定：鉴于社长沙孟海先生已故，提议目前先请郭仲选主持印社的日常事务。

郭仲选也是一位德高望重的书法家，他的人品、书艺有口皆碑，不仅已担任了近10年的印社副社长，同时，也是浙江省书法家协会的副主席，正在着手主持省书协的创建工作。由他来主持印社日常工作，自然也是众望所归。

在郭仲选的主持下，西泠印社平稳地度过了两任社长交接间的空窗期。在这段时间里，印社的雅集活动、学术活动和对外交流活动等都正常开展，90周年社庆的各项准备工作更是进行得有条不紊。这期间，理事会还对中国印学博物馆的筹建工作多次进行商讨。

此时，筹建印学博物馆已不仅仅是已故社长沙孟海先生的遗愿，更成了海内外社员和各界有识之士的共同愿望，在历次印社理事会上，都将建立印学博物馆列为了西泠印社的一项重要工作目标。特别是随着90周年社庆的日益临近，切实推进博物馆的筹建工作，更成了当务之急，印社和主管单位因此进一步加紧了项目申报的步伐。1993年3月，西泠印社将中国印学博物馆的筹建方案上报相关部门，这个最初的方案选址在俞楼以东、“六一泉”南面的原楼外楼旧址空地，目的是使博物馆与印社的其他建筑连成一体。

3月29日，杭州市文化局向市政府正式递交了《关于筹建中国印学博物馆的请示》，要求建设一座建馆规模为2000平方米、总投资在400万元的印学博物馆，其中新建场馆1500平方米，利用原有建筑改建500平方米。申请市地方财政安排100万元，其他资金由西泠印社自行筹措解决，并要求列入1993年前期建设计划。数月之后，杭州市计委正式将中国印学博物馆项目立项上报。

转眼已是1993年的金秋，西泠印社建社90周年纪念大会暨第九次社员大会在风景如画的浙江宾馆拉开帷幕，百余位社员从四面八方赶来相聚，共庆印社的九十华诞。10月20日，纪念大会在杭州饭店举行了隆重的开幕式，与此同时，《西泠印社社史陈列展览》《西泠印社藏品展》《国际书画篆刻邀请展览》《中韩书画联展》和《新加坡书画篆刻展览》5个展览在西泠印社孤山社址、浙江展览馆、浙江博物馆和湖滨西泠印社展厅一齐亮相，为社会大众奉上了盛大的艺术华筵。

社庆活动一直持续了4天，最后一个高潮是在10月23日。这天上午，一场“国际印学研讨会”如期举行，11位学者的精彩发言让社员们感受到了浓浓的学术氛围，其中来自日本、中国台湾4位同道的交流发言，更是让参会者看到了篆刻艺术在大陆以外地区的发扬光大。而特别让人惊喜的，是从这次研讨会收到的57篇论文中精选结集而成的《印学论谈》一书，显示出了印学大步迈向国际化的趋势。

在下午举行的第九次社员大会上，赵朴初正式当选为西泠印社第五任社长。虽然由于当时远在北京主持全国佛教会议未能亲临会场，但赵朴老特意发来专电庆贺，并欣然为印社提笔创作诗词一首，字里行间透露着对印社各位已故长老的深切思念，以及对西泠印社不断发展的期望与祝愿。

印社90周年社庆活动刚刚结束的第二天，一个好消息就传来了：国家文物局已于10月25日正式下文，批复同意建设中国印学博物馆。批文是下给浙江省文物局的，内容非常简洁：“你局（93）浙文物博字118号《关于筹建中国印学博物馆的请示》及附件收悉。经研究，我局对杭州市有关部门决定由西泠印社筹建中国印学博物馆，没有异议。筹建中国印学博物馆所需建设资金，由地方筹集解决。”

中国印学博物馆建设项目正式获批的消息，极大地振奋了印社上下的精神，大家都满怀希望地憧憬着，在不久的将来，一座崭新的印学博物馆在美丽的西子湖畔拔地而起。

但是对于印社的领导班子来说，事情可远没有那么简单。项目立项成功，只是万里长征的第一步，接下去还有千头万绪的具体工作要一步一步去落实。而摆在面前最最现实的难题就是，建设资金从哪里来？

按照印社上报方案中的设想，建设资金是希望能采取自筹与中央、省市财政扶持相结合的办法来解决的；而国家文物局的批文则明确要求建馆资金由地方筹集解决。那么，项目的启动资金到底是由财政先给予扶持，还是得由西泠印社自行设法筹集呢？这个并没有明确下来。而问题是，筹集资金肯定需要一定的时间，莫非就一直干等着，等资金筹集到位了，再来启动项目吗？这不是又要白白耽误很长时间吗？

时间不等人，必须主动出击想办法！几位在杭的副社长一碰头，决定请社长赵朴初出面做工作，先通过国家有关部门落实一笔启动资金，把项目尽快启动起来。

1994年春节过后没多久，印社就派出专人赶赴北京，专程向赵朴老汇报了此事。在汇报过程中，印社的同志见赵朴老公务如此繁忙，实感不好意思叨扰。但是转念一想到此行的目的，便又不得不硬着头皮开口道："社长，现在我们正缺启动经费，实在是一筹莫展啊！能否请您出面，替我们向中央有关部门沟通申报？"

"好啊，我马上给有关部门写信联系！"没想到，赵朴老当即就十分爽快地应诺下来。

悬在心头的石头，这才终于落了地。印社的同志这边刚刚启程回杭，那边赵朴初很快就给时任中央政治局委员、国务委员兼国家经济体制改革委员会主任的李铁映同志写了一封信，详陈了西泠印社面临的困难并希望能够得到扶持。

李铁映收到这封信后，当即批转交办给了国家计委和国家文物局。很快，事情就得到了圆满的落实：国家计委专项拨款50万元，作为中国印学博物馆的建馆补助经费。

正所谓“好事成双”。此时，中国印学博物馆的建设也引起了杭州当地的高度重视，市委、市政府认为，这是为杭州这座历史文化名城增添一个文化景点，是精神文明建设的一个窗口，是为杭州市民办实事的举措之一，因此，写入了1994年的市政府工作报告之中，责成市文化局、园文局、城建局等有关单位尽快落实场地和建筑设计方案，并拨出相应的基建经费予以支持。

选址定点是建馆的关键，为此有关市领导多次亲临主持论证会和协调会，专题研究选址，讨论建筑设计方案。经过几易其稿、反复比较，最终确定选址在杭州孤山后山路10号，将原有的杜庄改建为印学博物馆的主体建筑，与西泠印社连成一片，综合开发利用。

馆址终于敲定了，参与筹建的同志兴冲冲地赶到杜庄实地一看，心里顿时凉了半截：由于年代久远，杜庄屋面的大梁早已被白蚁严重蛀蚀，屋基的地面下陷，十分潮湿。这样的地方，怎么能满足文物展品保护的要求呢？再说，开馆之后客流量势必大大增加，安全能得到保证吗？

必须按照印学博物馆的建馆要求，对杜庄进行拆除重建！经过严密慎重的科学论证后，改造方案终于确定下来，重建后的博物馆无论是外墙和高度，还是屋面和色彩，都将严格按照杜庄原有的外观原貌予以保留。就这样，既保证了博物馆主体建筑的牢固性，又最大限度地扩展了原有建筑的空间价值。

一个场馆的建设，可谓千头万绪。为了抢在建筑施工的同时，尽快推进博物馆内容的征集和布置工作，1996年11月，西泠印社发出了《关于积极支持筹建中国印学博物馆的倡议书》，号召全体社员有物出物、有钱出钱、有力出力。

一场声势浩大的总动员就此展开。副社长刘江、秘书长吕国璋等身先士卒，不顾年高，事必躬亲，拨冗匡正；叶一苇、林乾良等理事对史料多方考证、字斟句酌；杭州、上海两地的印社理事和社员纷纷投入大量心血，对展品陈列的总体设想、布局样式和陈列语言进行了反复多次的综合论证，从而保证了展陈内容的可读性和史实性。

中国印学博物馆展品征集启事发出后，海内外社员和各界热心人士也是纷纷响应：远在内蒙古的印社理事杨鲁安捐献出古铜印、钱币、铜器、拓本、甲骨片等共224件；印社名誉理事、日本小林斗庵捐赠了战国齐陶文50件；日本社员菅原石庐和中岛蓝川分别捐赠邺城古陶文和藏传铁印各50件（方）……

“众人拾柴火焰高。”历经两任社长的呼吁和努力，在印社内外、社会各界的大力支持下，中国历史上第一座印学博物馆终于在1999年9月26日以巍然的雄姿正式面世。

这是一座集文献收藏、文物展示、学术交流于一体的印学专业博物馆，在占地1300多平方米的西洋与中国古典风格相结合的两层建筑内，布置了“历代玺印厅”“流派印章厅”和“书画厅”3个展厅。主体建筑与后面的西泠印社社址相连相属，总占地面积达7000平方米，陆续开辟了“印材厅”“印学厅”“社史厅”和吴昌硕纪念室等辅助展厅。

孤山西麓，西泠桥畔，一尊4.2米高的汉白玉龙钮巨印，静静地矗立在博物馆的大门西侧，镌刻在边款上由赵朴初先生题写的“中国印学博物馆”7个烫金大字在阳光下熠熠生辉，似乎正在召唤着人们前去领略中华印学文化的璀璨过往和独特魅力。

第三十二章

机制创新再加力　亲和老人允出山

中国印学博物馆在世纪之末的隆重诞生，为20世纪的西泠印社画上了圆满而又绚烂的一笔。

然而，当新世纪的曙光照耀在西子湖畔这片神奇的山麓之巅时，迎接西泠印社的，却并非一片光明宽阔的坦途，而是接踵而至的严峻考验。

2000年5月21日，西泠印社第五任社长赵朴初因病在北京逝世，享年93岁。消息传来，西泠印社上下无不为之悲痛。更令人焦心的是，在这世纪之交的关键时刻，社长之位因赵朴老的离世而骤然空缺，西泠印社的大旗接下来该由谁领衔擎扛，是亟待解决的问题。

而此时的印社本身，也遇到了发展的瓶颈。

回望改革开放以来，作为印社产业管理机构的西泠印社办公室，在改革的大潮中奋力前行，印社的产业经营也由此经历了波浪形的发展过程。经过十几年的努力，到1989年的时候，西泠印社的产业利润曾达160多万元。

此后，由于多种原因，印社效益逐年下降，到1996年基本已处于整体亏损的边缘，外债累计欠款达200多万元，内部挂账95万元，待处理资产损失更有300余万元。

面对这样的局面，西泠印社办公室的同志们没有灰心、没有气馁。1998年，他们重新制定了三年发展规划，通过自加压力，调整产业结构，明确各部门目标责任，产业经济由此又开始复苏，只用了两年时间，就实现了整体盈利。至2000年，西泠印社销售总额达1311万元，创利比上年同期增长了32%，各产业部门共计完成利润指标211万元，上缴财政利税61万元。历史遗留下来的不良账款，也有60%以上得到了妥善的处理和归还。

虽然产业经营状况已经开始逐渐好转，印社办公室也为自己订立了一个更高的目标，即“新的一年实现销售额1450万元，各产业部门总计完成利润指标240万元，比上年再增长10个百分点，同时基本保障职工应享受的经济待遇和文物保护等非营利性活动的一般费用支付”。可作为一个文化局下属自收自支的事业单位，要达到这样的目标，并非易事。况且许多现实的难题，比如西泠印社的合法身份等，仅靠印社办公室自身的力量显然是难以解决的。

面对新世纪市场经济的汹涌大潮，即将步入百年历史的西泠印社必须以全新的改革姿态，去拥抱和适应新的发展形势，才能在大潮中逆流前行。可是，由于特殊的组织形成，西泠印社社址虽在杭州，活动却一直都是跨地区、跨行业开展的，这就给印社合法身份的确立带来了客观上的难度。因为无论是在国家民政部登记，还是在浙江省登记，都不符合国家有关社团管理的规定，造成的结果就是一直难以依法注册。

作为一个社团组织，要搞活经营、要拓展业务，总得有个名正言顺的合法身份吧？虽然日常工作和具体的产业经营有西泠印社办公室这个正式的工作机构在负责运营，但西泠印社本身的地位和身份，却亟须得到一个合法的确认。否则，单靠西泠印社办公室一己之力，要承担整个西泠印社包括社团活动、文物保护、社址维修、出版发行等在内的一切事务，压力实在是太大了！

社会各界的有识之士，开始为西泠印社的发展担忧。2001年3月，在早春的料峭寒风中，全国“两会”在北京如期召开，一批全国政协委员中的文化名人，联名向政协大会提交了一份议案，内容便是关于对西泠印社现状的担忧和加强对西泠印社扶持的建议。

浙江省委、省政府和杭州市委、市政府的领导，也对西泠印社给予了高度的关注和重视，省、市主要领导不仅身体力行深入印社调研情况，为西泠印社解决迫在眉睫的现实困难，还从更深的层面开始审视西泠印社的前途命运。

时任浙江省委书记张德江了解到西泠印社的合法登记遭遇困难，亲自打电话给民政部进行沟通。接到张德江的电话后，民政部、文化部都十分重视，向国务院打报告要求给予特许办理，最终经国务院办公厅批复同意，准予西泠印社作为全国性社团在民政部注册登记。

一大悬而未决的难题终于妥善解决了。但是，要让西泠印社脱胎换骨，焕发新的活力，机制改革势在必行。对此，时任杭州市委书记王国平高度重视，多次亲赴西泠印社调查研究。

2002年5月13日下午，中共杭州市委召开常委会议，专题听取市委宣传部关于西泠印社组织机构调整的报告。

“西泠印社在国内外金石书画界享有崇高的学术地位，国家和省委、省政府非常关注，这是杭州创历史文化名城的重要品牌，地位特殊，必须高度重视！”王国平铿锵有力的声音，传达着市委对振兴西泠印社的坚强决心。

经讨论，几大重要决策全部敲定：一是西泠印社设立社务委员会，作为西泠印社的日常领导机构，为市直属正局级事业单位；二是要正确处理好艺术与产业的关系，理顺内部社团及事业、产业管理关系，实施良性互动，分类管理，独立核算；三是要选准班子人选，不但要有文化艺术造诣，还要熟悉产业管理运作；四是西泠印社社长应尽力邀请启功先生担任，要全力做好争取工作。

西泠印社的日常领导机构，从原来市文化局下属的正科级单位，一跃升格为市直属的正局级单位。消息传开，人们有喜有忧：喜的是，如此大手笔的体制调整，无疑将为西泠印社的发展注入强大的动力，怎能不令人振奋；忧的是，机构一旦调整，也就意味着西泠印社办公室将面临转企改制，原来的100多名员工前途未卜，情绪不免波动。

当时的社委会机构设置其实还没有现成的方案，班子也还没配备起来。在这种关键时刻，选谁去牵头组建社委会这个新的工作机构呢？在众人焦急的等待中，答案很快浮出了水面：经市委常委会投票表决，决定由杭州市委宣传部常务副部长王玉明担任西泠印社社务委员会主任，并建议兼任西泠印社副社长。

作为兼任市文化体制改革领导小组办公室的负责人，王玉明前期就已经介入西泠印社体制改革的筹划工作中。这次任命虽然并非意料之外，但他还是感到了一份沉甸甸的压力。

是啊，在这机构变动、众人观望的重要时刻，单枪匹马来到这样一个全然陌生的工作领域中，真可谓千头万绪，有多少难题和棘手的问题等待着他去逐一梳理和克服。

必须尽快摸清底数，才能尽早打开局面。王玉明开始了走马灯似的登门拜访，向印社上下的同志们了解情况，听取他们对社团工作的意见和建议。

“市委派你来组建社委会，这既是组织对西泠印社的高度重视，也是对你的充分信任。”满头银发的常务副社长郭仲选颇有长者风范，他热情地鼓励道，“你就放开手脚大胆去干吧，我一定会全力支持你的工作！”

“我们西泠印社是中国成立最早的著名全国性印学社团，是海内外研究金石篆刻历史最悠久、成就最高、影响最广的学术团体，创社百年来可谓群英荟萃、人才辈出哪！”视社如家的副社长刘江一提到印社的历史，便是如数家珍，对印社饱含的一片深情溢于言表。

身兼中国书协副主席、浙江省书协主席的副社长朱关田，对艺术社团的特点十分熟悉，看问题敏锐深刻，面对到访的王玉明，也是毫无保留地一一点拨；在西泠印社工作长达40年的秘书长吕国璋，亲历了印社发展的多个阶段，对印社内部的各项事务了如指掌，他更是寻根溯源，不厌其烦地给王玉明介绍情况，提出了很多具体的指点意见。

经过短短一个月的走访调查和摸底了解，王玉明终于渐渐理出了工作的头绪：西泠印社逢五逢十必搞庆典，这已成为一个传统活动，而明年正好是西泠印社诞生100周年，如果这个时候能推出一个精心策划的重大活动载体，赋予西泠印社全新的目标和内涵，让人人都来担当，人人都来参与蔚然成风，不就可以尽快摆脱无谓的争论和清议，在合作中统一思想、凝聚力量了吗？

王玉明拿起西泠印社办公室草拟的初步方案，仔仔细细地看起来。看得出，这是一个尽力而为的方案，但现在工作机构已经升格为社委会，要把百年社庆作为一个重新展示形象的切入点和总抓手，必须对现有的这个社庆方案再进行升华和提高，使之上升为国内外印学社团的一次空前雅聚，成为一个超大的艺术交流平台，真正凸显出西泠印社在全球艺术团体中的领先地位。

思路一旦明朗，王玉明顿时觉得浑身充满了激情。他向市委领导和印社的几位前辈汇报了自己的想法后，得到了一致的肯定和赞同。

西泠印社的新世纪，将在百年社庆中昂首起步，办好百年社庆成了最大的共识。所有的社领导和许许多多社员，都积极参与进来了，大家围绕着社庆活动敞开心扉谈想法、提建议，一种以“为社庆承担责任为先，为社庆贡献力量为荣”的良好氛围悄然形成。经过一个多月的紧张工作，以“八大展览、四大盛会”为核心的百年社庆方案终于尘埃落定。

就在百年社庆紧张酝酿筹备的同时，另一件大事也在悄然地进行着，那就是延请社长。

新任社长有一位非常合适的人选，他就是当代著名书画家、教育家、古典文献学家、鉴定家启功先生。1979年，启老就被推选为西泠印社副社长，从此与印社结下了深厚的情缘，先后为西泠印社留下过许多诗词和墨宝。1987年，启功还带领国家文物鉴定七人小组到西泠印社，对社藏的历代古玺印、明清流派印和古代书画进行了鉴定，并按国家一、二、三级文物予以分类，为印社的文物收藏做出了重大贡献。启功不仅才艺卓著、学识渊博，而且为人和善、幽默慈祥，深得世人赞誉。延请启老出任印社社长，也是众望所归。因此第五任社长赵朴初仙逝后，西泠印社曾向启老提出过邀请，但启老婉言谢绝，杭州市领导出面做他的工作，他也未曾应允。所以，现在问题的关键，是要如何说服启老接受邀请。

2002年9月13日晚，气候还是那么炎热，只身来到北京的王玉明，带着满腔希望叩响了北京师范大学一幢红砖小楼二楼的一间房门。这里，便是启功先生的寓所。

在紧靠着满墙书柜的书桌前，一头银发的启功与王玉明促膝而坐，他们从乾隆在杭州的遗迹，到李叔同、赵朴初，畅谈起了艺坛的往事。王玉明心里惦记着此行的重任，在交谈的过程中一次次把话题引到西泠印社的社长上来：“如今西泠印社即将迎来百年，社长之位不能空缺呀！启老您担任副社长已有20多年，是任职最长的前辈之一，也是我们社员一直期盼的社长人选啊！”

“不行不行，我不擅长篆刻的。”启功一边谦让着，一边引开话题。

“西泠印社从来都不是以单纯的篆刻一艺选人的，这您最清楚啊，历任社长即是明证。”王玉明有些急了，赶紧解释道。

“杭州高人辈出，堪当此任者不少。还是另选他人吧！”启功继续坚持着，还是没有接受。

王玉明见此时已经聊了很久，不能再打扰启老休息了，便站起身来，一边告辞，一边留下一个活话儿：“请启老千万要满足社员的期盼啊，那今天就这样，我下次再跟您电话联系！”

回到杭州后，王玉明心里有点沉重，这社长的人选没确定，总不踏实。这天傍晚，忙完了一天工作的王玉明坐在市委宣传部的办公室里，决定再给启老打一个电话。这一次，他打算向启老呈说一个之前没有提过的理由。

“启老吗？我是西泠印社王玉明啊，没打扰您休息吧？”电话顺利地接通了。

“没有没有，玉明你好！”启功亲切的声音通过话机清晰地传进了王玉明的耳中。

“启老啊，上次我去您家拜访的时候，还有一个重要的情况没跟您汇报。”王玉明诚恳地说道，“在杭州市委的常委会上，领导们都希望您能当仁不让……”

电话那头忽然一片沉默，王玉明仿佛看到了启老握着话筒在沉思的样子，心里蓦然就有了信心，他预感这一回，启老已充分感受到了党组织和政府对他的尊重，感受到了西泠印社邀他任职的一片诚意。

启老的语意果然有了转变，聊着聊着，最后终于表态：“既然都这样说，那我就叩首啦！”

一桩悬而盼决的大事，终于有了圆满的结果。接下来，还要对整个印社班子做进一步的调整和充实，除了参照上级主管单位领导兼任副社长的惯例增选一名副社长之外，尚需增选一名学术造诣高、艺术涵养深，既富有创新精神和管理协调能力，又年富力强的副社长，为西泠印社的长远发展注入强有力的后劲。

前期已经介入印社百年大庆方案策划的陈振濂成了最理想的人选，他不仅是浙江大学人文学院和中国美术学院的“双料”博士生导师，兼任了浙江省政协常委、杭州市政协副主席、民盟浙江省委副主任委员、民盟杭州市委主任委员等重要职务，而且还是西泠印社最年轻的理事之一，对社史研究造诣颇深。更关键的是，他在书法学术上取得了突出成就。就在2002年9月7日，在青岛公布并举行颁奖的中国书法最高奖“兰亭奖”中，陈振濂以其书法理论研究特别是美学方面的系列成果荣获中国书法“兰亭奖·理论奖”，同时，由他主编的全套15册《大学书法教材集成》也获得了中国书法“兰亭奖·教育奖”的第一名，此外，由他担任学术顾问的大型画册《王铎书法全集》全套5册还荣获中国书法“兰亭奖·编辑出版奖”。由这样一位学术成果斐然的年轻学者来担任副社长，将会对西泠印社的学术研究起到更为有力的推进作用。

市委宣传部对这位副社长的人选高度重视，于跃敏部长专程赶往玉皇山庄与印社常务副社长郭仲选进行沟通商议，并且取得了共识。2002年10月13日，西泠印社召开六届五次理事会，原则通过了百年社庆方案，决定于2003年的11月18日在杭州举行社庆活动并召开第十一次社员大会。同时，理事会正式选举启功为第六任西泠印社社长，增选王玉明和陈振濂为副社长。

第三十三章

百年华诞展盛况　三大定位目标明

这年的春节匆匆而过，西泠印社百年社庆的方案正式启动起来，各相关活动的邀请函开始提前发送，社史史料、社员创作成果、学术研讨会论文、海内外艺术社团的精品等各类征集活动也同时展开。一时间，西泠印社要举办百年大庆的消息传遍大江南北，海内外艺术社团纷纷响应，应征的史料、作品和论文等纷至沓来，表敬活动和文物、艺术品捐赠亦是接踵而至。其中最有特殊意义的捐赠，是来自日本书法篆刻界泰斗级人物小林斗庵的一方印石。这方印文为“西泠印社中人”的印作原石，是由西泠印社首任社长吴昌硕于1917年刻制的。此印曾散落于坊间多年，直到20世纪80年代才又重现于上海的艺术品拍卖会。当时听闻此讯，许多西泠印社社员都赶往会场，希望能拍下这枚意义特殊的绝版印作。遗憾的是，由于经济实力有限，这枚印章最终被神秘的日本买家拍走，社员们只得眼睁睁地看着这枚心目中的“社宝”流出国门……

富有戏剧性的是，没想到20年后，这枚“西泠印社中人”印，竟又在印社百年大庆前夕重回故里，实在令人感叹而又欣喜。原来，当年拍走这枚印章的，竟是西泠印社的海外名誉社员、全日本篆刻家联盟会长小林斗庵先生！而他之所以不惜代价买下这枚印章，就是打算在一个富有意义的特殊日子，将其作为特殊礼物敬献给西泠印社的。小林斗庵对西泠印社的这份深厚情结，顿时感动了许许多多的印社同人。如今，这枚“西泠印社中人”的印蜕，已经成为社员们的一个身份标识，给社员们带来了无上的自豪与骄傲。

即将迎来百年华诞的西泠印社，该如何为百年之后的新发展定位呢？刚刚挑起重任还不到一年的两位副社长陈振濂与王玉明，对这个问题进行了深入的探讨和交流，他们一边汇总印社在杭理事们的建议，一边召集了上海和北京两地的座谈会，广泛征求各地艺术大家的意见，逐渐形成了“天下之社”和“名家之社”两大定位。天下之社，寓示的是西泠印社海纳百川的胸怀和放眼世界的气度；名家之社，彰显的是西泠印社高人云集的特征和至高的学术地位。

“两社”的定位一经提出，立即得到了社内外的一致肯定。然而两位副社长总感觉，从社团的性质来看，似乎还缺少点儿什么。

2003年7月4日，西泠印社在杭理事座谈会召开。大家在会上畅谈自己的想法，一位理事说：“其实，吸引什么样的艺术家入社，反映的正是我们的发展思路。我认为，西泠印社既要严把入社关，也要扩大视野。印学研究中心要坚守，兼及书画也要坚守，还有鉴赏、收藏等门类中的行家、大家，也应该吸收入社！”这一建议引来一片赞同声。

“回望印社的发展历史，确实不乏吸纳金石篆刻之外的艺术家入社的先例，可以说，这是完全符合西泠印社传统的。”

“对！西泠印社并不是单一的印学社团，而是一个博雅的社团，应该兼收多种门类的艺术人才！”

博雅之社，好一个大气而又充满意味的提法！与天下之社、名家之社配合在一起，刚好形成了一个完整的发展目标。王玉明只觉得脑袋中灵光一闪，赶紧找陈振濂商量这三个“之社”的提法。

“这个提法十分精准，十分新颖，非常好！非常好！”陈振濂当即表示了高度的认可，“我认为，完全可以有更为充分的理论依据，来支持这三个‘之社’的提法！”

没过多久，陈振濂专门就西泠印社的发展定位著文论述，对“天下之社”“名家之社”和“博雅之社”做出了更为全面的阐释。

西泠印社百年大庆的各项筹备工作，在繁忙中有序推进。三个“之社”目标的提出，更是引起了浙江省委和杭州市委主要领导的高度重视。

“西泠印社是中华民族的文化瑰宝，也是我们浙江和杭州地域特色文化的金名片，一定要在保护的基础上进一步提高！”时任浙江省委书记的习近平同志专程到西泠印社进行文化体制改革调研，并对印社的发展提出了殷切的期望。

为了进一步落实习书记的指示精神，2003年9月19日，杭州市委召开常委会，专门听取西泠印社百年大庆的筹备进展情况，以及印社今后的发展思路和工作重点。会上，市委做出了一个重要的决定：成立“西泠印社百年大庆领导小组”，由杭州市委书记王国平亲自担任组长；领导小组下设办公室，由王玉明任办公室主任，市各有关部门主要负责人为办公室成员，以确保百年大庆活动保障到位。

市委书记亲自挂帅来抓百年大庆，这既让王玉明肩上倍感压力，同时，也深受激励和鼓舞。市委常委会刚刚结束，他就马不停蹄赶回西泠印社，召集社委员各处室的同志传达精神，部署新一轮的会务准备工作。

2003年10月的一天上午，新成立不到半年的西泠印社社务委员会领导和相关处室负责人一行，前往北京探望社长启功先生。当时，启老为了方便养伤，刚移住楼下，一般不接待客人。但是这天听说是西泠印社的人来访，便不顾病痛，坐着护理架接待了远道而来的客人。

众人一看，启老原本圆圆的脸蛋清瘦了许多，都觉得十分心疼。没想到坐在护理架上的启老却十分乐观，一开口，那熟悉的幽默劲儿就把大家给逗乐了。他风趣地说："你们看，我现在多了几条腿呢！"

社委会领导见启老状态不错，赶紧汇报了百年社庆的筹备情况，并且恳请启老养好身体，能够参加25日在中国美术馆举办的"西泠印社百年华诞特展"开幕式。

"好的好的，我一定去，就算坐着轮椅，也一定去！"听了社庆活动的安排，启老显得十分满意，他语气恳切地嘱咐道，"我年岁大了，西泠印社的事，要靠你们多做一些了。"

在众人的期盼中，百年大庆的首场展览——西泠印社百年华诞特展终于来临，这是西泠印社创立以来首次在北京举办的艺术展览。10月25日，北京中国美术馆，包括"西泠印社百年社史""印社文物收藏""社员创作精品"三大板块的社藏书画、印章、印谱珍品约200幅（件）、印社百年来名家创作的精品120幅（方），以及部分社史图片等齐齐亮相，顿时引来了络绎不绝的参观者。其中许多展品为首次公开露面，更有不少系海内孤品，具有很高的艺术和文物价值。短短9天的展期，就吸引了数万名首都和各地文化艺术界的人士前往参观。

百年大庆的"第一炮"在北京隆重打响，为庆典活动成功地开启了序幕。随着百年庆典的步步临近，全国各地的社员们都怀着激动的心情，从四面八方陆续赶来杭州。

社庆报到的那天，北京一位社员随身带来了珍藏多年的198方吴朴抚古玺汇存，一到驻地就郑重其事地将这批珍贵的古玺交到工作人员手里。青田的一家文化企业则捐赠了一座如山峰一般的大型石雕，端放在大堂中央，供社员报到时题名用。前来报到的社员们见此奇石，都赞叹不已，纷纷上前观赏、签名、合影。这个生动的场面，正好被杭州市委宣传部长于跃敏看见，她忍不住打趣道："西泠印社开会报到，石头当纸，签名用刀，门槛真高！"顿时引得满堂欢笑。

11月18日，毗邻西湖的孤山大草坪上，一片人头攒动，五彩缤纷的热闹景象，来自香港、澳门特别行政区和台湾地区在内的全国各地的230多名西泠印社社员和2000多名中外嘉宾怀着激动而又崇敬的心情，身披着大会会务组临时发放的雨披，在突然而至的秋雨中等待着西泠印社百年庆典大幕的正式拉开。

上午10时许，来自文化部、中国文联、中国书协、中国美协、中国美院和浙江省、杭州市的领导和嘉宾，在大会主席台上陆续就座。杭州市市长茅临生健步走向主持台，向与会宾客一一介绍来宾；随后，市委宣传部长于跃敏介绍了乔石、李岚清、李铁映等中央领导的贺词及海内外各界发来的贺电贺信情况，并且代表因病未能亲临大会的启功社长宣读了致辞，常务副社长郭仲选代表西泠印社向来宾致答谢辞。

热烈的掌声，一次又一次地响彻会场，西泠印社传承与光大的主旋律，如同华美而神圣的乐章，在孤山上空久久回荡。

庆典大会接近尾声之时，雨渐渐停止了，天空重新放晴。来宾们踏着湿漉漉的小道，纷纷移步到孤山后的西泠印社石牌坊西侧，参加紧接着举行的"西泠印社百年纪念碑揭碑仪式"。

山脚下茂密的绿树丛前，一块披挂着大红绸缎的天然硕石，仿佛一枚巨大的随形印章，赫然矗立在绿草地上。尽管场地有些局促，但众人里三层外三层地围在巨石四周，倒也不失庄严肃穆。在众多新闻媒体的长枪短炮和镁光灯的“咔咔”声中，副社长刘江庄严宣布仪式开始，副社长韩天衡和澳门颐园书画会理事长林近分别代表西泠印社和来宾作了热情洋溢的致辞。

“下面，有请西泠印社副社长朱关田先生、陈振濂先生为纪念碑揭碑！”主持人刘江的话音刚落，一片热烈的掌声顿时响起。身着西装，胸佩鲜花的两位副社长，神采奕奕地揭下了覆盖在石碑上的红绸布。

只见天然巨石的纪念碑上，“百年名社　千秋印学”八个金光闪闪的修长遒劲大字，潇洒地展露在众人面前，那充满个性的字迹，一看就知道是启功社长的手迹。

说起这块巨石，中间还颇有些周折。这座重达17吨的碑石，最早是在江苏寻得的，一路运到杭州，还算顺利，可是到了西湖岸边，问题来了！通往孤山的两条必经之路，是断桥和西泠桥，可这两座石桥的承重都有限，无法承受碑石的重量。

“能不能用船运呢？”有人这样建议，但很快就被否决，也没有这么大的船，能够装得下这么重的石头。

“要不在湖上临时架一座浮桥吧。”又有人想到了早年间西湖举办博览会时架设的木桥，产生了这样的灵感。

经过论证，这个方案终于得到实现，通过在湖面上铺设连片的浮桶，在上面盖上木板做成浮桥，然后用吊车将巨石移送到浮桥上，连推带拉，才好不容易将石碑运到了孤山脚下。真可谓好事多磨。

与此同时，西泠印社的社员们都收到了一套十分厚重而珍贵的图集画册，包括《西泠印社百年图史》《西泠印社百年史料长编》《西泠印社藏品集》和《西泠印社社员作品集》。其中，《西泠印社藏品集》由刘江担纲主编，《西泠印社社员作品集》由朱关田担纲主编，而陈振濂则一人担纲了《西泠印社百年图史》和《西泠印社百年史料长编》两部巨著的主编，特别是洋洋80万字的《西泠印社百年史料长编》，堪称建社百年来最为全面完整的印社史料文献，为西泠印社的社史研究打下了扎实的基础。

11月19日上午，“百年名社·千秋印学”国际印学研讨会在花港海航度假酒店国际会议厅举行，海内外论文作者、西泠印社社员和印学社团代表共约100人出席研讨会。会上，来自中国、日本、法国的20位学者上台发言，分别就西泠印社社史、印章形制演变、印学史、印人交游考等议题展开讨论，交流国际印学研究的最新成果。《“百年名社·千秋印学”国际印学研讨会论文集》同时出版发行，由于这次研讨会通知较早，又列出了印学研究的参考选题，加之是在百年大庆之际举办，所以国内外印学社团都很重视，收到应征论文225篇，计200余万字，作者遍及全国23个省、自治区、直辖市和香港特别行政区、台湾地区，以及日本、法国等国家，是历年研讨会中规模最大、涵盖面最广、学术质量最高的一次。

这天下午，300多位篆刻家、书法家和国画家又济济一堂，举行庆祝西泠印社百年华诞的盛大笔会，邵华泽、沈鹏、郭仲选分别为笔会开笔。笔会现场分为篆刻创作、书法创作、国画创作和自由创作4个区块，艺术家们集体创作了“百寿”书法长卷、“百花图”国画长卷，以及历年来荣获奥运冠军的中国运动员姓名印，并现场拓制成《百印谱》，此外还自由创作了100多幅书画作品，镌刻了数十方印章。艺术家们谈印论艺，相互切磋，气氛异常热烈。如此大规模的现场创作交流，在西泠印社史上尚属首次，在国内外社团艺术创作活动中也堪称空前。

11月20日上午，百年社庆大典中最为重要的一项议程——西泠印社第十一次社员大会在花港海航度假酒店花港厅隆重召开，郭仲选代表六届理事会作了题为《与时俱进，开拓创新，全面开创西泠印社事业发展新局面》的工作报告，时任浙江省委副书记梁平波和杭州市委副书记叶明分别出席了开幕会和闭幕会。

大会审议、修改并通过了六届理事会的工作报告，对西泠印社百年历程作了概括总结，对后百年发展规划做出整体框架性的建构，研究和确定了印社新百年的发展方向和实践形式，正式提出了建“天下之社”“名家之社”“博雅之社”的发展目标，明确以搭建平台、吸纳人才等十大举措为今后五年工作的重点。

大会还选举了由41人组成的西泠印社第七届理事会，并由第七届理事会选举产生了新一届西泠印社的领导班子：社长启功，副社长郭仲选（常务）、刘江、朱关田、程十发、韩天衡、陈振濂、王玉明。已77岁高龄的原任秘书长吕国璋，长期主持社团日常工作，几十年如一日，兢兢业业，默默奉献，在社庆活动中担任了大量的筹备事务，在工作成功在望时，主动提出了辞去秘书长职务的请求，展现出了西泠老印人的高风亮节。第七届理事会聘任吕国璋、高式熊和日本的小林斗庵、梅舒适及韩国的金膺显5人为名誉副社长，秘书长由副社长陈振濂兼任。

至此，西泠印社的百年华诞画上了圆满的句号，西泠印社社团发展的历程，从此翻开了崭新的篇章。“天下之社、名家之社、博雅之社”的目标定位，为印社的未来勾画出了更加美好的蓝图。

尾　声

随着百年大庆系列活动的圆满落幕，西泠印社终于走过了整整一百年的发展历史。这是从无到有、开创辉煌的一百年，是历劫不磨、坚守艺术的一百年，是开拓创新、奋力前行的一百年。在这跌宕起伏的一百年中，一代又一代西泠印社的广大社员们，不断克服各种困难和考验，开创出一个又一个新的高峰，不仅为弘扬中华文化艺术精粹做出了不懈的努力和巨大的贡献，更向世人展示了中国文人追求艺术的坚定理想和爱国爱家的博大情怀。西泠印社的百年发展史，已成为全世界艺术社团最经典的案例之一。

至此，这次关于西泠印社百年发展历史的文学创作，在历时3年多后，也将暂告一段落。百年之后的西泠印社，已迎来更为宏阔的发展前景，展现出了更加强劲的生机活力，在刚刚过去的短短10余年时间里，就取得了一系列巨大的成就，获得了空前的发展，斐然的成果令世人为之侧目，譬如：

——以学术研究为核心的社团活动，档次不断提升，影响日益深远。

2004年，第五届全国篆刻艺术评展、全日本篆刻联盟展、中国寿山石印章艺术展和吴昌硕艺术成就展等四场专业展览、吴昌硕·西泠印社学术研讨会和吴昌硕绘画的现代价值学术研讨会等两场艺术研讨同时推出，将西泠印社的印学研究地位进一步提升到一个新的高度；专业印学刊物《西泠印社》的创刊，更是引发了海内外篆刻界的广泛关注，这是一本学术性很强的专业期刊，不仅专供社员阅读，还作为西泠印社的社刊担负起了与海内外艺术团体交流的职责。同时，社史研究也得到了切实的推进，新的西泠印社社志和《篆刻学》两大编写任务被提上了议事日程，印学图书馆的建设也开始筹划起来。2007—2008年，经过印社上下的反复斟酌和论证，“重振金石学”的学术目标被郑重提出，西泠印社由此向全社会再次唱响了“金石文化”的凯歌，并于2009年特别组织了一场规模盛大的“重振金石学”学术研讨会，并将研讨会的学术成果出版成论文集；在西泠印社组织的各次大赛和展览中，除了倡导弘扬浙派篆刻、细朱文等优秀传统的同时，更以宏观的金石学视野，向全国印学界提出号召，积极鼓励投稿者更多地关注多字印、古玺、封泥、唐宋官印、元押、烂铜印等历史艺术样式，进行更为广泛且又有针对性的学习和取法，从而使篆刻呈现出百花争艳、更加丰富的艺术新格局。尤其是在金石学的墨拓技艺研究方面做出的积极探索和对“全形拓”金石艺术的大力倡导，更是在业界掀起了一场新的“金石风潮”。2014年11月，西泠印社举办了第四届“孤山证印”西泠印社国际印学峰会，共收到海内外论文来稿125篇，一举创下了历届峰会收稿数量的纪录，论题涵盖了古玺印、文人篆刻、印人生平与交游、篆刻技法与审美、印谱版本及流传考证、金石学、西泠印社史以及域外印章研究等多个方向，文章作者不仅来自中国大陆、香港特别行政区和台湾地区，还有日本、法国等国的来稿，无论是研究深度和视野广度，还是国际参与度和学术的规范性上均有了显著提升。第四届“孤山证印”西泠印社国际印学峰会的成功举办，更进一步确立了西泠印社学术交流的规范机制，对国际印学界学术资源的整合、共享与交流，推动当代国际印学研究的深入开展和学科体系化进程也产生了重要影响。

——西泠文化产业不断做强做大，呈现出与学术研究齐头并进的喜人态势。

面对风生水起的艺术品拍卖市场，西泠印社果断地亮出利剑，及时杀入这一新兴领域。2004年12月，西泠印社拍卖公司应运而生，首次亮相，就以1.96亿元的成交额，令众多老资历的拍卖公司都望尘莫及。“江南第一槌”的美誉，从此花落西泠。此后的西泠拍卖，更如芝麻开花节节高，拍卖成交纪录不断被刷新，中国南方艺术品拍卖的头把交椅，也从此被西泠印社稳稳地坐定。2008年2月1日，西泠印社集团有限公司成立，当年年底，集团主营业务收入就突破8000万元，实现利润达3274万元，产业化道路越走越宽。2009年12月10日，“中国西泠网”正式开通上线，标志着具有百年历史的西泠印社从此迈入互联网新时代，开启了新媒体平台建设的序幕。为了进一步畅通与社会大众的沟通途径，中国西泠网还拓展了微博、微信、手机报、APP应用等新媒体传播渠道，全面及时地展示西泠印社社团及社员在艺术创作、学术研究和文化交流等方面的信息动态，畅通与读者沟通的渠道，承担起了官方发布平台的重要职能。2012年，西泠印社集团第一个自主培育、面向市场的产业经营项目“西泠艺苑”呱呱诞生，充分发挥百年西泠的名社效应，成功吸引了大批文化商户进驻，文化艺术和产业经营活动异常活跃。西泠印社的文化产业，正呈现出前所未有的繁荣景象。

——相继成为全国乃至世界的非物质文化遗产代表作，世界印学中心的地位更加巩固。

2006年5月，经中华人民共和国国务院批准，文化部确定并公布了首批国家级非物质文化遗产名录，浙江杭州市西泠印社的“金石篆刻”被列入其中的“民间美术”项，成为国家级首批非物质文化遗产代表作。2008年5月，西泠印社的“金石篆刻”又与西湖龙井茶制作技艺、富阳竹纸制作技艺、余杭清水丝绵制作、梁祝传说和胡庆余堂中药文化一起，被推荐申报文化部的“人类非物质文化遗产代表作”预备清单。这个预备清单，是通向世界非物质文化遗产的敲门砖。经文化部筛选后决定，选出了其中的“中国蚕桑丝织”“中医药”和“中国篆刻艺术”三项，准备捆绑申报联合国“人类非物质文化遗产代表作”。而在这一年的全国“两会”上，时任杭州市市长的蔡奇又以全国人大代表的身份，向大会提交了西泠印社“金石篆刻”应该独立向联合国教科文卫组织申报“人类非物质文化遗产代表作”名录的建议。经过多方的共同努力，以西泠印社为传承代表组织的“篆刻”，于2009年9月终于正式入选世界“人类非物质文化遗产代表作名录”。至此，西泠印社继国家级社团、国家级博物馆、国家级文保单位、国家级非物质文化遗产代表作和国家级文化产业示范基地5块“国字号”品牌后，又摘得了一块国际级的金字招牌，西泠印社作为国际印学中心的地位，进一步得到了世界范围的权威认可。

——推选出又一位重量级的人物出任新一届社长，完成了领军人物的再一次传承。

2005年6月30日，第六任社长启功驾鹤西去，享年93岁。虽然百年西泠又暂失了一位令人爱戴的标杆人物，但西泠印社的发展之路仍在不断地通往前方。经过长达6年多时间的物色与关注，新任社长终于诞生。2011年12月13日，西泠印社第八届理事会第六次会议一致推举饶宗颐为西泠印社第七任社长。饶宗颐字固庵、伯濂、伯子，号选堂，1917年8月出生于粤东古城潮州的一个名门望族，自幼练习国画，广涉山水、花鸟绘画及宋人行草、名家法帖。18岁时，他独自续写《潮州艺文志》，此书网罗潮州1000多年的文献，一举奠定了其潮学创始人的地位。青年时代，饶宗颐先后受聘于中山大学、广西任无锡国专、广东文理学院、汕头华南大学等，完成了成名作《楚辞地理考》。移居香港后，饶宗颐历任香港大学、日本京都大学、新加坡大学、美国耶鲁大学、香港中文大学等著名高校的教授和法国远东学院院士等职，他的《殷代贞卜人物通考》荣获被誉为“西方汉学的诺贝尔奖”的汉学儒莲奖，为中国赢得了国外汉学界的尊重。2012年6月，95岁高龄的饶宗颐社长亲赴西泠印社履新，为印社现场题写了“播芳六合”4个遒劲大字，预示着天地之间，六合之内，西泠印社的精神，就像花儿的芬芳一样，散播到世界各地。

——借助杭州成功举办G20峰会的千载良机，再次向世界展示了中华篆刻艺术。

2015年金秋，中国国家主席习近平在土耳其滨海城市安塔利亚向全世界宣布：2016年G20峰会，将在中国杭州举办！他用诗一般生动的语言，向出席二十国集团领导人第十次峰会的各国元首隆重介绍道：“中国有句俗话，上有天堂，下有苏杭。意思是说，杭州和苏州风景如画，堪称人间天堂。杭州是历史文化名城，也是创新活力之城，相信2016年峰会将给大家呈现出一种历史和现实交汇的独特韵味。明年9月，我将在西湖之畔欢迎各位！”G20峰会为杭州带来了千载难逢的机遇，也为西泠印社带来了新的发展契机。时任浙江省委书记、省人大常委会主任夏宝龙在G20杭州峰会筹备工作动员大会出席大会上以5个精彩的排比，向世界浓墨重彩地推荐了杭州，当说到杭州的历史文化优势时，他满怀深情地重点推荐了包括西泠印社在内的诸多西湖历史人文经典。杭州举办G20峰会的消息，极大地激发了西泠印社广大社员的创作热情。作为中国传统文化艺术的优秀代表，西泠印社充分利用自身的优势，联合中共杭州市委宣传部、杭州市文创办和浙江省能源集团，精心策划了“喜迎G20·西泠印社文化艺术系列活动”，活动包含了“杭州有约·喜迎G20西泠印社名家精品展”“感悟经典——喜迎G20中国当代名家手札书法邀请展”和“百年西泠之谜”的专题讲座等系列精彩的展览与讲座，分别于2016年的6月和8月在北京、杭州两地轮番上演。“喜迎G20·西泠印社文化艺术系列活动”以艺术的高度、学术的深度和世界的角度，深刻诠释了峰会的主题。杭州市委书记赵一德为此专门批示：活动很有品位、很有意义，感谢艺术家们的辛勤付出。

如今，我们正处在一个实现民族复兴中国梦的伟大时代，也亲眼见证着西泠印社的再一次腾飞和发展。尽管在这个过程中，我们有幸目睹了西泠印社发展的许多故事，但历史是需要沉淀的。因此，这部作品选择了西泠印社的100年作为记述时间段，而发生在百年之后这些正在进行之中的激荡人心的现实故事，则需留待往后合适的时机，再去详细续写了。

让我们一起憧憬西泠印社更加美好的未来吧！

参考文献

1. 陈振濂主编：《西泠印社百年史料长编》，西泠印社出版社，2003年10月版

2. 王佩智著：《回望西泠印社六十年》（1949-2009），西泠印社出版社，2009年7月版

3. 王佩智编著：《西泠印社1963》，西泠印社出版社，2009年7月版

4. 王佩智编著：《西泠印社缘何根植孤山南麓》，西泠印社出版社，2009年7月版

5. 王佩智编著：《西泠印社旧事拾遗》，西泠印社出版社，2009年7月版

6. 王佩智著：《建国初期篆刻创作研究》，西泠印社出版社，2008年9月版

7. 王佩智编著：《三老碑今昔》，西泠印社出版社，2015年7月版

8. 王佩智著：《西泠印社收藏史》，西泠印社出版社，2015年7月版

9. 王玉明著：《春来江水绿如蓝——西泠印社百年大庆琐记》（未正式出版）

10. 西泠印社编：《西泠往事》，西泠印社出版社，2000年5月版

11. 林乾良著：《西泠群星》，西泠印社出版社，2000年5月版

12. 孙晓泉著：《西泠情愫》，中国美术学院出版社，2002年9月版

13. 孙晓泉著：《西泠情愫续编》，中国美术学院出版社，2012年1月版

14. 魏皓奔主编：《西泠印社》，杭州出版社，2008年10月版

15. 吴长邺著：《我的祖父吴昌硕》，上海书店出版社，1997年11月版

论“西泠精神”及其对传统社团发展的启示（代后记）

西泠印社是闻名海内外的著名印学社团，是中国研究金石篆刻的一个百年传统学术团体，至今已有114年的光辉发展历史。西泠印社的创立与发展，对继承和弘扬篆刻这一国粹艺术产生了巨大的推进作用，因而，在中国乃至全世界的金石篆刻艺术领域拥有至高无上的地位，被誉为“天下第一名社”。

如今，当我们怀着敬仰的心情回望这一传统印学社团发展和壮大历程的时候，我们不仅骄傲地看到了西泠印社对篆刻艺术发展的巨大影响力，而且还真切地感受到了蕴含在这个百年印学社团肌体里的一股强劲的精神力量。这股精神力量由“爱”发端，呈现出无比开放的时代特质，并且凝聚成了一个完整的精神体系——“西泠精神”。因此，对“西泠精神”的传统核心价值和时代发展特质进行必要的探讨，将有助于我们准确把握这一特殊精神力量的实质内涵，更好地继承和弘扬“西泠精神”的优良传统，同时，对其他传统社团的建设与发展，也都具有非常积极而现实的借鉴意义。

一、西泠精神的传统核心价值

所谓“核心价值”，就是一个组织拥有的区别于其他组织的、不可替代的、最基本最持久的那部分组织特质，是这个组织赖以生存和发展的根本原因，是这个组织DNA中最核心的部分。只有当核心价值明确的时候，这个组织才可能在许多方面去寻找、培育实现这一核心价值所需要的能力，从而推动组织的发展。那么，西泠印社的核心价值又是什么呢？

纵观西泠印社的创立和发展历史，我们不难发现，其核心价值就在于西泠印社的同人乃至热爱和支持这一艺术社团发展的社会各界有识之士们，都有着非常坚定而执着的共同理想，那就是要振兴和弘扬篆刻这一国粹艺术，都有着强烈而浓郁的民族情怀，关键时刻都能挺身而出勇于担当，都有着为了印社发展无私奉献的精神，以实际行动践行着对印社的大爱。概言之，就是对艺术的热爱、对祖国的热爱和对印社的热爱。这些源自“爱”的精神品质，成为了西泠精神的传统核心价值所在。

1.爱艺：执着坚定的共同理想

西泠印社作为一个研究金石篆刻的学术团体，其萌发和诞生，就是缘自一群年轻人为了追求共同的艺术理想而做出的不懈努力。正如《西泠印社志稿·卷三》所记载：“清光绪间，杭郡文学诸长老，探讨六书，研求篆刻，辄会于数峰阁。”晚清时期，八千卷楼楼主丁丙在孤山西侧移建数峰阁，吸引了当时杭州的文人墨客前来参加探讨艺术的聚会。此风延续到后来，被丁仁、叶铭、王禔、吴隐等几位对金石篆刻有着共同爱好的年轻人传承发扬，他们在孤山之地频频聚会交流、研讨印学。20世纪初，受西方文化冲击，我国传统文化走向衰末，篆刻也江河日下。这些有着远大理想的年轻人在切磋技艺的同时，又忧心于印学之将湮没，便萌生了创立印社的想法。为继承和弘扬这一中华国粹，这群年轻人于1904年提议结社，提出了“保存金石，研究印学”的明确宗旨，并各出私产，在数峰阁旁聚资买地，并联系了更多有着共同理想的印人出资出力营建印社，由此开始了一段执着而坚定的篆刻艺术振兴道路。

与印社的几位创始人一样，为了追求振兴篆刻这一崇高的艺术理想，西泠印社的历代同人们都做出了不懈的努力。这种为了共同的艺术理想而不懈努力的“爱艺”精神，在其后的100多年间，支撑着西泠印社走过无数坎坷、历尽艰难却不断发展壮大，成为这个百年名社最重要的核心价值之一。譬如1937年11月侵华日军在杭州湾登陆后，丁仁、叶铭和王禔三位印社创始人离杭避居上海，仍不忘对印社的保护。一方面，委托叶秋生一家留社看护；另一方面，竭力凑集生活费托人带来杭州，而叶秋生一家也恪尽职守，尽最大的努力封山门护印社，使印社在日寇横行的危难时期得以较好地保存下来。而印社的其他骨干成员王个簃、叶璐渊、张鲁庵、黄宾虹、张大千、朱屺瞻、钱君匋、傅抱石、诸乐三、商承祚、沙孟海、高式熊、张宗祥等也都在抗战逆境中不断发奋，为振兴国学而不懈努力；又如“文革”期间，当印社遭遇冲击，被打成“裴多菲俱乐部”之时，印社的员工们自发组织起来护社，他们在杭州书画社门市部撕毁一些无价值的字画，以表示主动“破四旧”的态度，避免了外来造反派进库房毁损文物的行为，员工们还将印社社址中有价值的碑刻卸下转移进室保存，不能转移的碑刻就用石灰涂抹覆盖，并且在存放有珍贵文物的汉三老石室大门上张贴领袖画像和语录，终于使印社的文物躲过了那场浩劫，幸运地得以保存。

2.爱国：勇于担当的民族情怀

西泠印社虽然只是一个研究金石篆刻的学术团体，而非带有政治倾向的团体组织，但是这个社团的每一位成员都有着强烈的民族情怀和浓厚的爱国热情，当祖国和民族的利益遭遇危险的时候，这一群文人不是袖手旁观、宅室究艺，而是纷纷挺身而出，勇于为祖国、为民族分忧担当。在印社创立之时，正值西方列强野蛮侵略中国，对我国数千年积淀下来的文化宝藏进行着疯狂的掠夺，因此，明确提出“保存金石”的建社宗旨，也正是忧国忧民的印人们针对时弊发出的呐喊，他们用行动向世人宣示了中国文人对祖国、对民族和对中华传统文化的热爱。

在西泠印社的孤山社址，有一座非常独特的全石建筑——汉三老石室，里面珍藏着的一块距今已有1900多年历史的“三老讳字忌日碑”，见证了西泠印社同人们强烈的爱国爱乡民族情怀。这是浙江出土的唯一一块东汉刻石，不仅具有珍贵的历史文物价值，而且也有很高的艺术价值，被誉为“浙东第一碑”。1921年秋天，这块碑石从浙江余姚辗转到上海，被丹徒陈渭亭购得，洋人获悉此事后垂涎不已，欲以重金将此石买走并运往国外。上海知县沈宝昌、前清盐运使姚煜等浙籍文人获悉后立即联系西泠印社，吴昌硕、丁仁等迅速行动，联合浙江同乡四处奔走，发起募赎石碑的活动，得到了印社内外人士的积极响应，最后以8000块大洋的重价将碑赎回，运至西泠印社，专门修建石室永久珍藏，使这一价值连城的国宝得到了最好的保护。

西泠印社的社员们虽然都是身怀传统技艺的文人，但在面临国难之际，他们富有气节、勇于担当，呈现给大家的却是一副副中国文人的铮铮铁骨。抗日战争期间，身在上海暂避战乱的丁仁为了保护珍贵的印学历史资料，专门让儿子冒着危险潜回杭州，抢救出大部分西泠八家印章，并将这些珍贵的印章编印成《西泠八家印选》。另一位印社创始人王禔则以“历劫不磨”为题专门篆刻了一方印章，并且编印《丁丑劫余印存》，以示劫难中的坚忍不拔。还有一位印社的重要骨干方介堪，为避战乱回到老家温州后，因精湛的篆艺又引来了日伪的注意，但是当伪军带着日军的要求前来求印时，却遭到了方介堪的断然拒绝。宁愿饱受战乱沦陷之苦，也决不向侵略者及卖国卖乡的汉奸走狗低头妥协，西泠印人的民族气节在方介堪身上得到了充分的展现。

3.爱社：大公无私的奉献精神

西泠印社的创立乃至发展，都离不开印社同人们无私的奉献。在创社之初，一大批早期社员和赞助社友都为印社的诞生付出了努力、贡献了财物，尤其是丁仁、叶铭、王禔、吴隐这4位创始人，更是大公无私，他们有钱出钱、有力出力，爱社如家，各尽所能，为印社的建立做出了巨大的贡献。如印社创始人之一的丁仁醉心金石，继承祖风，将数峰阁等祖业辟为印人聚会研讨金石篆刻的公共场所，且曾斥资修建鹤庐，永为社产，不私所有；又如另一创始人吴隐，因善于经营和交际，在上海开办西泠印社书肆，经常捐资协助印社建设，并于1915年修建遁庵、筑味印亭，且导渠为池成潜泉，亦将属地及房屋全部交给印社，规定子孙只能在此祭拜祖先，平时皆归印社使用。

印社同人们这种热衷公益、公而忘私的精神，在社会上产生了很好的示范和带动作用，使得西泠印社的发展得到了社会各界的鼎力支持。印社刚立，新成立的民国政府答应归还部分地产给备受争议的洋务运动家盛怀宣，其中包括孤山西麓大片地产。盛家欲在此建祠堂，发现宝山印房、山川雨露图书室等建筑已侵入其地盘，于是提起诉讼。后盛怀宣得知西泠印社不是营私，而是为了有潜心学问的固定场所，每笔开支都记录公开，竟为文人情怀所感动，亲自干预并将地产捐赠给西泠印社。1911年，湘阴李庸奉父命将小盘谷捐给西泠印社，吴兴张钧衡又捐资建闲泉；1915年冬，常州天宁寺冶开法师向西泠印社捐赠“金砖”；1918年，李叔同出家前将一批自用印章捐给印社，由印社凿石龛藏……

此后，这种为了印社的发展而不惜奉献的精神得到了大力弘扬，并且从最初的捐地建社，逐渐转向了捐献珍贵藏品等更多的奉献形式。1957年，西泠印社筹建“吴昌硕纪念室”，其后人吴东迈捐出缶翁金石书画作品及相关资料数十件，其孙吴长邺也捐献缶翁常用田黄印章及其他书画文物数十件；1960年，社员高络园首献铜印500方、晋铜鼓2只、汉晋纪年转300余块，其女高璧同时捐赠《八大山人册页》20页；1962年，闻讯印社即将举办60周年大庆，张同泰掌门人张鲁庵的后人捐出望云草堂明清印谱493部和1500余方战国、两汉和明清印章；同年，71岁的平湖社员葛昌楹捐献明清印章43枚，其中不乏文彭的“琴罢倚松玩鹤”、何震的“听鹂深处”、邓石如的“江流有声断岸千尺”等印林瑰宝，被其视为“小女出嫁”。此后，王禔、王个簃、陈叔通、钱镜塘、吴振平、张宗祥、沈尹默、杨鲁安、刘创新、戚叔玉、丁利年等众多的印社同人或印人的家属后人均先后向西泠印社捐献了大批珍贵的文物藏品，为西泠印社的学术研究奠定了扎实的基础。

二、西泠精神的时代发展特质

民间社团是由一群为了实现共同意愿而按照一定的章程聚集起来开展活动的人组成的。因此，尽管民间社团是一种社会团体，但这种团体往往是面向特定的社会人群，又有着比较具体的加入条件，这就使得民间社团又常常会带有一定的局限性，甚至私密性。而西泠印社虽然也是一个民间学术团体，有着非常完备的章程和严格的入会条件，但是这个社团却并未因此画地为牢、故步自封，相反，它还呈现出了一种无比大气的开放精神，尤其是历经了百年发展之后，这种开放精神更成为西泠印社一种独特的时代发展特质。

如果说，西泠精神是一个完整的精神体系，是一个系统的精神宝库，那么除了“爱艺、爱国、爱社”这三大传统的核心价值外，西泠精神显然还包括了其他一些精神特质，而其中谨而不拘的学术态度、海纳百川的博大胸怀、不断创新的发展意识，这些“开明、开放、开拓”的精神特质，更是西泠精神中的重要特质，不仅在建社伊始就已初露端倪，而且随着时代的发展，不断经历实践，注入新的内涵，得到了更大的弘扬与发展。

1.开明：谨而不拘的学术态度

西泠印社在《社约》中开宗明义地阐明了“本社以保存金石，研究印学为宗旨”的观点，充分表明了印社同人们在中国印学研究方面的信心和决心。与其他很多学术团体不同的是，西泠印社在学术方面不仅继承了传统朴学严谨细致的作风，更具备了一种兼收并蓄、博采众长的开明胸襟和气度。正如胡宗成之《西泠印社记》中所言：“汇流穷源，无门户之派见；鉴今索古，开后启之先声。”

西泠印社虽地处浙江杭州，在印社成立之初，创始人丁仁、叶铭、王禔、吴隐等人的治印风格也都有着十分明显的浙派特征，但是他们并未以一地一艺自囿，而是对各种风格流派的篆刻艺术一视同仁，敬爱有加。在西泠印社的孤山社址，同时矗立着浙派篆刻鼻祖丁敬和皖派篆刻鼻祖邓石如的石雕立像；在印社仰贤亭的壁上，亦同时嵌刻着28位不同流派的印人先贤像，既有丁敬、蒋仁等浙派“西泠八家”，又有自成流派的浙籍印人赵之谦、徐三庚，还有巴慰祖、高凤翰、邓石如、吴让之等其他流派的非浙籍印人，这些都充分显示了西泠印社以传承印学为重、不存门户之见、严谨而不拘泥的学术态度。

艺术是相通的，相互之间的学习与交融非常重要。西泠印社虽是印学团体，以“保存金石，研究印学”为宗旨，但亦没有将自己的学术范围框死在金石篆刻艺术一艺，而是“兼及书画”，将书画、鉴赏、考古、诗词、文字等诸多与篆刻相关领域的顶级人才尽力吸纳过来，以他们的艺术修为来滋养和润泽金石篆刻艺术，并且在竭力收藏金石作品的同时，广泛收罗其他艺术门类的珍品，从中研究和提炼出更多更高的艺术精华，来丰富印学思想、充实印社内涵。

2.开放：海纳百川的博大胸怀

西泠印社虽然是以弘扬国粹艺术为己任的传统学术团体，却有着非常大气开放的心态和海纳百川的博大胸怀。不仅在艺术上非常开明地兼收各家各派所长，在印社的组织建设和发展上，也体现出了极具包容的开放姿态。也正因如此，印社得以吸引和凝聚诸多艺术大师、国学大家，从而逐步登上“天下第一社”的巅峰。

印社社长是团体组织的灵魂人物，对社团的定位和发展起着举足轻重的作用。西泠印社在社长的推选中，一直保持了一种大气开放的姿态。印社创立的时候，正是浙派篆刻声名最为显赫，在印坛占据着不可撼动的重要地位的时期。而直接诞生于浙派篆刻艺术氛围下的西泠印社，却敢于打破门第观念，推举吴昌硕为第一任社长，这本就是一种大气开放之举。吴昌硕虽为浙人，亦曾初学浙派篆刻，但其后长期在上海发展，自创出雄浑厚重的一派印风，与浙派风格大相径庭。而当时的社员们却能明大势、识大体，共推当时在金石书画界极富影响力的吴昌硕先生来统帅印社，这种博大的胸怀是许多民间社团难以企及的。1992年，当西泠印社的第四任社长沙孟海辞世后，这个社团进一步打破社长必须浙籍的无形约束，把物色社长人选的目光投向了全国，并在纪念建社90周年之时，将赵朴初推选为第五任社长。这位非浙江籍社长的诞生，标志着西泠印社的影响力进一步从浙江走向全国，呈现出更加大气包容的发展态势。2011年，久居香港的国学大师饶宗颐先生当选为西泠印社第七任社长，这一开放的社团以更加博大的胸怀，走上了新的振兴之路。

吸收海外社员，是西泠印社大气开放的另一个表现。印社成立伊始，不仅凝聚了国内众多文人志士，甚至还吸引了日本的河井仙郎和长尾甲慕名前来申请入社，河井仙郎甚至还写下《西泠印社记》，成为首篇关于西泠印社的志稿。进入新中国尤其是改革开放之后，西泠印社更是迈开了面向国际吸收会员的进程，继日本的小林斗庵、梅舒适和韩国的金膺显之后，又有一批来自新加坡、马来西亚、法国、美国、加拿大和香港、澳门特别行政区以及台湾地区的印人被吸收入社，基本囊括了海内外篆刻界的中坚力量，对中国篆刻艺术的普及与提高起到了不可低估的积极作用。

3.开拓：不断创新的发展意识

西泠印社是一个开放的社团，更是一个发展的社团，在其100多年的进程中，始终保持着一种锐意进取、开拓创新的发展意识，这也是印社得以在全国乃至世界众多艺术社团中脱颖而出的重要原因之一。

在西泠印社成立之前，篆刻被视为壮夫不为的“雕虫小技”，是依附于书法和绘画而存在的，并没有自己独立的艺术地位。是印社的创始人们极具开拓意识地把篆刻作为一个独立的艺术门类，专门提出了“保存金石，研究印学”的响亮口号，这种不因循守旧于前人的思维模式，为中国的篆刻艺术打开了一片崭新的天地，成为中国文人在艺术道路上勇于开拓创新的楷模。

进入新的历史时期，西泠印社在政府和社会各界的大力支持下，获得了空前的壮大。但是印社同人们并没有因此沾沾自喜，躺在成绩簿上睡大觉，而是以更加崭新的思维，继续不断创新发展模式，使西泠印社跨上了与时代同步的快速发展轨道。1999年正式建成开放的中国印学博物馆，正是西泠印社审时度势，跨越发展的产物。博物馆集文献收藏、文物展示、学术交流于一体，通过对数千件实物完整的序列，向人们系统地展示了印学发展史及中国的印文化，为推广印学文化知识的传播与普及，推动中国印学事业的繁荣和发展做出了积极的贡献；2003年，西泠印社对自身的体制机制进行大胆的改革与创新，同步推进了公益性文化事业的整体改革和经营性文化产业的转企改制，彻底打破了西泠印社社团、孤山社址、经营企业、出版社和事业单位“五位一体”的旧体制，为印社发展注入了新的活力，从而改变了印社长期停滞不前的状态；2004年，西泠印社依循百年文脉，导入市场机制，成立了拥有国家第一类文物拍卖经营资质的西泠印社拍卖有限公司，秉持着“真乃居先，诚为业本”的从业精神，通过定期举办春季、秋季大型拍卖会及特别专场，不断发掘艺术品的深层价值，成为全国最具影响力的拍卖活动之一；2004年，西泠印社还在社员发展中引入极具时代感的海选方式，首次面向社会尝试采用“无门槛”的方式来公开选拔新社员；2007年，又以海选方式向全球招考社员，影响进一步扩大，引起了强烈的社会反响。

三、西泠精神对传统社团建设发展的启示

以“爱艺、爱国、爱社”为传统核心价值和以“开明、开放、开拓”为时代发展特质的“西泠精神”，不仅是西泠印社历尽风雨坎坷不断发展壮大的力量源泉，更为其他传统民间学术社团的建设和发展

提供了诸多有益的启示和借鉴。

1.要高瞻远瞩，传统社团眼界高才能有大发展

西泠印社的创立，尽管最初源自几位热爱金石篆刻艺术的年轻人志同道合的艺术追求，但是这些年轻人并没有单纯地把交流心得、切磋技艺作为成立印社的最终目的，而是站在一个保护和弘扬国粹艺术的高度，发出了“保存金石，研究印学”的响亮呼声，从而为西泠印社赋予了重大的历史使命，使得这个初生的印学社团出手不凡，诞生伊始便拥有了有别于其他一般学术团体的气质。4位创社元老为了表达这种崇高的追求和理想，默默出力，无私奉献，却相约不当社长，一致同意推选更有社会影响力的人来担任，并且为了实现这一理想坚持不懈，直到建社10年之后，方才推选出第一任社长吴昌硕。也正因为有了这种高瞻远瞩的发展眼光，西泠印社的各项事务在正式成立之初就显示出不同一般的规范，他们刻制社员名、制定社团章程，甚至把印社的每一笔捐资收入和开支费用悉数记录在案，以资核查。他们还以社约的方式，将社团的雅集活动明文规定下来，规定：“本社以清初黄山诸家及西泠八家为最备，同人各有所藏，兹合议于每年春秋时分别陈列社中，以资眼福，而助清兴。”并且约定：“本社同人集会之时，各携所藏。凡吉金乐石、法书、名画、雕刻、匋冶、图籍、文玩皆属之。”“本社收藏各印，均分门别类，附拓边款，精印成谱，如有同好者，尽可到社索阅，获观摩之益。”因此，传统社团要跳出就事论事的思维方式和地域门派为重的陈腐观念，站在更高的角度去统筹谋划社团的建设，唯此才能取得稳健而大步的发展。

2.要独善其身，传统社团必须保持艺术上的独立性

艺术家不能人云亦云、跟风造作，必须独善其身、独立思考，保持艺术上的独立性，方能真正创造出具有历史意义和社会价值的艺术作品。传统艺术社团同样需要拥有独立的艺术观，才能在乱花渐欲迷人眼的艺术之林大显身手、有所作为。西泠印社对中国篆刻艺术的一大贡献，就是将篆刻从传统的依附于书法绘画艺术的状态中解放出来，使之拥有了成为一个独立艺术门类的地位。而这种具有划时代意义的创举，正是得益于印社同人们拥有了独立的艺术观。虽然在西泠印社建立之前，就有宋代的米芾，元代的赵孟頫、吾丘衍，明代的文彭、何震等印人均提出过不少观点独到的印论见解，但那都仅限于个人的艺术感悟，并没有上升到印学研究的高度。而西泠印社的发起者和创始人们却没有被传统思维完全困囿，他们在大力传承先祖先辈优秀的篆刻艺术传统的同时，独立思考、积极探索，大胆地提出了富有自我见解的印学艺术观，从而使“保存金石，研究印学”成为了一种有目的、有计划的主观艺术实践行为，这又是西泠印社取得成功的一大因素。传统艺术社团只有像西泠印社这样，拥有自己独立的艺术观，才能在艺术上取得重大突破，进而为自身发展赢得更大的空间和更高的地位。

3. 要审时度势，传统社团善于借力才能不断壮大

现在有些传统社团在认识上走入了一种误区，认为自身要保持艺术上的独立性，就必须跟政府划清界限，不能成为包括政府在内的其他社会力量，尤其是涉及经济利益组织的“合作者”。其实，艺术上的独立与其他方面的合作并不矛盾，民间社团既然存在于社会之中，就不可能成为超脱者，只要处理得当，传统社团不仅不会因与其他组织合作而丧失自我，反而会由此获得更多发展的机遇和动力。事实上，在西泠印社的百年发展过程中，我们可以清晰地看到印社与政府之间一直保持着非常良好的互动关系。1905年，就在丁仁、叶铭、王禔、吴隐等发起成立西泠印社的第二年，他们就联合了唐醉石等更多在杭爱好金石的同人们给官府递写呈文，要求置地建社，并且获得了批准；1912年，他们又向新成立的民国政府呈文要求保护，同样得到了批准后，印社规模逐渐扩大，石交亭、宝山印房、山川雨露图书室等重要建筑先后建成；同年2月，民国政府颁布法令收回所有属于清政府的公产，西泠印社位列其中，情急之下，丁仁、王禔等通过上海的金石界朋友，将身为社员的辛亥革命烈士庑奇峰遗像供奉于社内，使西泠印社成了革命先烈的专祠，从而巧妙地保住了印社的产业；1922年，印社在浙江警察厅厅长的支持下开凿小龙泓洞；1927年宋美龄游杭，建议把孤山改为中山公园，为了保住西泠印社的社名，在北京故宫博物院理事马衡的支持下，印社采取增挂“古物保管委员会浙江分会”牌子的办法，成功地自我保护；新中国成立之初，病榻中的丁仁嘱咐王禔将印社交给人民政府，正是这一英明的决策，为西泠印社带来了新的发展曙光；改革开放后，西泠印社更是在当地党和政府的大力扶持下，获得了前所未有的生机与活力。善于审时度势，借助政府以及其他社会组织的力量，来不断发展和壮大自我，西泠印社的经验值得所有民间社团学习和借鉴。

4.要与时俱进，传统社团才能永葆发展活力

西泠印社虽然只是一个以“保存金石，研究印学”为己任的传统学术团体，但是在100多年的发展历程中，这个社团并没有仅仅停留在传统的印学研究方式上，他们一直在紧紧追随着时代的发展，不断地与时俱进。在创社初期，印社就积极借鉴西方的展览模式，通过不断充实雅集的内涵，使之成为分门别类、陈列雅藏、以资眼福的作品展览，从而开创了篆刻作品展览之先河。无论是新中国建立之后，还是“文革”刚刚结束之后，西泠印社一次次挺身而出，担负起对外交流的重任，不仅将中国的篆刻艺术推向了世界，也由此架起了中外友谊的桥梁。1985年，印社面对亟待振兴的篆刻文化，创刊了社报《西泠艺报》，从而开辟了印学文化交流的新阵地。同时，印社还连续举办全国乃至世界篆刻作品展评活动，以及多次“印学讨论会”，有效地提高了印学研究的水平，促进了全国印学研究的有力发展。2003年印社实行体制改革，成立了社委会，机构升格后，印社不仅实力大增，还首次提出“印文化”概念，召开印社产业发展新闻发布会，连续举办博览会，成立拍卖公司，西泠印社由此走上了一条更为宽广的发展道路。2009年10月，经过印社全体同人和社会各有关方面的共同努力，以西泠印社为主要申报单位和传承代表组织的“中国篆刻”经联合国教科文组织审议通过，成功入选为世界非物质文化遗产。

西泠印社的发展经验告诉我们，只有与时俱进、不断发展，传统社团才能永葆活力。